マサダの箱

越ナオム

知道出版

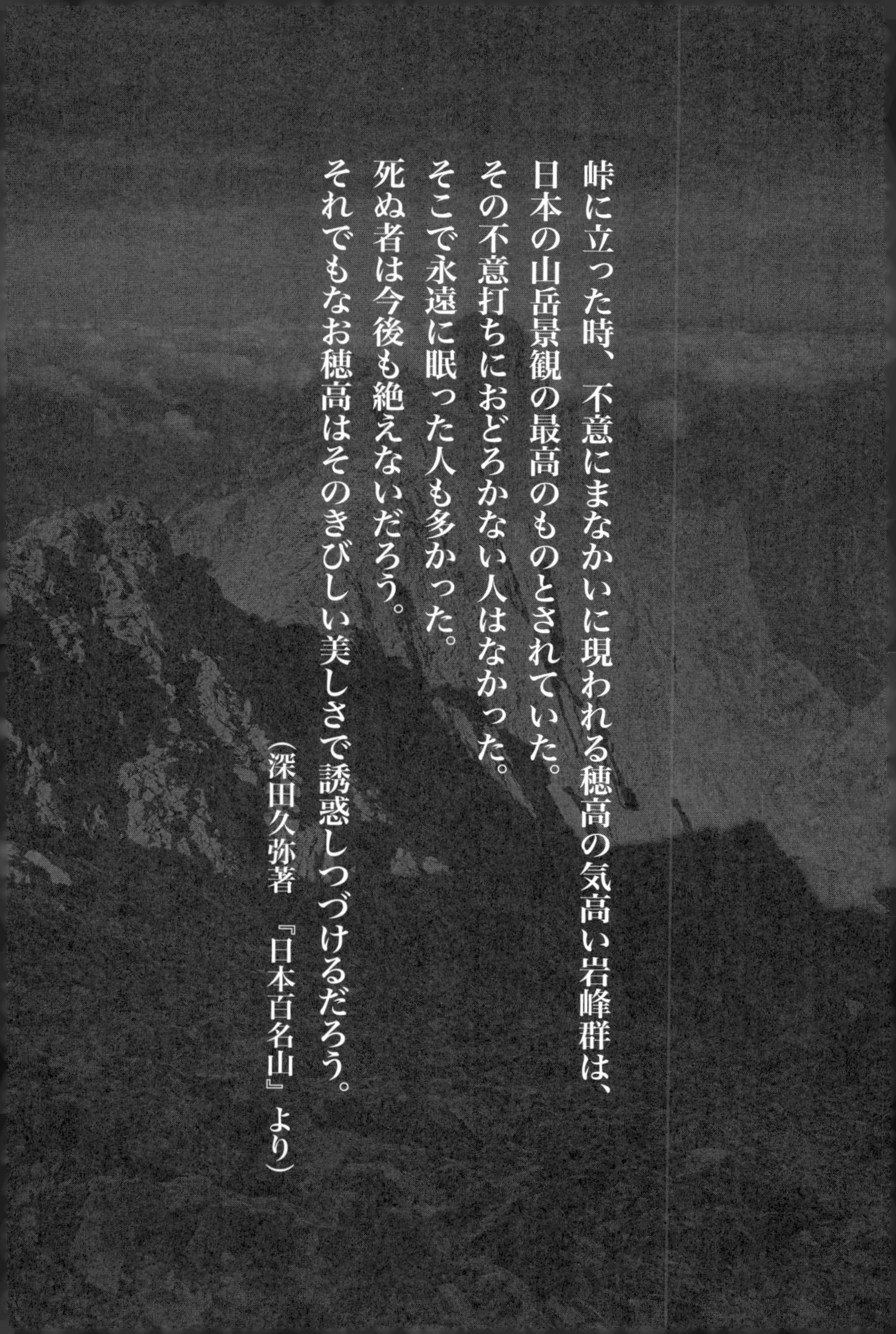

峠に立った時、不意にまなかいに現われる穂高の気高い岩峰群は、
日本の山岳景観の最高のものとされていた。
その不意打ちにおどろかない人はなかった。
そこで永遠に眠った人も多かった。
死ぬ者は今後も絶えないだろう。
それでもなお穂高はそのきびしい美しさで誘惑しつづけるだろう。

（深田久弥著『日本百名山』より）

マサダの箱

目次

登場人物

小坂《こさか》柚月《ゆづき》　警察庁広域支援室　警部補
南雲《なぐも》光《ひかる》　向陽大学歴史科学研究所　研究員
佐々木《ささき》和人《かずと》　警視庁捜査一課　警部
前川《まえかわ》和幸《かずゆき》　警察庁広域支援室長　警視正
神田《かんだ》猛男《たけお》　島根県警捜査一課　巡査部長
岸田《きしだ》敦《あつし》　中目黒こども園管理人
久本《ひさもと》隆一《りゅういち》　出雲大社パート作業員
真田《さなだ》日名子《ひなこ》　出雲大社巫女

序　章

エルサレムを脱出して、幾年が過ぎたのだろう。

砂漠の上をタンブルウィードが、風に吹かれて転がっていく。まるで私のようだとナーダは思った。

我らの同胞は、あの地この地と放浪し、束の間の安住を得たと思っても、唾を吐かれ、不潔な陋屋《ろうおく》に押し込められ、最下層の民として焼き印を押された。

安住の地は、遥か東にあるという日出ずる国にしかないのか。

日出ずる国は遠い。

きっと我らの代では辿り着かない。それは誰もがわかっている。だが、何としても命を繋いで、その国へ行かなければならない。ナーダはアロンに支えられ、新しい命が宿っている胎《はら》を庇《かば》いながら、必死に歩いていく。

地平線に太陽が沈むその時、指導者ヨシュアに死の影を見た。

ヨシュアは、カナンの地を脱出してから一時も休まず、多くの民を率いてきた。幾多の苦難を乗り越えてここまで来たが、食料が底をつき、民が飢餓に苦しんでいる。

「ヨシュア様、今こそ聖なる箱の力を借りる時です」

ナーダはかすれた声で言った。

ヨシュアは落ち窪んだ目で頷《うなず》き、渇いた手で僅《わず》かな荷の中からその箱を取り出した。

「今こそ聖なる箱を開け、その力をもって、流浪の民を救いたまえ」

ナーダは、祈りを唱え、箱の鍵をヨシュアに渡した。

第一章　西郷山

目黒川が桜で有名になったのは、いつからだろう。

佐々木和人は徹夜明けの眠気を覚ますために、目黒警察署の裏を流れている目黒川の畔《ほとり》を散歩していた。目黒川は今や関東一の桜の名所と喧《かまびす》しい。それは花の美しさというよりは、人出の多さだろう。以前は花見の最盛期でも、普段の散歩と同じ速さで歩くことができたが、今や満員電車と同じくらいの混みようだ。

目黒警察署管内の事件が解決して、その報告書がようやくできあがった安堵感と疲労感が、佐々木の瞼を重くしている。

佐々木は警視庁捜査一課の警部だ。強行犯係一筋ノンキャリアの現場たたき上げで、昭和くさい現場百回をモットーにしている。四十歳の半ばを越えて、徹夜がしんどくなってきた。

三月の彼岸過ぎ、桜がちらほらと咲き始めた春の陽気だが、明け方はまだ寒い。こんな早くから、犬を連れて散歩をしている人がいる。犬は遠望でスピッツかと思ったが、近づくとニコニコ笑ってこちらを見つめている。

「何という犬ですか」

佐々木は思わず犬に聞いてしまった。

「スマイル君です」

犬ではなく、飼い主の中年女性が答えた。

「いや、お名前ではなくて犬の種類は……」

「サモエドという血統で人間が大好きで温和な性格なんですよ。ただ、とても運動好きなので、普通の犬より多めの散歩をさせてあげたくて、毎朝早くから出かけています」

犬と飼い主は似てくるというが、その女性も心がほっこりするような笑顔で答えてくれた。サモエド・スマイル君は、立ち止まって桜の梢《こずえ》を見つめている。

佐々木はスマホを取り出して、思い浮かんだ短歌を打ち込んだ。

「異国犬　見上げる先は　かたつぼみ　桜の梢　じっと動かず」

もう少しひねりが必要かなと、趣味の短歌の世界に没頭しようとしたその時、歌心を打ち破る着信音が響いた。公用の携帯電話への着信は警視庁捜査一課の古谷刑事からだった。

「はい、佐々木」

「警部、遺体が出ました」

「場所は？」

「目黒区青葉台の西郷山公園です」

「すぐ近くにいる。直行する」

徹夜明けの眠気は、一瞬で吹っ飛んだ。


西郷山公園は旧山手通り沿いにあり、山手通りから渋谷に抜ける道の上にある。西郷と聞くと西郷隆盛を思い浮かべる人が多いが、この公園の西郷は弟の従道《つぐみち》が由来である。薩摩の出身で、兄と共に倒幕戦争で活躍し、その後明治政府の高官となり爵位を賜った。その自宅の北東部分が公園になっている。小さな公園だが高台にあるので視界が開けて見晴らしがよい。冬の晴れた日は、雪を抱いた富士山が遠望でき、朝は近所の人のジョギング、散歩の場になっている。

佐々木は目黒川から坂を上ってきたが、道は旧山手通りの下を抜けているので、公園を通り過ぎてしまった。息を切らして現場に到着した時は、あらかた現場検証は終わっていた。

顔の大きな小太りの男が近づいてきた。部下の古谷刑事だ。モフモフのサモエド犬を思い出して、ニヤニヤしている佐々木の顔は見ずに無愛想に報告を始めた。（まぁったく、徹夜明けの上司にねぎらいの一言もない。スマイル君の爪の垢でも飲ませたろか）と内心思いつつ、顔には出さず佐々木は古谷の報告を聞いた。

「夜明け前に公園で太極拳を日課にしている近所の老人が、植え込みの中に人が倒れているのを発見して通報してきました。最初は泥酔して寝転んでいるのかと思ったそうですが、声をかけても返答はなく、肩をゆすってもピクリとも動かずうつ伏せのままなので、これは死んでいると思い大慌てで一一〇番通報したとのことです」

「死因は？」

「解剖してみないと何とも言えませんが、外傷はなく、心肺停止状態です」

「そりゃ、人間死ぬときゃみんな心肺停止だわな。死亡推定時刻は？」

「深夜の零時から二時の間ってとこです」

「身元は？」

「遺体は男性で、年齢は五十代から六十代、服装は上下紺色の作業服で、血痕はありません。身元がわかる所持品は何もありません。鍵の束が唯一の所持品です」

「鍵の束？　どれくらい鍵がぶら下がっていた」

「十二個ありました」

「通常よりもかなり多いな。警備員さんかな」

佐々木は、膝を折って丁寧に手を合わせ、いつもの長い祈りを唱えてから遺体の顔を見た。祈りの内容は誰にも教えていない。

「こりゃ殺しだな」

佐々木は立ち上がりながら言った。

「な、なんでわかるんですか」

まったく昭和生まれはこれだからという顔をして、古谷が聞いてきた。

「無念そうな顔をしている」

「そんな、非科学的な。人間死ぬ時は皆無念の表情ですよ」

「いや、突然の病死の場合は、何とも言えぬにこやかな、そうサモエド・スマイルのような顔が多い」

佐々木は刑事コロンボか古畑任三郎のように、こめかみに手を当てて考えるポーズをしてからぼそっと呟いた。

「サモエド・スマイル？　何ですかそれ」

佐々木はそれには答えず鑑識の係長の方へ踵《きびす》を返した。古谷はこれ見よがしに両手を広げてため息をつくと、佐々木の指示を待たずに捜査員を集め、聞き込みの区割りを始めている。

佐々木はせわしなく動いている鑑識の係長を捕まえて「眠いな」と、開口一番言った。

「また徹夜明けですか。ちゃんと家に帰ってご飯食べて寝てください」

鑑識の係長は、作業の手を休めずに言った。

「それ、課長に言ってよ。部下の健康管理は法定の義務ですってな」

「熟年離婚をくらう前に死ねるから本望だろうって、この間言い返されましたよ」

「なるほどそうか、そうか」

古女房の顔を思い浮かべ何度も頷いた。

「変なとこで納得しないでくださいよ」

「ところで、何か出たか」

「見事なくらいに何も出ませんね。植込みの外は、多くの人が通るので特定のゲソコンはとれません。植込みの中は、ご遺体のゲソコンしかありません」

「遺留品は落ちてないか」

「今回の事件と関係のありそうな物は何も落ちていません」

「自殺か、他殺か、病死か、どう思う？」

「それを調べるのが警部の仕事でしょう。私らはひたすら地道に証拠を探すだけですよ」

「心にもないことを平気でのたまうね」

「誰かさんに鍛えられましたからね」

佐々木は左手で言葉を遮《さえぎ》ると、右手で携帯電話を取り出し上司の捜査一課長に電話した。

「課長、朝早くにすみません」

「謝るのはこっちだ。朝早くから苦労をかけてすまない。おまけに徹夜明けじゃないか」

よく通るバリトンの声が佐々木の鼓膜を震わせた。口も人使いも上手い上司だ。

「目黒区の青葉台で男性のご遺体が発見されまして、今現場です」

「聞いた。で、どうなんだ、殺しか？」

「何とも言えません。自分は殺しとにらんでいますが」

「遺体や現場状況からは不明ということか。帳場を立てるかどうかは検案の結果を待とう。まずは身元だな」

「とにかく付近をあたります」

佐々木は、携帯電話をポケットに戻すと古谷を探した。

「古谷はどこにいる？」

佐々木が近くの鑑識員に聞いた。

「捜査員は、みんな聞き込みに散りましたよ」

「手回しのいいこった」

無愛想だが仕事はできる古谷に苦笑いをして、佐々木は西の空を仰いだ。

富士山は春霞《はるがすみ》の中で春眠をむさぼっているようだ。


向陽大学は池袋にある。繁華街から離れた住宅地の中で、キャンパスには緑が多い。四季折々の花が計画的に植えられているので、いつ来ても花が咲いている。特に晩春の藤の花が藤棚からたわわに垂れている風景は、インスタ映えする名所となっている。

今は、青森のねぶたの内部の針金を思わせる枯れ枝が、四方八方に伸びているだけだが、ねぶたの針金と違って、すでにその枝先に生命の息吹を感じる。

四月に入ったが、はらはらと散っている桜の花びらが凍えそうなくらいの花冷えだ。それでもキャンパスを歩く女子学生の多くはスカートを履いている。色も長さも様々で、花びらが風に舞っているようだ。

曇天の中、高層の建物が並ぶキャンパスの奥にある三階建ての古いレンガ造りの建物を目指して、佐々木警部は歩いていた。

その建物は鬱蒼《うっそう》とした蔦に絡まれている歴史科学研究所だ。歴史をイメージする外観だが、とても科学は想像できない。ところが中に入ると改装されていて、最新の分析機器がところ狭しと並んでいる。年代測定、成分分析、全体復元などの技術が高い。日本でも、いや世界でもトップクラスの歴史科学研究所である。

土器の一部から全体を3D画像で復元したり、人骨の一部から身長、体重、性別などを推定したりする。それらのデータに基づいて3Dプリンターで人物を復元する研究が有名で、テレビの歴史番組の定番にもなっている。学術研究では、日本全国で出土した土器、埴輪《はにわ》、剣、銅鐸《どうたく》、鏡などのデータベースを構築し、水平ネットワークの研究を可能としている。

佐々木が研究所の応接ルームに入ると、コーヒーの染みが枯山水の庭のようになっているソファーに、三人の男女が座っていた。

向陽大学歴史科学研究所長の窪田純一教授、研究員の南雲光《なぐもひかる》、警察庁広域支援室警部補の小坂柚月《こさかゆづき》だ。

「遅くなって申し訳ありません」

佐々木は詫びを入れながら、小坂警部補の隣に座った。

「いやいや、まだ約束の時間には早いですよ。小坂さんと前川の噂話で盛り上がっていたところです」

窪田所長はタレ目の眉毛をさらに八の字にして言った。前川とは、柚月の上司、前川警視正のことだ。ふたりは東大の登山部仲間で今でも交流がある。

前川は、警察庁の前は警視庁捜査一課に勤務しており、佐々木の元上司だった。その関係で柚月とも面識はある。柚月も東大出のキャリア組で、まだ三十歳を少し飛び出したくらいだろう。つんけんしたところはないが、何にでも興味津々で佐々木の方が一歩引くくらい積極的なエリート警察官だ。柚月は窪田所長たちとは初対面のはずだが、すでに打ち解けた雰囲気になっている。

光《ひかる》の入れてくれた紅茶は不思議な香りがした。

「これは何という紅茶ですか」

さっそく、柚月が聞いている。

「ディンブラにカルダモンとシナモン、ジンジャーを入れています。体が温まりますよ」

ゆっくりとティーカップを置きながら、光はおっとりと説明した。

佐々木は、ごそごそと安物の紙袋からある物体を取り出し、今日の本題に入った。

「西郷山公園の案件ですが、死因は心筋梗塞で外傷はなく、病死の方向で幕引きの予定です。一応本人の自宅を捜索したところ、不思議なものが見つかりました。それがこれです」

何と佐々木は、現物を持ってきていた。二十五センチくらいの壺のようなものだ。

柚月は佐々木から証拠品を両手で受け取ると四方八方から見ている。子犬のようなクリクリした目だ。

「このお寺の鐘のミニチュアのようなものは一体何ですか」

柚月は光の方を向いて尋ねたが、窪田所長が先に答えた。

「それは銅鐸ですよ。古代の祭祀《さいし》に使われた祭器ですね。考古学マニアがレプリカ、つまり複製品を趣味で持っていたのかな。いや、待てよ、どうもこれは本物のようだな。どこの出土品か成分分析してみよう。南雲くん、頼むよ」

「え、証拠品を削っちゃうんですか？」

柚月が素《す》っ頓狂《とんきょう》な声を出した。

「いや、非破壊検査といって、削り取らなくても成分がわかるんですよ」

光は所長から銅鐸を受け取ると、奥の分析室に向かった。

柚月は、初対面の窪田所長に次々に質問し始めた。

「遺跡調査で見つかった出土品の年代は、どうやってわかるのですか」

「一般的にはＣ14、つまり炭素の放射性同位体の残量を測定します。Ｃ14は少ないですが、いろいろな有機体に普遍的に存在しています。死亡した生物体の中にあるＣ14は、約五千七百三十年プラスマイナス四十年の半減期で、崩壊し減少します。そこで放射性炭素濃度を測定して減少度合から年代を推定するのです」

「研究所の人も、フィールドワークに行くのですか」

「埋設物が見つかった状態から分析した方が、よいケースもありますからね。そのようなケースでは海外にも行きます。ヨルダン川西岸などの危険地帯に行くこともありますよ」

佐々木は柚月と窪田所長の会話を聞きながら、（キャリア組ってやつは、こうやって貪欲に知識を吸収していくのか、これが何年か経つとノンキャリとの差になるのかもな）と、自分の過去をぼんやりと振り返っていた。

ゆうに一時間は経過したが、そんな時間を感じさせないくらいにテンポよく柚月は質問し、窪田所長がニコニコと答えている。

柚月の質問が出尽くした頃、銅鐸とデータ表を持った光が分析室から戻ってきた。

「いや、驚いた。これは荒神谷《こうじんだに》遺跡から出た銅鐸ですよ」

「荒神谷遺跡？　聞いたことないけど、それは有名な遺跡ですか」

「一般的には知らない人の方が多いと思いますが、古代史ファンには有名ですよ。島根県の出雲市にあります」

「すると盗品ということですか」

佐々木は身を乗り出した。

「盗品なら紛失情報がネットワークに流れているはずです。が、そんな情報はない」

窪田所長がタレ目を見開いて断言した。

「警部、被害者はどういう人ですか」

「現時点では、被害者ではなく死亡者ですが、名前は岸田敦、六十一歳、ニュース速報が流れると、近所のこども園から電話が入りまして、そのこども園の管理人で、住み込みで働いている人だと判明しました。おまけに定年まで島根県の教育委員会に勤めていました」

「すると、あの発掘の現場にもいた可能性が高いか」

光と窪田所長は、思案顔になった。

荒神谷遺跡は大量の銅剣と銅鐸、銅矛《どうほこ》が土中に規則正しく埋められていた遺跡で、当時の日本古代史学・考古学界に衝撃を与えた。これらの出土品はすべて『島根県荒神谷遺跡出土品』として国宝に指定されている。当時は誰もこんなにすごいお宝が土の中に眠っているとは想像すらしなかった、世紀の大発見だ。

「岸田敦はその発掘調査期間にも、教育委員会にいましたね。発掘に携わったかどうかは、当時の発掘関係者に聞いてみますよ」

「発掘に携わっていたとしたら、これは発掘現場から持ち去ったものなのか。銅鐸は六個出土したが、実際には七個だったのか。しかし、なぜ持ち去ったのだろう」

窪田所長は考え込んでいる。

「販売目的ならとっくに金に換えているでしょう。この手のマニア向け闇販売ルートは世界中にありますから。しかし今まで後生大事に持っていたとなると……」

佐々木も考え込んだ。

「ん、これは何だろう」

光が銅鐸の内側に小さな傷を見つけ、ライト付きのファイバースコープで観察した。柚月が近づいて覗き込んでいる。

「文字のようにも見えるけど……。警部、岸田敦の自宅はどうなっていますか」

「まだ現状保存の状態でそのままだよ。荷物を引き取る家族もいないしね」

「では、今から行ってみましょう。南雲研究員も同行していただいてもいいですか」

柚月は冷めた紅茶を一気に飲み干し、勢いよく立ち上がった。

西郷山公園から山手通り方面に徒歩十分ほど下ったところに、岸田敦の住み込んでいたこども園はあった。佐々木、柚月、光の三人は、向陽大学から佐々木の運転する覆面パトカーで到着した。あらかじめ佐々木が電話で連絡していたので、初老の園長が自ら出迎えてくれた。

園長は親代々この土地に住んでいる大地主で、その土地の一部でこども園を運営している。目黒区青葉台はおしゃれな街だが、園長は世話好きで気さくな女性だった。

「岸田さん、心臓が悪かったから普段から心配していたんですよ」

園長は心筋梗塞による病死だと思っている。今時住み込みで管理人をしてくれる人は貴重なのに、こんなことがあったら次の人を見つけるのは無理かもしれないと嘆いていた。

庭の奥にフィリピンのバハイクボのような小屋がある。この小屋は、岸田本人が建てたもので、そこに岸田がひとりで住んでいた。

バハイクボは、竹で作られたフィリピン式の家で、気温の高いフィリピンには欠かせない涼しい構造となっている。スローライフが岸田の主義だったようだ。このこども園自体もサステナブルライフのデザインになっている。掲示されている教育方針も自然志向だ。園長が岸田を採用したのも、そういう志向が同じだったこともあるという。園庭では半袖半ズボンの子どもたちが、花冷えの今日も元気に走り回っていた。

日本も最近は夏が長く暑くなってはいるが、それでも四季があるので通年生活する住居として、バハイクボが果たして快適なのかどうか疑わしい。今の季節はまだ朝晩冷えるだろうと、寒がりの佐々木はブルっと身震いした。

「何か、不思議な匂いがするな」

光は鼻をクンクンさせている。花の蜜か、熟れた果実のような甘い匂いが微かにするらしいが、佐々木と柚月にはわからなかった。

「室内は荒らされたような様子はないね。あの銅鐸以外は特におかしな物もなかったし」

佐々木が再度、部屋を見回して言った。

十畳ほどの部屋に、トイレとシャワーが付いているだけの小屋である。家具も少ない。しかし、質素な部屋に似つかわしくないピアノがあった。

「園長、このピアノは岸田さんのですか」光が聞いた。

「ええ、ピアノを弾いているところを見たことはないのですが、下手なのでヘッドホンをつけて練習していると言ってましたよ。老人のボケ防止だとか」

光は園長に断ってから鍵盤を開け、電源スイッチを押して音量を調節してから、リチャード・クレイダーマンの『渚のアデリーヌ』を弾き始めた。けっこう上手い。

「これは、楽譜かな」

五線紙の上に、手書きの音符が並んでいる。何度も書き直した跡があり読みにくいが、それほど複雑な曲ではないようだ。

「この楽譜は変だな」

光が柚月に見せている。柚月もその音符をピアノで弾いた。

「そうね、ぜんぜん音楽になっていないわ。私でもそれくらいわかる。音楽になってないとすると、何かの暗号かな……」

「警察大学校では暗号の講義はなかったの？」

「CIAじゃあるまいし、そんな講義はないわよ」

ふたりは同世代のためか会ったばかりなのに、タメ口になっている。佐々木もその楽譜を見てみたが、そもそも楽譜が読めないので何が変なのかわからない。

光は鍵盤をたたきながら楽譜の法則性を読み解こうと試み始めた。佐々木や柚月が話しかけられないくらい集中している。いつの間にか上着も脱いで、うっすら額に汗をかいている。

「わかった、法則性が！」

勢いよくピアノ椅子から立ち上がり光が叫んだ。

佐々木と柚月が、光に駆け寄った。

「どういう法則性なの？」

「それほど難しいものじゃないよ。音符をアルファベットで表すことは知ってるよね」

「音楽はあまり詳しくないけど、ドの音はCでしょう。Aはラで、AマイナーとかEマイナーとか言うよね」

「そう、この音符をアルファベットに変換してみて」

「最初の音は、ソだからGよね。でも、オクターブの違うソもあるからそれもGにしたら、ABCDEFGの七文字しか使えないわね。そうか真ん中のドよりも一オクターブ低いドをCにしてアルファベットの二十六文字を並べるのね。それでもト音記号とヘ音記号の五線紙の中に音符が収まってるから、これではTまでしか表せないわ」

「その法則性だと最初の音符の音と対応するアルファベットは？」

「真ん中のソだから対応するアルファベットはNね」

「このソに対応するアルファベットはUだよ。音符の上に8vaと書いてあるだろう。8vaは一オクターブ高くという意味の記号さ。だから、対応するアルファベットはUになる」

佐々木はまったくふたりの会話についていけない。

光はスマホを取り出すと、音符に対応するアルファベットをメモ帳の画面に入力し始めた。

柚月は光のスマホを覗き込み、メモ帳を読み上げた。

U N T A H I M E K I K E

N S I K A K U Y U T A

「UNTAHIMEKIKENSIKAKUYUTA、カタカナ読みすると『ウンタヒメキケンシカクユタ』どういう意味？」

「KIKENは危険だろう。そうするとSIKAKUは刺客のことかもしれない。YUTAの意味はわからないけど……UNTAHIMEは島根の出雲大社のお姫様のことかも」

「どうしてウンタが出雲大社と関係があるの？」

「ウンタは、雲太で、出雲大社が長男という意味だよ。平安時代の史料に、『雲太《ウンタ》、和二《ワニ》、京三《キョウサン》』という表現が載っている。建物の高さの順番を表していて、一番高いのが出雲大社、次が奈良の東大寺大仏殿、三番目が京都の平安宮大極殿」

「出雲大社が一番高いの？　普通の神社と同じか少し高い程度だった気がするけど」

「当時はね。長年伝説に過ぎないと考えられていたけど、最近巨木を三本まとめた柱が発掘されて、本当に東大寺より高い社殿が実在したと言われるようになったんだよ。楽譜の暗号自体は単純だから、暗号化はそれほど深い意味がないのかも知れないけど」

光は、ピアノ椅子に座り込んだまま考え込んでいる。

柚月は、アライグマのように岸田の部屋を歩き回っている。そして、壁に掛かっている大きなカレンダーの前で止まった。そこには、こども園の行事が細かい文字でビッシリ書き込まれていた。

「園長先生、この文字は岸田さんが書いたのですか」

「もちろん、そうです。几帳面な方ですから」

「南雲さん、楽譜を見せて」

柚月は光が凝視していた楽譜を取り上げると、首を縦に振った。

「この楽譜を書いたのは岸田さんではないよね。明らかに筆跡が違うもの」

「では、誰かからもらった楽譜なのか。園長先生、岸田さんの音楽仲間とか交流のあった人をご存じですか」

やっと佐々木が暗号解読の仲間に入った。

「いいえ、そんな人はいなかったと思いますよ。休みの日も出かけることは滅多になかったし、この小屋でひとり過ごされていました」

光もピアノ椅子から立ち上がるとカレンダーを凝視した。

「じゃあ、この楽譜はどこかから送られてきたものなのかな」

「捜査員が調べた時には、この部屋に封筒やレターパックはなかったけどなぁ。園長先生、最近岸田さん宛に送られてきたものはありませんでしたか」

「そういえば最近、出雲から俵まんじゅうが送られてきて、みんなに配ってくれました。お菓子のいわれを聞いて、縁結びのご利益にあやかりたいと盛り上がっていましたよ」

『俵まんぢう』は、カステラ生地で白餡を包み込んだ出雲名物の洋風饅頭で、米俵に乗る大国主命《おおくにぬしのみこと》にあやかった出雲銘菓である。

「送り主は憶えてませんよね」

「名前まではちょっと……でも出雲市の住所だったのは憶えています」

「宅配便の業者はどこかわかりますか」

「クロネコでした。誰もいなくて私が受け取ったから。それに、岸田さんに荷物が届くのは珍しかったのもあってよく憶えています」

「クロネコに送り主が誰かトレースしてもらおう」

佐々木は業務用の携帯電話で部下の古谷刑事に指示を出した。

『ウンタヒメキケンシカクユタ』の意味は何なのか。そして、そこに荒神谷遺跡の銅鐸がどう絡んでいるのか。誰がこの暗号を岸田敦に伝えたのか。何のために暗号化する必要があったのか。暗号の内容だけでなく、その背景も謎だ。いずれにしても荒神谷遺跡の銅鐸、ピアノの楽譜の暗号、どちらも出雲を指している。

「出雲か、出張の許可が出そうもないな」

佐々木は左手を軽く振りながら出口に向かった。

第二章　稲佐の浜

翌日、佐々木から送り主は久本隆一という名前で住所は出雲大社になっていたという連絡がきた。佐々木は殺人の可能性ありとみて捜査を進める方針だと言っていた。ベテラン刑事の勘ばたらきのようなものだが、それは若手の柚月でさえ同感だった。柚月は上司の前川室長に報告するため、長い廊下を室長室に向かった。

前川室長も東大出のキャリア組で、今は警視正として警察庁広域支援室長の任にある。しかし関西出身で関西弁が抜けないためか、ユーモアたっぷりで警視庁時代からの部下にも人気がある。佐々木もそのひとりだ。現場寄り過ぎる仕事ぶりが出世を遅らせているとの噂もあるが、柚月はこの上司を信頼していた。

「警察官は犯罪を未然に防いでなんぼじゃ」と、変な関西弁でいつも言われている。柚月が警察官を志望した動機もそこにある。

多くの刑事警察官は、犯人の逮捕に血眼になるあまり、犯罪防止の意識が低い。もちろん、民事不介入の原則があり、犯罪性の不確かな段階では介入できない。ストーカー規制法ができて、少しは抑止されてきたが、それでも手遅れで傷害、殺人に至るケースが後を絶たない。

警察庁広域支援室は、都道府県をまたいだ犯罪捜査に協力するのが任務だが、犯罪が起きる前から介入して未然に防ぐことも使命としている。従来の警察とは違ってかなり弾力的な権限が与えられており、今回の警視庁との合同捜査も、岸田敦が島根県の出雲市に住民票があり、約一年前まで出雲市に住んでいたこと、事件性があるのか初動の段階では断定できなかったが、疑惑があることなどから、前川室長の即断で柚月が動き出した。

「殺人の可能性が出てきたっちゅうことやな」

前川は簡潔明瞭な柚月の報告を、口を挟まずに聞いたのち確認した。

「はい。まだわからないことだらけですが、宅配便の送り主の久本隆一には、事情聴取をしたいと思います」

「その前に久本の安否確認やな」

前川は島根県警の刑事部長へ電話した。

「警察庁の前川ですう。ご無沙汰していますう。警視庁管内で殺人が疑われる事件が起きまして、捜査依頼でお電話させてもらいました〜」

前川室長の関西弁のイントネーションを聞きながら（なんか営業マンが新商品の売込み

をしているみたい）と、思いつつ柚月は出雲への出張を想定して、スマホで経路検索をした。

翌日、島根県警から回答がきた。

久本の自宅を訪ねたが留守で、勤務先である出雲大社の社務所も無断欠勤している。携帯電話を鳴らしても繋がらないとのことだ。久本も岸田と同じく家族はいない。

前川も柚月も嫌な予感がして顔を見合わせたところに、島根県警からの第二報が届いた。

「久本の遺体が上がった。稲佐《いなさ》の浜の北にある笹子《ささこ》島、そこが遺体発見の場所だ。中目黒の岸田が殺害されたとすると連続殺人の可能性もある。荒神谷遺跡の出土品のこともあるから、向陽大学の南雲研究員を同行してすぐに出雲に飛んでくれ。窪田所長には自分から電話しておく」

柚月は前川室長の指示を受けすぐに羽田空港へ向かった。出雲出張は想定内なので、ビジネスリュックにはお泊まりセットが入っている。ノーブランドの黒のパンツスーツに白のスニーカーという機能的なスタイルが柚月のお気に入りだ。

東京から出雲への行き方はいくつかある。トラベルミステリーなら希少となったブルートレインで行くのがおすすめだが、十二時間はかかる。最も速く行けるのは当然飛行機だ。出雲の周辺には飛行場が二つあるが、現場に近いのは『出雲縁結び』空港だ。ただし、ＪＡＬしか運航していない。

光とは羽田空港で落ち合った。光も荷物は少ない。挨拶もそこそこに、空港の動く歩道をふたりで走って搭乗口へ向かい、ＪＡＬの二八三便に何とか滑り込みで間に合った。

「小坂さんは、走るのも速いね。何かスポーツやってたの？」

光は飛行機の席に落ち着いて、はあはあと深呼吸を繰り返している。柚月は未開封のミネラルウォーターを光に渡した。

「中高と柔道部だったの。南雲さんは？」

「僕は中高ずっと文化部。歴史研究クラブっていう、まあオタクの集まりだね」

ミネラルウォーターをごくごくと飲んで息を整えた光は、歴史研究クラブなるものの活動について、うれしそうに語り出した。要は、各地の発掘現場に学生ボランティアとして参加し、出土品の研究をするクラブだ。その関係で向陽大学の窪田所長と知り合い、同じ大学に進学し、卒業後は研究室に残ったという。窪田所長を心底、尊敬しているのが光の話しぶりからわかった。柚月も前川室長を尊敬している。ふたりが尊敬している人物が友人同士というのも、何かの縁かもしれない。

はじめは、気取ったイケメン研究者かと思ったが、自分の専門分野の話になると饒舌《じょうぜつ》になるらしい。柚月の周りには、土偶や埴輪の話をする人間はいなかったから、光の話は面白かった。何にでも好奇心旺盛な柚月は次々に質問し、大いに盛り上がった。

あっという間に『出雲縁結び空港』に到着し、預け荷物がないので、すぐに到着ロビーに出ると、島根県警の神田巡査部長が待っていた。

「島根県警の捜査一課に今年配属になりました神田猛男《かんだたけお》です。猛々しい男と書くのですが、子どもの頃から名前負けしていると言われています」

ひょろっとした体型と、まだ子どもっぽさの残る顔で神田刑事は言った。これから面接でも受けにいくのかと思うようなリクルートスーツに、ネクタイをきっちりと締めている。（確かに捜査一課という感じではないな、私の方が強そうだし）と、柚月は思った。

島根県警には前川室長から話を通してあるので、光が一緒でも問題はない。ふたりは一緒に覆面パトカーに乗り込んだ。柚月は無名の駆け出しだが、前川の人望は厚い。今の役職にふさわしく、どこの県警に行っても信頼されている。

出雲空港から直接、神田刑事が運転する車で遺体発見現場に向かった。

稲佐の浜は出雲大社の西方にある海岸で、国譲り、国引きの神話で知られる有名な浜である。浜辺の奥に大国主命《おおくにぬしのみこと》と建御雷之男神《たけみかづちのおのかみ》が、国譲りの交渉をしたという屏風岩《びょうぶいわ》がある。

稲佐の浜には旧暦十月十日に、全国から神々が集まる。出雲以外の地は、神が不在なので、旧暦十月は神無月《かんなづき》と呼ばれるが、出雲だけは神が集まるので神在月《かみありづき》になる。これは、古代出雲王国が連合国家で、毎年収穫の頃に各国の代表が出雲の地に集まって会議に参加し、約束事を決めていた名残だろう。

久本隆一は夜、大社《たいしや》漁港から釣りに出て船から転落したらしい。遺体は漁港の北にある笹子島の岩に打ち上げられていた。昨夜は沖に流されるほどの悪天候ではなかったが、乗っていた船は発見されていない。

柚月たちが現場に到着した時は、遺体は回収され現場検証も終わっていた。捜査員は周辺の聞き込みに散っている。遺体が打ち上げられた岩場に立ち入り禁止のテープが張られていた。

日本海に沈む夕日が、岩肌に映えて送り火のようだ。出雲の桜も散り始めているが、浜の海風は身を切るように寒い。

その後、三人は久本の自宅へ移動した。

そこは出雲大社からほど近い二階建ての古いアパートの一室だった。岸田と同じく家族はいない。ひとり暮らしの質素な部屋で、安物のカーテンの隙間から日本海を彷徨《さまよ》うかのような残照が見えた。

蛍光灯を点けて光と柚月は神田刑事と共に部屋の中を捜索した。出雲署では船から転落した事故死の可能性が高いとみているため、入念な家宅捜索などはしていない。確かに荒らされた形跡はない。

「岸田さんのところと同じ匂いがする。この部屋の方が強いな」

光は鼻をクンクンさせながら室内を見渡したが、匂いを放つようなものは見当たらなかった。

ここにも質素な部屋には似つかわしくない電子ピアノがあった。柚月と光は、どこかに暗号の楽譜がないか、狭い部屋を探し回った。

「南雲先生。これを見てください」

神田刑事が押し入れの中にしまってあった、細長い風呂敷包みを開いて光に見せた。

光のことは、考古学研究者で今回の事件の協力者だと上司から聞いている。出雲は神話の国、考古学が身近にある土地柄だ。考古学者に対しての信頼が厚い県民性なのだ。

「これは、銅剣だ」

光は銅剣を手に取ると、蛍光灯にかざして隈《くま》なく調べた。

「成分析してみないと確実なことは言えませんが、レプリカではなく本物のようだ。荒神谷遺跡の出土品の可能性が高いと思います」

柚月は子犬のようなクリクリした眼をさらに見開いて銅剣を見た。

「ねえ、これって、銅鐸にあった文字に似てない？　柄の部分に『×』の印があるわ。何だろう。十字架にも見えるけど」

発掘された銅剣三五八本のうち、三四四本の柄の部分に『×』印が刻印されている。『×』印は、他には荒神谷遺跡近くの加茂岩倉《かもいわくら》遺跡から出土した銅鐸にしか認められず、どのような意図で刻まれたものか、未だ解明されていない。

「『×』印の反対側に、奇妙な文字と記号みたいなのがあるね。写して中目黒の銅鐸にあった文字と合わせて解読してもらおう」

光はスマホで写真を撮ると、向陽大学歴史科学研究所で、古代文字を専門に研究している同僚にＬＩＮＥで送信した。

書きかけの楽譜が、机の引き出しから見つかった。この楽譜も音楽になっていない。音符の筆跡も中目黒と同じようだ。岸田敦のところで発見した楽譜の暗号解読の要領で、音符をアルファベットに変換した。

「ＭＡＳＡＤＡＮＯＨＡＫＯＹＵＴＡＨＥ『マサダノハコユタヘ』と読めるわね。ここにもユタという単語が出てくるけど、キリストを裏切った弟子にそんな名前の人がいたよね」と、柚月。

「それはユダです」

神田刑事が冷めた口調で答えた。

「この筆跡は、久本さん自身のもののようだね。でもこっちの楽譜は、まだ書きかけのようだ。ユタの意味はわからないけど、『マサダノハコ』は、古代ユダヤ人が滅亡したマサダ砦《とりで》と関係があるのか……」

光も自信はなさそうで、声が小さくなっている。

「マサダ砦って？」

「今から約二千年前にイスラエルの死海の畔、砂漠にそびえる切り立った岩山の上に建設された砦さ。マサダ自体が砦とか要塞という意味だから、マサダ砦という言い方は本来おかしいけれど、日本人には、この言い方のほうがわかりやすいね」

それから光は教科書を読み上げるように説明した。

マサダ砦の山頂へは細い登山道が一本あるだけで、周囲は切り立った断崖絶壁、難攻不落の要塞と言われた。西暦六十六年、ローマ帝国に対してユダヤ人が決起しユダヤ戦争が勃発したが、七十年、ローマ軍によってユダヤ側の本拠地であったエルサレムが陥落した。その時、エルアザル・ベン・ヤイルに率いられた熱心党員を中心としたユダヤ人集団約千人が包囲を逃れ、このマサダ砦に立てこもった。

籠城側は兵士のみではなく、女性や子どもも含まれていた。二万人近いローマ軍が砦を包囲したが、さすがのローマ軍も、難攻不落の砦を落とせない。それでもローマ軍は二年がかりで、ユダヤ人の捕虜と奴隷を大量動員して土を運び、突入口を確保した。西暦七十三年五月二日、ローマ軍は完成した侵入路を使って城内に突入した。ローマ兵は死にもの狂いの抵抗を予想していたが意外にも、防戦する者はひとりもいなかった。奴隷となるより死をと、突入の前夜に籠城していたユダヤ人全員が集団自決していたのだ。

こういうマニアックな歴史も全部、頭の中に入っているんだと、柚月と神田刑事は顔を見合わせた。

柚月たちにはマニアックでも、考古学や歴史を専門に研究している者には大きな出来事だ。

「何という壮絶な歴史。この戦争でユダヤ人は国を失い、世界中に離散したのね」

「マサダの箱は、マサダ砦から持ち出された箱のことかな？　そんな史実は伝わってないけどね」

たとえ『マサダノハコ』がイスラエルのマサダ砦に関係するものだったとしても、それが現代の日本人ふたりとどんな繋がりがあるのか。そもそも楽譜の暗号とふたりの死は関係あるのだろうか。日の暮れた部屋で光と柚月の推理は行き詰まった。

「まずは、久本さんの職場に行ってみましょう」

神田刑事が現実的な提案をした。

久本のアパートを出て、三人は出雲大社の社務所を訪ねた。すでに終業時刻を過ぎていたが、事前に連絡を入れていたので、同僚の女性事務員から話を聞くことができた。久本とは特に親しくはなかったらしいが、突然の同僚の死に目を真っ赤にしている。

「久本さんは、教育委員会の岸田さんの紹介で二年ほど前からこの社務所でパートの作業員をしていました。何でも出雲の歴史が好きで移り住んできたとか。無口な方だったのでご自分のこともほとんど話しませんでしたが、遺跡の発掘とかが好きで、荒神谷遺跡の発掘にもボランティアで参加したって言ってました。でも最近は体調が悪くて、仕事も休みがちだったんです。まさか夜釣りで事故に遭うなんて不運ですよね」

「久本さんと親しくしていた人はいますか」

「いいえ、ご家族もいなかったし……お昼休みもひとりで食べていました。ひとりが好きな人なんだなと思っていましたけど。あ、でも巫女の真田さんとは時々、話をしていました。親子くらい年が離れていたけど、真田さんは今流行りの歴女っていうんですかね、やっぱり歴史が好きだって言ってましたよ」

「真田さんって方は、出雲大社にお勤めなんですか？」

「辞めたんですよ。三月のはじめ頃だったかしら。長野の方に引っ越すとか聞きましたけど」

三人は久本と親しかったという真田日名子の引っ越し先の住所を聞いて、社務所を後にした。

そして、出雲署の地下の霊安室で久本隆一と対面した。

ひとり暮らしの殺風景なアパートの一室で、無表情な死顔のこの男は、どういう人生を送ってきたのだろう。そして同時期に死んだ岸田敦と荒神谷遺跡の銅鐸と銅剣は、どんな関係だったのだろうか。


柚月と光は、出雲署で神田刑事と別れてから、出雲駅近くのビジネスホテルにチェックインした。自然と夕食を一緒にということになり、駅前通りの居酒屋に入った。朝からろくに食事をしていないので腹ペコだ。

柚月は世界一の米どころ新潟県南魚沼の出身である。警察官として大きな声では言えないが、高校生の頃から父親の晩酌で日本酒を覚えた酒豪だ。

「日本一の酒、鶴齢《かくれい》には及ばないけど、この天穏《てんおん》という出雲の地酒は美味しいわ」

鶴齢は越後魚沼の地酒で、柚月の一番好きな日本酒だ。

「天穏は純米大吟醸で、しかも佐香錦《さかにしき》を酒米に使っているんだ。そりゃ美味しいはずよね」

柚月は酒の説明書きを読みながら、手酌で亀形の陶器の器に並々注がれた冷酒をがぶがぶ飲んでいる。

一方、光は横並びのカウンター席にゆったりと座り、マイペースに飲んでいる。光も酒は好きだが、柚月のペースにはついていけない。越後の『おんなしょ』は、聞きしに勝る酒の強さだ。

この店は肴も美味い。釣り上げたイカの墨袋を外して、自家製の漬けダレに漬け、上に生姜、ネギ、海苔、卵を載せた『活イカの沖漬け』は、日本酒と絶妙なハーモニーを醸し出す。釣り上げた舟の上で仕込むからこの味が出ると居酒屋の店主が説明してくれた。

仄《ほの》かに酔いが回った頃を見計らって、光が聞いた。

「小坂さんは、出雲の国譲り神話は知ってる？」

「柚月でいいわよ。蛇にお酒を飲ませる話でしょ」

光は、窪田所長から柚月のプロフィールを聞いていたので、理屈っぽいキャリア女子をイメージしていたが、この数日でそれは払拭されていた。小学校の時に好きだった、クラス委員の同級生に似ている。引っ込み思案な光を気にかけて、クラスの輪の中に入れてくれた、女子にも男子にも人気があって、太陽みたいな女の子だった。あの子は、今どこで何をしているのだろう。

「じゃあ、僕も光でいいよ」

そんな子どもの頃の甘酸っぱい記憶が、出雲の地酒と一緒になって、光の口を滑らかにしている。

「それはヤマタノオロチの話だよ。国譲り神話は、出雲を治めていた大国主命《おおくにぬしのみこと》つまり出雲王が、外敵のヤマト王から支配権を譲れと言われて、戦わないで譲った話」

「それって、大きなお家に住んでいて、突然見ず知らずの人が踏み込んできて、ここは今から俺の家にするので出ていけと言われ、はいどうぞということよね。普通はありえないわね」

「確かに不思議な神話だよ。この話には続きがあって、もっと大きな家を建ててくれたら、この国を差し上げますという。それが出雲大社になっている。出雲大社の祭神は、大国主命だけど、その像は、参拝者に対して横を向いている。この謎も解けていないんだよ」

「確か出雲大社は、大国主命の霊を閉じ込めて置く座敷牢《ざしきろう》だという本を、読んだことあるわ」

「確かに、ヤマトの三神が牢番をしているからね。でも不思議なのは、卑怯な手を使って滅ぼしたのなら、そのように書けばいいのに、何でわざわざ国を譲るなんて書いたのかだよね」

「何かと引き換えに本当に譲って、大きな御殿に住んだんじゃないの」

「なるほど。命を助けられて、御殿まで与えられたということか。ウィンウィンの取引だったのかもしれない。出雲大社は、非業《ひごう》の死を遂げて怨念を持つ霊魂を閉じ込めたのではなく、大国主命や家人たちの住居だったのかもしれない」

「代償と引き換えに統治権を譲ったのよ。出雲は連合国家だから、苦労して統治するメリットは少ない。むしろ苦労の方が多かったのよ。そこで、退職金と年金をたくさんもらって、早々と引退したんじゃないのかな」

　何となく納得させられる柚月のユニークな発想だ。論文でそんなことを書いたら珍説と一笑に付されてしまうかもしれないが、考えてみれば人間の思考なんて現代とそうそう変わるものじゃない。光は専門家ではない柚月の推論も面白いと思った。

「そういえば、事件の現場に近い稲佐の浜は、国引き神話でも知られているんだよ」

「国引き神話って、確か海の向こうから土地を引っ張ってきて、狭い出雲を広げたという話でしょう。どういう比喩なのかしら」

「諸説あるけど、海外からやってきた土木技術集団が、干拓工事で土地を広げたという説が、一番説得力があるね」

「現代と同じように古代も、グローバルな人材がいたのね」

「そうだね。海を越えてこの国へ渡ってきた人たちは、先進の技術やモノをこの国に持ってきたからね。製鉄や稲作がその代表さ。農耕には開墾や用水の管理などで多くの人間が必要になるし、食料が安定的に確保できるようになって人口が増えると、人間の集団は大規模化していったのさ。そして集団が大きくなれば、その中でも貧富の差が生まれてそれが身分の上下を生んだんだよ。この時代は実力社会だから、先進の知識や技術を持った者が集団のリーダーになったんだ」

「なるほど実力主義かぁ、それも現代と似ているわね。農耕生活って、人々は温厚で助け合って生きているってイメージだけど、古代はどんな生活だったのかしら」

「もちろんブルドーザーなんてないから、開墾や用水の工事は全部人力で、力を合わせないとできないことが多くあったからね。しかし、農耕文化の発展は貧富の差を生んで、それが戦乱を発生させたんだよ」

「耕作地や水の利権などをめぐって、集団同士で争いが起きたのね。弱い集団が強い集団に飲み込まれ統合されて、より大きな集団になっていったのよね。せっかく食物が備蓄できるようになったのに、人間同士が殺し合うなんて皮肉ね」

「それは現代にも通じるよね。でもこの時代は戦《いくさ》よりも飢えと感染症との戦いだったのさ。戦で死ぬよりもはるかにその方が多いよ。作物の収穫も天候次第だったから、神とは自然そのもので、体の弱いものは大人になる前に死ぬし、死は日常的に生のすぐ隣にあったんだよ」

「戦が多くなると、男性優位の社会だったのかな」

「そんなことはなかったと思う。出産は命がけの仕事で、集団の将来を決める重大事だからね。それに、女性の方が霊感の強い人が多くて、天候の変化に敏感だったりするから、神と交信する巫女として特別な存在になっていったんだよ。魏志倭人伝《ぎしわじんでん》には『会同、座起には、父子男女の区別なし』という記述もあるんだ」

「ふーん、そういう意味では、現代よりも一歩進んでいたみたい」

男性優位の警察組織に身を置く柚月は、頬杖をついてグイっと地酒を飲み干した。

柚月は締めにスサノオラーメンを注文した。ご当地ラーメンでも名前負けしているものが多いが、このラーメンは美味い。地元産の味噌に糀を混ぜているので、コクの中にも奥深い風味がある。神話の街にふさわしい。満腹のはずの光も、小鉢に少しよそって食べた。半熟卵が半分に割られて二つ乗っている。仲良く一つずつ食べたが、剣の形の蒲鉾《かまぼこ》は一つしかない。蒲鉾を柚月に譲ると、うれしそうに食べている。

ホテルに戻ると、「じゃあ、光くん、おやすみ」と手を振って、柚月はさっさと自分の部屋に入っていった。

もともと夜型人間の光は、なかなか寝付けなかった。居酒屋では人の耳目もあるので事件の話はお互い控えていたが、頭の中は事件の謎でいっぱいだ。銅鐸、銅剣の文字や記号に秘められた謎は何なのか。またピアノの楽譜の暗号もわからないことだらけだ。マサダとはあのユダヤのマサダ砦と関係があるのだろうか。

光は浅い眠りの中で、いろんな時代が交錯しているような、不思議な夢を見た。

第三章　マサダ

ユダヤ戦争で、ローマ帝国軍に首都エルサレムを落とされたのち、ごく少数のユダヤ人は、死海の畔にあるマサダ砦《とりで》に籠城した。マサダ砦は切り立った岩峰の上にある。四方は断崖絶壁だ。ローマ軍の司令官ティトゥスは、すぐには攻撃の決断をしなかった。

副官たちは、一気に押し込もうと息巻いている。早くローマに帰りたいのが兵士たちの本音のところなのだ。無理もない。エルサレムの陥落でようやく戦争が終結し、ローマに凱旋できると誰しもが思っていた。

ところが、マサダ砦に熱心党を中心としたユダヤ人千人ほどが立てこもった。部下たちはうんざりしている。兵士たちの士気も下がっている。ティトゥスは、早く終わらせたいという、下からの突き上げを無視できなかった。

ティトゥスは、今年で三十一歳になる。ローマの名門の家に生まれ、ローマ帝国の後継者たちと共に帝王学を学んだ。体は小さくその分、頭部が大きい。その顔は童顔で迫力がない。武具を身に着けると、その重さでふらつく有様で、戦場の一兵卒としては役に立ちそうもないが、もっぱら頭脳戦で幾多の戦を勝ち抜いてきた優秀な司令官だ。

ティトゥスは、帝位継承者のひとりであるブリタンニクスと仲がよかった。そのブリタンニクスが毒殺された時を、今でも鮮明に思い出す。

親友ブリタンニクスは、政治の腐敗に憤っていた。自分が皇帝になったら綱紀《こうき》を粛正すると息巻いていた。その勢いで葡萄酒を呷《あお》った刹那、喉を押えてもがき苦しみだした。床にどす黒い液体を吐いて倒れた。それは血だった。

周りの者がブリタンニクスに駆け寄るのを目の端に捉えながら、ティトゥスは動かなかった。足下に毒杯が落ちている。それは自分にも試練を与えているように見えた。葡萄酒の残りを人差し指に付けると舌に乗せた。しばらく意識がなかった。目覚めた時は家の寝床で、三日間昏睡状態にあったと家人から告げられた。

今、軍議が終わり、黒い陶器の杯で葡萄酒を飲んでいると、その時の情景が浮かぶ。ティトゥスはそれ以来、杯を呷らなかった。舌で毒見をしてから口に含み、喉に流すのが習慣になっている。もともと慎重な性格の男だが、一層その度を増している。

「試しに攻めさせてみるか」

葡萄酒を舐めながら、ティトゥスはひとり呟いた。

あくる日、エジプトとガリアの部隊に攻撃を命じた。

案の定、一方的な負け戦だ。崖をよじ登る兵に、敵は上から石を落とすだけでいい。石は大小いくらでもある。士気の違いも明確だ。占領地の奴隷兵と死にもの狂いのユダヤ兵では、まさに天と地ほどの差がある。

攻撃は三日で中止させた。ローマ兵の損耗《そんもう》はない。

さて、どうするか。

ティトゥスは、砦の周りを何日も歩いて、つぶさに観察した。最後に全体がよく見える小高い一枚岩の上に立った。日は西に傾き、岩山の下の方から闇がせり上がっている。やはり兵糧《ひょうろう》攻めか。水は巨大な貯水槽に溜め込んであり、雨が降ればまた溜まるので枯れることはないという。だが、食料はどうか。エルサレムが陥落して、そのまま砦に逃げ込んでいる。食料を運び入れる時間はなかったはずだ。

ティトゥスは、振り返って周囲を見渡した。これだけ十重二十重に囲んでいるのだ。鼠一匹砦に入る隙間もないくらいだ。全軍に厳重な監視を指示して兵糧攻めに入った。

しかし、数か月たってもユダヤ兵の体力が衰える兆しがない。ためしに、戦死したユダヤ兵の腹を裂いて検分したら、十分な食料を摂取した痕跡が残っていた。

ただ、その食糧が小麦とは違うようだ。

ティトゥスは、調理長を呼んで未消化の食物が何かを聞いた。調理長は、ユダヤ兵の死体のそれを手でこねて、臭いをかいで、口に含んだ。周りの副官が口を押えて後ずさりした。

「これは、小麦や芋ではありません。しかとはわかりませんが、かなり栄養価の高い食物です。ひょっとして、ユダヤ人たちが崇《あが》めている神の食べ物かもしれません」

調理長は、口に含んだものを勢いよく荒地に吐き捨てた。

「神の食べ物？　何だそれは」

「マナのことでしょう。彼等が荒れ野で四十年の間彷徨《さまよ》って、終には餓死で全滅寸前の時に、神が天からマナという食べ物を降らせ、飢えを凌いだという言い伝えがあります」

副官のひとりが吐き気をこらえながら説明した。

「マナ？　それがマサダ砦にあるというのか？　ユダヤ人の捕虜を拷問にかけて聞き出せ」

数日して副官が報告に来た。

「何でもマナは、聖なる箱の中に収められていて、エルサレムが陥落した時に反乱軍の指導者ヤイルが神殿から持ち出し、砦の中にあるようです」

「それは厄介だ。どうりで奴らの体力が落ちないわけだ」

ティトゥスは深々と椅子に座りながら呟いた。

「幹部を集めろ、緊急の作戦会議だ」

ティトゥスは静かに命じた。

微風に揺らぐ篝火《かがりび》の中に、多くの将校が並んだ。

「敵には水も食料もたっぷりある。それで難攻不落の砦にこもっている。武器となる石はいくらでもある。どう攻略すべきか」

軍議の場で参謀格の副官が皆に意見を求めた。

「我らローマ軍は、カエサルの時代から土木技術によって城を攻め落としてきました」

中隊長のひとりが答えた。ユリウス・カエサルは、ガリアで敵方の城を攻めた時に、反対に敵の援軍に囲まれてしまった。そこでカエサルは、何と敵の城の周りを取り囲む城壁を作り、ローマ軍はその城壁で敵の援軍の攻撃を防いだ。これには城の中の敵も降伏せざるをえなかった。

「土木で勝つとはどういう方法か」

ティトゥスが聞いた。ティトゥスの頭の中には、すでに答えは出ているが、ここはあくまでも部下たちから言わせる必要がある。

「土を積み上げて螺旋《らせん》状の道を作ります。それを頂上まで伸ばして攻め込みます」

「それは正論だが、相当な時間がかかるぞ」

「何年かかってもそれしか方法はありません」

多くの部下もそれに賛同した。

ティトゥスは、小高い丘の上から砦を観察した時に、すでにそれしか方法がないことを見抜いていたが、部下から言わせて総意にしないと長期戦が持たないと思った。

「早速、工事にかかってくれ。奴隷にしたユダヤ人を大量に動員して、一日も早く完成させローマに凱旋しよう」

「半年で完成させます。来年の春は、ローマで風呂に入り麦酒《ビール》が飲めますな」

指示を受けた輜《し》重《ちょう》責任者の副官は、豪快に笑って言った。

土木工事を得意とするローマ軍ではあったが、工事は遅れに遅れた。ユダヤ人の奴隷を使っていることが原因だ。そもそも奴隷は働きが悪い。そこにもってきて同胞のユダヤ人を攻め滅ぼすための工事だ、当然動作が鈍くなる。監視のローマ兵は怒って鞭の回数を増やした。死亡するユダヤ人が続出した。


その様子を砦の上から見ていたユダヤ人の宗教指導者ヨハナン師は、同胞が使役され、鞭で打たれ、死んでいく様を見て胸が痛んだ。そこに悪い知らせが届いた。マナの収穫量が落ちているという。どんな荒地でも短期間に実をつけるマナだが、どうも連作すると収穫量が極端に落ちるようだ。土地の滋養を急激に吸い取るからだろう。

螺旋の道が完成して攻撃されればひとたまりもない。全員が名誉ある死を選ぶだろうが、あの聖なる箱だけは、何としても守らねばならない。こうなればヨシュアに託すしかあるまい。

ヨハナン師は傍にいた小柄な同胞に、ある作戦を耳打ちした。その者は深夜まで待って、夜陰に紛れ崖をましらのように下っていった。


ティトゥスは工事にローマ兵も投入するように指示した。各班に分けて競わせ、区間ごとに一番の班を報賞した。工事の進捗は格段に速くなった。

螺旋の道の完成が見えてきた頃、ユダヤ人の奴隷の間に妙な噂が広まっていた。熱心党が反乱を起こす前にエルサレムでナザレのイエスという男が磔刑《たっけい》になったとのことだが、そのイエスが復活したというのである。

「一度死んだ人間が生き返るはずがない。きっと、死んでなかったのだ。磔刑ではごく稀にあるらしい」

ティトゥスが噂を会食の場で話題にした将校に言った。

「イエスの信者が急激に増えているようです」

「復活したことでか？」

「どうもそれだけではないようで、とにかくリーダー格の人間を詰問してください」

別な部下が、不安げな顔でティトゥスに進言した。


ティトゥスの宿舎は、一年前に天幕から日干し煉瓦の建物に変わっている。執務室の前の会議に使用する部屋で待っていると、頭から全身に黒い布を被った細い影が現れた。ティトゥスは椅子に座ったまま見上げて、その布を取るように命じた。

黒い布の下から白い顔としなやかな肢体が現れた。まばゆいばかりの微笑みで、ティトゥスを正面から見つめている。

ブリタンニクスの毒殺を間近で見て以来、慎重に生きてきた。自分の心を常に研ぎ澄ませて、決して高ぶることもなく訓練してきた。それがどうだ、思わず心が躍ってしまった。この女の周りだけ光が踊っているようだ。

「名前を……いや名は何という」

女はくすっと笑いながら、ローマ軍の総司令官で、将来のローマ皇帝候補に対して、臆することなく答えた。

「ベロニケと申します」

「ベロニケ？　ユダヤ王家の支族に連なる、あの有名なベロニケか？」

「有名かどうかは別にして、そのベロニケです」

「王家の姫が、なぜ乞食のような男をあがめるのだ」

「イエス様のことですね。私がイエス様を初めて知ったのはユダヤ戦争が始まる前でした。ローマ帝国の圧政でユダヤの人々は苦しんでいましたが、それでもユダヤ王家の者は、ローマと共存する道を探っていました。だから、地下の会合には敏感でした。熱心党の人たちが、反乱を起こす兆候があったからです」

ベロニケは、黒い布の下に纏っていた薄衣を床に滑らせて、その長い黒髪をかき上げた。

「或る日、父のもとにエルサレム郊外の洞窟で、真夜中に怪しい会合が開かれているという情報がもたらされました。集まっている人々は、女が多くしかも子どもを連れている人もいます。中には、病人や障害のある人もいるというのです。反乱の謀議《ぼうぎ》にしては、とても変なのです。父は女である私に、その会合を探ってくるよう命じました」

「そなたは、父の命に従ったのか？」

「私も王の臣下のひとりです。それに私も、その会合に興味がありました」

王族の女の身で、そんな怪しい会合に、それも真夜中に赴《おもむ》くなど、ティトゥスの周りにそんな女はいない。

「私は会衆に紛れてその洞窟に入りました。乏しい明かりの中に、大柄な男の人が立っていました。粗末な身なりをしていましたが、少し尖った岩の上に立たれた姿に、神々しいものを感じました。その方はペテロと名乗りました」

ベロニケは一息ついてまた話し始めた。その吐息は熟した果実のように甘い匂いがした。

「イエス様のお弟子で、ゴルゴタの丘でイエス様が磔《はりつけ》になっていた時に、自分も捕まって磔になることを怖れ逃げ廻り、番人に誰何《すいか》されても、イエス様とは関係ないと三度も嘘をついてしまったそうです。その罪の意識に苛《さいな》まれ、自分もイエス様の後を追って死のうかと思った時、十字架にかかって死んだはずのイエス様が現れて『ペテロよ、そなたは私を裏切ったのではない。自分の弱さを知っただけなのだ。謙虚さを知ったそなたは、真に私の弟子となった』と、諭されました。それを聞いたペテロ様は、自分がいかに傲慢で自信過剰であったかを知ったそうです」

ティトゥスは、死んだはずの男が現れた話には違和感を覚えたが、ペテロの説教が人間の弱さから始まったのには、斬新さを感じた。

ローマの神、エジプトの神とも違う。ユダヤの神とも違うようだ。

「それからどうなったのだ」

ティトゥスは、深い椅子から身を乗り出した。

「もう、夜も更けました。私は帰らねばなりません」

「明日の夜も、また来てくれるか？」

「ティトゥス様が、そう望まれるならば」

ティトゥスは、ベロニケの話に引き込まれていた。いや、ベロニケ自身に魅了されていた。もっと、この声を聴いていたい。

次の夜も、ベロニケはティトゥスの宿舎にやってきた。

ティトゥスはベロニケのために、椅子を用意して待っていた。ベロニケはその椅子に腰かけ脚を組んだ。真っ白な足首が艶めかしい。

「さあ、話の続きを」

その足首を見つめながら、ティトゥスは話を促した。

「その後、ペテロ様は、イエス様の数々の奇跡を話されました」

ティトゥスは、奇跡などハナから信じていない男だ。しかし、もう話の内容など、どうでもいいような気になっていた。

「私も奇跡の話には違和感を覚えました。引き込まれたのは、イエス様が小高い丘の上から人々に話された言葉です。すべてが新鮮でしたが、一番印象に残っているのは、『あなた方は自分のために、虫が食い、錆がつき、また、盗人らが押し入って盗み出すようなこの世に、宝を蓄えてはならない。むしろ、虫も食わず、錆もつかず、また、盗人らが押し入って盗み出すこともできない天に、宝を蓄えなさい。あなたの宝のあるところには、心もあるからである』というお言葉です」

「それはこの世で物欲を求めるよりも、来世のために善行を施せということかな」

ベロニケは、ゆっくりと首を振った。黒髪がその度に揺れて、甘い香りが、ティトゥスの嗅覚に届いた。

「物欲のために懸命に努力してお金を得ることはよいのです。その人の能力を活かすことは神の本意ですので。得た富を貧しい人、障害のある人に施せば、その分が天国に蓄えられます」

ローマに抗うのではなく、『敵であるローマ人を愛せよ』という。それは奴隷のような従属ではない。ティトゥスは、ペテロのことを調べさせた。イエスの教えがユダヤ人だけでなく、異邦人にも浸透しているのには驚いた。むしろギリシャ系のユダヤ人に信者が多いという。驚きを通り越して俄然興味を持ったのは、カイザリアでコルネリウスというローマ帝国の百人隊長に教えを説いたという話だ。

それから毎夜、ベロニケはティトゥスのもとへやってきた。ベロニケとの宗教談義は楽しかった。ギリシャ哲学とローマの帝王学で育ったティトゥスが、イエスの信者になることはなかったが、ベロニケに恋をしてしまった。

ベロニケから渡された、ユダヤ王家に伝わる香木を焚いて寝るのが、ティトゥスの習慣になった。その匂いに包まれて眠ると、まるでベロニケに抱きしめられているようだ。

見た目の美しさだけならローマにも美女はたくさんいる。しかし、ベロニケのように知性と大胆さを兼ね備えた女に出会ったのは、初めてだ。

ティトゥスは、心の鎧が溶けたように、ベロニケに夢中になった。

マサダ砦を取り巻くように螺旋の道は完成した。

総攻撃が明日に迫った夕暮れ、いつもより早い時間に、ベロニケがティトゥスを訪ねてきた。

「砦の中が見える場所にお連れください」

「同胞が苦しむ様が見たいのか」

「遠くからでも、イエス様の祈りを伝えます」

ティトゥスはベロニケを伴って、いつもの砦全体が見える丘に登った。真新しい螺旋の道が光っている。砦に巻き付いている蛇のようだ。ベロニケは、小さな岩に両手を組んで乗せると砦の方に頭を垂れて祈り始めた。

長い祈りを終え宿舎に戻ると、ようやくベロニケが食事に応じてくれた。今、ティトゥスの目の前で干したいちじくのスープを口に運んでいる。ティトゥスはいつになく葡萄酒を呷っている。いつもなら酒を飲んでも常に冷静な自分が背後から見下ろしているのに、今は冷静なもうひとりの自分が隣に座って、一緒に笑っているようだ。

楽しい、本当に楽しい。何年ぶりだろうか。いや、生まれて初めてかもしれない。何としてもベロニケをローマに連れて帰りたい。ベロニケのいない人生は、もう考えられなかった。

「この戦が終わったら私はローマに帰る。一緒に来てほしい」

ティトゥスは真摯に、懇願するように言った。

ベロニケはスープを飲む手を止めたが、沈黙したままである。

「そなたの望みは何でも叶えよう。私はローマ帝国の皇帝になる。そなたは妃になる。愛人ではない」

するとベロニケは不思議な行動をした。豊かな胸元から小さなパピルスの巻紙を取り出すと、開いて読み、また巻き戻し、また開いて読み、巻き戻した。その言葉は、呪文のようだった。

ティトゥスは、その不思議な動作とベロニケの声を聞いていると、心がとろけるような幸せに包まれた。

そしてベロニケは深い碧眼《へきがん》を開いて、ティトゥスを見つめた。

「一つだけお願いがございます。それを叶えてくだされば、ローマにお供いたしましょう」

「何でも叶えよう。私の命以外は」

ティトゥスは誰にも見せたことのない無防備な顔で笑った。

「私の妹がマサダ砦の中にいます。妹だけでも助けたいのです。囲みの通行許可証をいただけないでしょうか」

「なんだ、そんなことか」

ティトゥスは拍子抜けした。すぐに書記官を呼び許可証を作るように命じた。喉に刺さった小骨のように厄介なマサダ砦も明日には陥落する。皇帝の椅子も近づいた。ベロニケとの恋も成就しローマに連れて帰れる。艶めかしい気分になってきた。このままベロニケを寝所に伴いたい。

しかし、ベロニケはそれには応じてくれなかった。

「一刻の猶予もありません。妹を救いにまいります」

ティトゥスも明日の総攻撃を前に、浮かれてはいられないと思い直した。ローマに帰れば毎日寝所を共にするのだ。ティトゥスは、書記官を呼び通行許可証の発行を急がせた。

ベロニケはそれを受け取ると、一礼して闇に消えた。


千人足らずのユダヤ人が二万人近いローマ軍を二年以上寄せ付けなかった。

砦の周りを幾重にも篝火が囲む。ローマ軍の規律の確かさを象徴しているようだ。たった一夜使う宿営地ですら手を抜かないローマ軍、二年に及ぶ包囲戦で砦の周りには整然とした新しい町ができ、ユダヤ人の捕虜や奴隷を使って造った螺旋状の道路が、山の頂上にまで達して突入の態勢が整っている。

もはや砦の陥落は目前となった。抵抗を続ければ殺され、降伏すれば奴隷に落とされ、家畜同様の扱いを受けるのが、この時代の常識だ。ユダヤ人の指導者ヨハナン師は、各支族の長を呼び集め、いよいよ最期の時だと告げた。

もとよりユダヤ人たちは、異教徒のもとでは生きられない。誇り高い死を自ら選ぶことに決めていた。陶片に名前を書いたものをクジとして引き、当たった者たち十人がそれぞれのグループの者を刺し殺す。そしてその十人がさらにクジを引き、当たった一名が他の九人を殺し、最後にそのひとりが自決する。

　だが、ヨハナン師の最も信頼するヨシュアが率いる一支族だけは、自決の道ではなく聖なる箱を守る密命を帯びていた。ヨシュア支族は砦には入らず用意周到に準備を整えていた。すでにペルシャ高原までの道中は、先遣隊を置いて宿営地を設けている。

　ヨシュアは最初、長老ヨハナン師からこの密命を聞かされた時、なぜ自分なのか、自分たち支族も他のユダヤ人と共に自決し、神のもとへ旅立ちたい。神の御許にしか、我々ユダヤ人の安息の地はないのだからと訴えた。

　しかし、ヨハナン師の意志は固く聞き入れてもらえなかった。ヨシュアにとってヨハナン師は伯父にあたる。亡き父の兄である。その伯父は幼子を諭すようにヨシュアに語った。

「ヨシュアよ。我が弟の子であるおまえは、我が子にも等しい。この砦で自決するよりも、きっとつらく長い道のりになるだろう。しかし、この苦難を乗り越えていけるのはおまえしかいない。神がそうお示しになっているのだ」

「どこに行けば、我らの安息の地があるというのですか」

　ヨシュアは声を荒げた。

「日出ずるところに安息の地がある。ユダヤの民がエジプトに居る頃からそのように言われてきた。エジプトで最下層の民として搾取されていた時、唯一絶対の神によって我らは救われた。神によって選ばれたのだ。邪悪な神を信じるエジプトの王朝は滅びた。ローマ帝国もやがては滅びるだろう。我らユダヤ民族はユダヤ教を信じる民だ。どこに住もうとユダヤ教だけが我ら共通の証なのだ。ローマ軍によって神殿は破壊されたが、我らの宗教はそのような場所や物ではない。聖なる箱はユダヤ民族の秘宝だ。生き延びたユダヤ人は国を持たない流浪の民となるが、いつの日か、ユダヤの国を再興するために必要な箱だ。ヨシュアよ、ユダヤの血を繋いでくれ。神のもとで私は、おまえの父と共にいつも見守っている」

ヨシュアはこれまで、ヨハナン師を長老として尊敬はしていたが、肉親の情などは感じたことがなかった。しかし、この冷静沈着な伯父が初めて顔中を涙で濡らし、ヨシュアの手を握り締めている。

ヨシュアはもう迷わなかった。自分の命が何のためにあるのか、すべてを理解した。

聖なる箱も、秘密の抜け穴を使って運び出す手筈《てはず》だったが、ローマ軍によってその抜け穴が発見されたので、砦側で崩落させ通れなくした。ローマ軍の包囲網のどこかにゆるみはないものか、ヨシュアは目を凝らして観察した。唯一、不浄門の辺りに警戒のゆるみがあるようだ。

新月の夜明け前、最も暗い時刻、羊飼いの笛の音を合図に、反対側の門から砦の中の同胞が最後の抵抗を試みて突撃した。不意をついたつもりが、ろくに食事をしていないユダヤ側は、起き抜けのローマ兵に次第に押し戻された。ローマ兵はこのまま勢いに任せて砦の中に押し込まんとしたが「総攻撃は五時間後だ。深追いをするな」と百人隊長が兵を止め、再び不浄門の辺りに静寂が訪れた。

砦の中の同胞は、おとりの役割を充分果たしてくれた。ヨシュアは、精鋭三十人ばかりを引き連れて、密かに歩哨《ほしょう》のローマ兵の口を封じ縛り上げると不浄門をたたいた。そしてユダヤ教徒にしかわからない祈祷を塀越しに聞かせた。すると、静かに門が開いた。

すでに辺り一面に死臭が漂っている。糞尿の悪臭も甚だしい。地べたにはおびただしい人間がうごめいている。微かに息の音がするが、声は聞こえない。すでに死んでいる者もいる。

空いている隙間を選んで奥に進むと、松明《たいまつ》をかかげて三人の男が出迎えた。この砦の長であるヤイルとその副官、そして長老で律法学者のヨハナン師。

その後ろには、聖なる箱が用意されていた。ヨハナン師がよく響く声で言った。

「明日は全員死ぬ。殺されるのではない、自ら高貴な死を選ぶ。元気な者が弱っている者を刺し、次は元気な者同士でくじ引きをして当たった者が刺してゆく。最後に残った者は、自決する。何も思い残すことはないが、この聖なる箱がローマに奪われるのは何とも耐え難い。燃やすことも考えたが、ヨシュアに託すことが神の思し召しである」

「どこへ向かう」

ヤイルが思いの外元気な声で聞いた。

「東方へまいります。東の果て、どこまでも。安住の地があることを信じて。苦難の旅で我らを支えるのは、神の言葉とその箱です」

「この箱は、我らの祖先が荒野を彷徨った時に、万能の食であるマナを与えてくれた。今度の苦難な旅でも助けてくれよう」

ヤイルが箱をヨシュアに渡した。

「急げヨシュア、夜が明ける」

ヨシュアは箱を受け取ると、今来た門に向かって急ぎ進んだ。門で待ち受ける同胞、ヤイルが選んだ一緒に脱出する若者が待っていた。密かに門を出て、眠っているローマ兵の傍を抜け、崖の下に降りると、安堵したのも束の間、オリーブの木が揺れてローマ軍の甲冑を着た兵士たちが現れた。

「おまえたちは、マサダ砦の者か」

「いいえ、私たちは旅の芸人です。エジプトからシリアに向かう途中です」

「確かに旅の様子ではあるが、その後ろにいる者は、戦場で見かけたような気がするぞ」

若者が剣に手をかけたが、それをヨシュアが止めた。ヨシュアは両手を高く挙げながら百人隊長に近づき、耳打ちをした。隊長はヨシュアの話を聞くと、ふたりしてオリーブの林の奥へ入っていった。

ヨシュアは隊長に通行許可証を見せた。それを見た隊長は目を見開いて驚いた。その通行許可証には、最高位ティトゥスの紋章と印影があった。時を待たずにふたりは出てくると、隊長は後ろの部下たちに手で道を開けるよう命じた。

そして、ヨシュア一行は、支族の待つシリアのダマスカスへと向かった。


マサダ砦の陥落によってユダヤ戦争は終結した。

これを契機にユダヤ人は祖国を失い、世界中へ離散した。

そして約千九百年間、流浪の民となった。


ヨシュア一行は、イラン高原へ向かう途中のオアシスで、旅芸人の扮装を解き、砂漠の商人に扮した。マサダ砦に籠城している間に練った計画で、金目のものはヨシュア支族に託されている。日出ずる国へ辿り着くまで何世代もかかるだろう。年老いたらその地を死に場所とし、次の世代だけで東へ向かうのだ。

何と根気のいることだろう、アロンは気が遠くなる。いっそどこかに住み着いてしまえばいいのにと思ってしまう。なぜ行ったこともない東の果ての地へ行かなければならないのか、本当にその地は自分たちを受け入れてくれるのだろうか。

アロンの疑問は、日々増すばかりだった。アロンは、父ヨシュアや許婚《いいなずけ》のナーダほどには、聖なる箱の力を信じていない。いや、そもそも神の存在すら信じ切れない。神が本当にいるのなら、何故《なにゆえ》我らを救ってくれないのか。神とはいったい何なのか。マサダ砦を陥落させるため、地道に土を運び石を積んでいるローマ兵の方がまだ理解できる。そんなことを口にすれば、ユダヤの同胞から殺されかねないが。

ナーダは、長老ヨハナン師と父ヨシュアが決めた許婚だ。ナーダは美しい。ユダヤの民には珍しく、不思議とその肌は白く透き通って、腰まで届く豊かな黒髪がしなやかな肢体を覆っている。その深い碧眼に見つめられたら誰もが虜になる魅力的な女だ。

そして、ナーダには不思議な力がある。ユダヤの民に時々生まれるという、神の声を聴く力のあるシャーマンだ。時には未来や過去も見えるという。父ヨシュアは詳しく教えてくれなかったが、マサダ砦脱出の時には、重要な役目を果たしたらしい。父は自分よりもナーダの方を頼りにしているのだろうと、ナーダに嫉妬したこともあるが、支族のシャーマンに嫉妬しても仕方がない。まして、ナーダは自分の妻になるのだから。

アロンは、ただひたすら自分の使命を全うするだけだと自分に言い聞かせた。そのために自分は生まれてきて、そして生き延びているのだから。多くの同胞の死を無駄にしてはならない。父ヨシュアに従い、支族と聖なる箱を守って、ひたすら東へ進むしかない。

アロンはナーダの手を握り締め、死の砂漠を真っすぐイラン高原へと向かった。

オアシスは様々な人間が行き交う場である。善良な人間ばかりではない。むしろ死の砂漠を渡っていく者たちは、お人好しではいられない。隙あらば、人を騙して金品をかっさらい、命を懸けて商売をしている、そんな男たちの群れだった。

アロンは父から命じられ、ユダヤの宝飾品をローマの銀貨に換えるためオアシスの市場に行った。この宝飾品がどれくらいの価値があるのか、アロンにはわからなかった。換えるのは今まで敵だったローマの銀貨なのだ。市場の商人に言われるがまま、銀貨を受け取り父に渡した。

「アロンよ、あの宝飾品とこの銀貨の枚数では釣り合わない。おまえは騙されたのだ」

ヨシュアは、肩を落とし深いため息をついた。

「いや、父が悪かった。おまえが一番体力が残っていたので行かせたが、宝飾品と銀貨の価値を教えていなかった。仕方がない、これも神の思し召しだろう」

「父上、あの商人のところに行って、もっと銀貨をもらってきます」

「その商人はすでに逃げているだろうよ。砂漠の商人とはそうしたものだ。騙される方が悪いのだ」

アロンは、ユダヤの同胞が苦労して貯めた宝飾品を、自分の無知で安く買いたたかれたことが、申し訳なくて居たたまれなかった。父はもう商人は消え失せていると言ったが、捜さずにはいられない。今度はその商人を殴りつけてでも銀貨を奪ってやる。アロンはもう一度市場に行き、あの商人を捜し回った。しかし、他の商人たちに尋ねてみても、そんな男は知らないと鼻であしらわれた。まるで、そこにいる人間すべてが、アロンをあざ笑っているようだった。

その夜、オアシスで火事が起きた。

今は乾季、火の勢いは止まらない。消火をあきらめ逃げ惑う人々でオアシスはごった返した。ヨシュア一行も命からがら火から逃げた。持ち物は一層乏しくなり、先遣隊の待つイラン高原まで辿り着けるのか、皆が不安に駆られていた。

アロンはナーダがいないことに気がついた。もしかして火事で逃げそびれたのか。いや人一倍、勘が鋭いナーダがそんな間抜けなことは絶対にしない。幼い頃からナーダをよく知っているアロンには確信があった。

そこへナーダが、大きな袋を抱えて帰ってきた。

「アロン、取り返しましたよ」

アロンは絶句した。

その袋の中には、銀貨と売ったはずの宝飾品、そして見たこともないきれいな布まで入っていた。

「さあ、早く父上に報告しましょう」

「ナーダ、どうやって宝飾品をあの商人から取り返したのだ。いや、その銀貨や布まで、あの商人がくれるはずがない」

「あの商人はアロンを騙した。だから神が、罰をお与えになったのです」

ナーダは当たり前のことのように答えた。そして、逃げ遅れて焼け死んだ幼子の死骸に一瞥《いちべつ》をくれてから、荷物を持って歩き出した。

アロンは、そのナーダの背中を茫然と見つめていた。火事の熱風が、そこら中を満たしている。しかし、アロンは寒気が止まらなかった。

俺は、この女に未来永劫逆らえない。

火事が起きる前、ナーダは聖なる箱の中から香木を取り出していた。箱の鍵は、ヨシュアからナーダに託されている。その香木はユダヤの秘宝の一つで、火に焚べる量や時間を調整することで、自白を誘導したり、催眠術をかけやすくしたりする。ユダヤの秘宝の中で最も貴重な宝。上手く使えば人の心を操り、国を滅ぼすこともできる。これは最強の武器なのだ。

ナーダはその香木の欠片をベールの中に隠し、支族のテントを抜け出して、昼間アロンを騙した商人のテントにひとり向かった。そして、テントの幕を静かに引き上げ、娼婦のように甘えた声で呼びかけた。

「商人様、起きていらっしゃる？」

「おまえは誰だ」

「昼間、市場で商人様を見初《みそ》めた者です。私をテントの中に入れてくださいな」

黒い衣で全身を覆ってはいるが、そのしなやかな肢体に好色な目を向けて商人は言った。その息はすでに酒臭い。

「もちろんだ。うまい酒がある。昼間、世間しらずの若者からせしめた腕輪や首飾りもあるぞ。おまえが欲しいならやろう」

「ええ、全部欲しいわ」

ナーダは商人と酒を酌み交わしながら、焚火の中に例の香木を一片入れた。

「何と甘い匂いのする香木だろう」

「これは、夜を楽しむための香木なのですよ」

商人は下卑《げび》た顔をナーダに向けて、思いっきりその煙を吸い込んだ。黒い衣の裾からナーダの白い脚が伸びて、白蛇のように商人の体に巻きついている。

「おまえはもう動けない。さあ、瞼を閉じて静かに体を横たえるのだ」

商人はナーダの白い脚を擦りながら、言われた通りにした。その顔はすでに正気を失って、口から泡を吹き、小太りの体は小刻みに痙攣《けいれん》している。

ナーダは商人の手を振り払い、ゆっくりと猛毒を塗った針を首筋に突き刺した。

「神の怒りを知れ」

ナーダは静かに呟き、商人の体に油をかけ火を点けた。商人は言葉にならない呻きを一声上げると、丸い炎の塊になった。ナーダは、そんな物体には目もくれず、金目の物を袋に詰め込み、足早にテントを後にした。

ナーダに罪の意識はまったくない。

アロンを騙したあの商人は、ただ毒殺するだけでは足りない。類焼で他の人間も死んだが、それはユダヤの民ではない。所詮《しょせん》、異教徒だ。私の愛するアロンは、ヨシュアの後を継ぎ、次の支族の長となる男。アロンを守ることが、私の使命。そのために私の力はあるのだから。

ナーダの家系には、不思議な力を持つ者が多く生まれる。神の声を聴き、過去や未来を見ることができる力だ。しかしそれは、聞こうと思って聞こえるものではなく、見ようと思って見えるものでもない。ナーダ自身の意思とは関係ない。昨日もアロンの後をつけよと、神の声が突如、聞こえた。

ヨシュアをはじめ支族の皆は、ナーダの行いを称賛した。その日から、秘宝の香木は聖なる箱には戻さず、ナーダの所有となった。

ヨシュア一行は、火事のどさくさに紛れてオアシスを出発し、灼熱の砂漠をイラン高原へと向かった。オアシスでは火事の原因が放火だとわかり、犯人捜しが始まっている。昼間砂漠を行くのは危険極まりないが、夜まで待つ余裕はなかった。

アロンに手を引かれながら、目も眩む強い太陽にナーダは今にも失神しそうだ。アロンの腕の中で、失神すると思ったその瞬間、ナーダの目に、緑が色濃く繁る森の彼方、高い山々が見えた。

今まで見たこともない塔の山に、夏至の夕日が静かに沈んでいった。

第四章　荒神谷

翌日、柚月と光は、ホテルでの簡単な朝食を済ませるとホテルまで迎えにきてくれた神田刑事の運転する車で、出雲署での捜査会議に向かった。

柚月はビジネスホテルの無料朝食では足りないらしく、お昼は出雲蕎麦の大盛を食べると息巻いている。光は研究所の同僚から送られてきた銅鐸と銅剣の文字の解析をPC画面で読んでいた。神田刑事は「どちらが警察官なのか、わからないなぁ」とバックミラーのふたりを見ながら呟いた。

岸田敦、久本隆一の死亡は、広域連続殺人の可能性が濃厚となったため、最初の合同捜査会議は、警察庁広域支援室長の前川和幸警視正が中心となりオンラインで開催された。また久本隆一と親しかったという真田日名子が、事件の直前に長野に移住したが引っ越し先の住所にはいなかった。昨日のうちに所轄の警察官が現地を確認している。携帯電話も鳴らしてみたが、電源が入っていないため繋がらなかった。自分の意志で身を隠したのか、連れ去られたのか。最悪の場合、すでに殺害されている可能性もあるため、長野県警も合同捜査会議に加わっている。

前川室長の指名で最初に警視庁捜査一課の佐々木警部が報告した。

「中目黒で発見された岸田敦の司法解剖の結果、微量の化学物質が検出されました。それは幻覚作用を引き起こすもので、この物質を含む植物は日本には存在しないそうです。またこの物質の他に、アルカロイド系の植物毒も検出されています。直接の死因は、こっちの植物毒が心臓発作を引き起こしたものと考えられます」

次に島根県警から報告があがった。

「久本隆一の遺体からも、同様の物質が検出されました。しかし毒物は検出されていません。久本の死因は溺死で間違いないことが司法解剖の結果でわかっています」

微量でも幻覚作用が強い物質、日本には存在しないもの、柚月はＰＣに打ち込みながら、遠い異国で自分が幻覚で朦朧としている姿が脳裏に浮かんだ。

「つまり久本は幻覚で自ら海に飛び込んだということですか」

前川が質問した。

「自ら飛び込んだのか、突き落とされたのか、詳しい状況は不明ですが、久本の乗っていた船が境港で発見されました」

「随分と現場から離れたな。船が無人で港まで流れ着くことはないから、操縦していた人物が久本を殺害した犯人だろう」

佐々木が先走った結論を言った。

「殺人犯かどうかはともかく重要参考人には違いない。久本と一緒に船に乗っていた人物の特定を急いでください」


佐々木の性格をよく知っている前川は、苦笑いをしながら島根県警の捜査員に命じた。

「岸田が深夜零時にこども園から出る映像が、防犯カメラに映っています。死亡推定時刻が零時から二時の間ですから、この後、西郷山公園に行き殺害されたと考えられます。残念ながら遺体発見現場には防犯カメラは設置されていませんでした。また前日の夜九時過ぎに、桜色のワンピースを着た髪の長い女性がこども園に入っていくのが映っていました。その一時間後にはこども園を出るところも映っています。この女性の顔ははっきり映っていないのですが、出雲大社の元同僚に確認したところ、年恰好からして、真田日名子の可能性が高いです」

佐々木は、防犯カメラの映像を画面共有した。

「こども園に入っていく時に日名子が振り返って、どこか別の場所を見ているみたい」

柚月が隣に座っている光に小声で囁いた。

「うーん、視線の先に誰かいるのかな。カメラの死角になっていてよくわからないね」

嗅覚は優れているが、視力は今いちの光も小声で答えた。

「つまり、真田日名子とおぼしき女性と会った後に、岸田は殺害され、その日名子も行方不明になっているということか」

「岸田敦は殺害された当日から、長期の休暇をこども園に申請していました。病気の母親を看病するために、長野へ行くと話していたとのことです。しかし、戸籍では父母ともすでに他界しています」

「長野ですか。長野市なのか、長野県なのかわかりますか」

「そこまでは、こども園の人も聞いていなかったようです」

「長野市でも広いのに、長野県となると場所の特定が困難だな」

「日名子の引っ越し先も長野だったな。鍵は長野にあるのか……」

家族も財産もなく孤独に生きていた初老の男、なぜ彼らは殺されなければならなかったのか。一番の謎はふたりの被害者宅に残された楽譜の暗号、そして荒神谷遺跡から出土したと考えられる銅鐸と銅剣だ。そこにも謎の古代文字が刻まれている。

「南雲くん、銅鐸と銅剣に刻まれていた文字と記号の解析結果を教えてください」

前川が切り口を変え、光に発言を求めた。前川は光の上司である窪田所長とは学生時代からの友人で、歴史や遺跡が絡む事件の時は、この旧友の研究所に捜査協力を依頼している。その関係で光とも面識がある。

「はい。古代文字研究を専門にしている同僚から今朝届いた報告によると、銅剣の記号は翡翠を表していて、文字は両方とも古代ヘブライ文字でした。銅鐸の方は『ネボ』、これはパレスチナ地方のモアブの野にある山の名前です」

「聞いたことのない山だな」

誰かの声が全員の思いを代弁している。

「この山の麓をヤボク川が流れています。有名な預言者モーゼがこの山から約束の地カナンを見渡し、その後まもなくこの山で亡くなったと言われている有名な山です」

光の説明に頷く警察官はいない。

「銅剣に刻まれた文字は『ミトスライム』、これはエジプトのナイル川のことです」

出雲考古学研究所の所長は、卒倒しそうなほど驚いた。

「そんなはずはない。出土した銅鐸、銅剣のどこにも、そんな文字は刻まれていなかった。もしあれば、我々が見逃すはずがない。その銅鐸と銅剣は偽物でしょう」

「いえ、向陽大学の研究所の調査では、成分分析などすべてのデータが本物だと示しています。これは僕の推測ですが、被害者の岸田さんと久本さんは、荒神谷遺跡の発掘現場に教育委員会職員とボランティアとして参加していました。もしかしたらその時にこの銅鐸と銅剣を盗み出したのではないでしょうか」

「うーん、殺人事件の被害者のふたりが、出土品の窃盗犯だったというわけか。しかし、何のためなんだ。だいたい、日本の遺跡からナイル川とかパレスチナの山とかが出てくるのはおかしいだろう」

今回の事件には、歴史や遺跡が絡んでいるため、オブザーバーとして、光や出雲考古学研究所の所長も出席しているが、警察関係の人間には、まったくわけがわからない話だ。

「古代の日本は、我々が思うよりもはるかに、グローバルな時代だったのです。ローマ帝国との戦争で国を失ったユダヤ人たちは世界中に離散しました。その一部が日本列島、特に出雲などの日本海側の地域に、何代もかかって辿り着き住み着いたと推測されています」

光の説明に出雲考古学研究所の所長も「うんうん」と頷いている。

「つまり今回の連続殺人事件には、古代ユダヤ人とか荒神谷遺跡の時代とかが関係しているのか……こりゃ警察官にはお手上げだな」

眉唾ものの話をからかうように言った佐々木につられ、他の刑事たちからも嘲笑がわいた。

「佐々木警部、そんなことはない。実際に現代に生きているふたりが殺害されたのだから何らかの殺害動機が存在するはずだ」

前川にたしなめられ、佐々木は表情を引き締めた。

「小坂警部補、岸田の部屋から発見された楽譜の暗号について説明してください」

「久本の部屋にも、同様の楽譜がありました。筆跡鑑定の結果、両方とも久本本人が書いたものと判明しています。暗号自体は単純なもので、岸田の部屋にあった方は『ウンタヒメキケンシカクユタ』と解読できました」

柚月は自分が解読したかのように胸を張った。

「『ウンタ』は出雲大社のことで、『ヒメ』はそこと関係する女性、つまり真田日名子のことではないでしょうか。『シカク』は刺客、つまり殺し屋で、日名子に危険が迫っていることを知らせた暗号と推察されます」

「『ユタ』とは、どういう意味かね」

「今の段階ではわかりません。久本の部屋から発見された方は、『マサダノハコユタへ』と読めました」

「二つ共に『ユタ』という言葉が出てくるのか。何か意味があるんだろうなぁ」

神田刑事は下を向いたまま、考え込んでいるようだ。

「『マサダノハコ』とは何だね」

柚月が答えに窮していると、光が助け舟を出した。

「これも推測ですが……かなりの推測ですが、今から約二千年前にローマ帝国とユダヤ人との間で戦争がありました。その戦争はマサダ砦の陥落で終結しましたが、陥落の前に重要な箱がマサダ砦より持ち出され、この日本まで運ばれたのかもしれません」

光の突拍子もない発言に、会場は一瞬シーンと静まり返った。

「なるほど、あの銅鐸や銅剣の古代ヘブライ文字とも、何かしらの繋がりがあるように感じますな」

出雲考古学研究所の所長は、光の説を支持するように言った。考古学者は想像力が豊かでなくては歴史の真実に迫れない。光はＰＣの画面上で、所長に小さくお辞儀をした。

「では、その箱の中には、何が入っていたのですか」

神田刑事が、おどおどと顔を上げながら聞いた。他の捜査員も一斉に光の方を見た。

「それは、わかりません。重要なものが入っていたのでしょうが……」

会場に、はーっと、ため息がもれた。

「今回の事件は殺害の動機が不明だ。しかしすでに岸田敦、久本隆一の二名は殺害され、もうひとりの関係者と思われる真田日名子は行方不明になっている。いずれにせよ、カギを握っているのはその女性だろう。自ら身を隠しているのか、拉致監禁されているのか。

『マサダノハコ』が、お宝かどうかはわからないが、日名子がそれを持って逃走している可能性もある。『ユタ』というのも不明だが、個人か組織か、または何かの暗号か、先入観を抱かず捜査してほしい。まずは、日名子を発見し、保護することを第一に考えてください。本件を正式に、広域連続殺人事件として認定し、警視庁、島根県警、長野県警の合同捜査とします」

前川室長の話でオンライン会議は終了した。

島根県警の神田刑事は日名子の捜索のため長野へ出張した。手掛かりはないが、日名子が出雲大社へ引っ越し先として提出していた住所地周辺の聞き込みから始めてみる方針だという。律儀な神田刑事は、美味しい出雲蕎麦の店を柚月に教えてから出発した。

日名子の捜索や殺人事件の捜査は、本職の刑事たちに任せて、広域支援室の柚月は光と共に、楽譜の暗号や銅鐸、銅剣の古代へブライ文字の謎を追うことになった。柚月が前川室長との打ち合わせを電話で済ませると、まず荒神谷遺跡に行ってみることにした。

「その前に、腹ごしらえをしましょう。腹が減っては戦はできぬというでしょう」

柚月がさっさと神田刑事おすすめの店ののれんをくぐり、光がその後に続いて、ふたり仲良く出雲蕎麦をすすった。

出雲蕎麦は、蕎麦の実を殻ごとすべて挽く、挽きぐるみの蕎麦粉を使うのが特徴で、東京の蕎麦とは違う素朴な感じがこの土地と合っている。柚月は縁結びセットという二段の割子蕎麦に、出雲ぜんざい付きのボリューム満点のセットを頼んだ。何とこのセットには、おみくじまで付いている。光は釜あげ蕎麦というシンプルな蕎麦にした。柚月のおみくじは小吉で「うーん微妙……」と、言いながら店を出た。

荒神谷遺跡は、山陰本線の荘原《しょうばら》駅から直線で二・五キロメートルの距離にある。歩いて三十分、腹ごなしにちょうどよい。ふたりとも歩くのは苦にならない。歩きながら考えると様々なアイデアが浮かび、想像が広がる。ふたりの会話はさらにそれを助ける。話題の中心は勢い、荒神谷遺跡《こうじんだにいせき》の謎に迫った。

一九八三年（昭和五十八年）、広域農道の建設に際して遺跡の分布調査を行ったところ、調査員のひとりが田んぼの畦道《あぜみち》で一片の土器（古墳時代の須恵器）の破片を見つけた。それをきっかけに本格的な発掘調査が始まり、一九八四年に小さな谷の斜面の土中から銅剣三五八本が発掘された。この谷の南側に『三宝荒神』が祀られていることから遺跡名を『荒神谷遺跡』と命名した。

さらに翌年の一九八五年には、そこから七メートルほど離れた地点で銅鐸六個、銅矛十六本という大量の青銅器が出土した。今までの遺跡との違いは、意図的に規則的に埋められていたことである。墓の中に納められたもの、建物の遺構に残ったものではない。

「なんだ、銅剣が発見された谷が、荒神谷という名前ってわけじゃなかったのね。荒ぶる神から銅剣をイメージしていたのに」

「でも、このネーミングによって古代史ファンを増やして、誰が何のために埋めたのかという謎が、邪馬台国の謎のように広がったんだ」

「でもそれは、一時のブームでしょう。考古学マニアでなくても邪馬台国のことは知ってるけど、普通の人は荒神谷遺跡のことは知らないわよ。現に私だって、この事件が起きるまで知らなかったし」

「荒神谷遺跡の発掘まで、全国で出土した

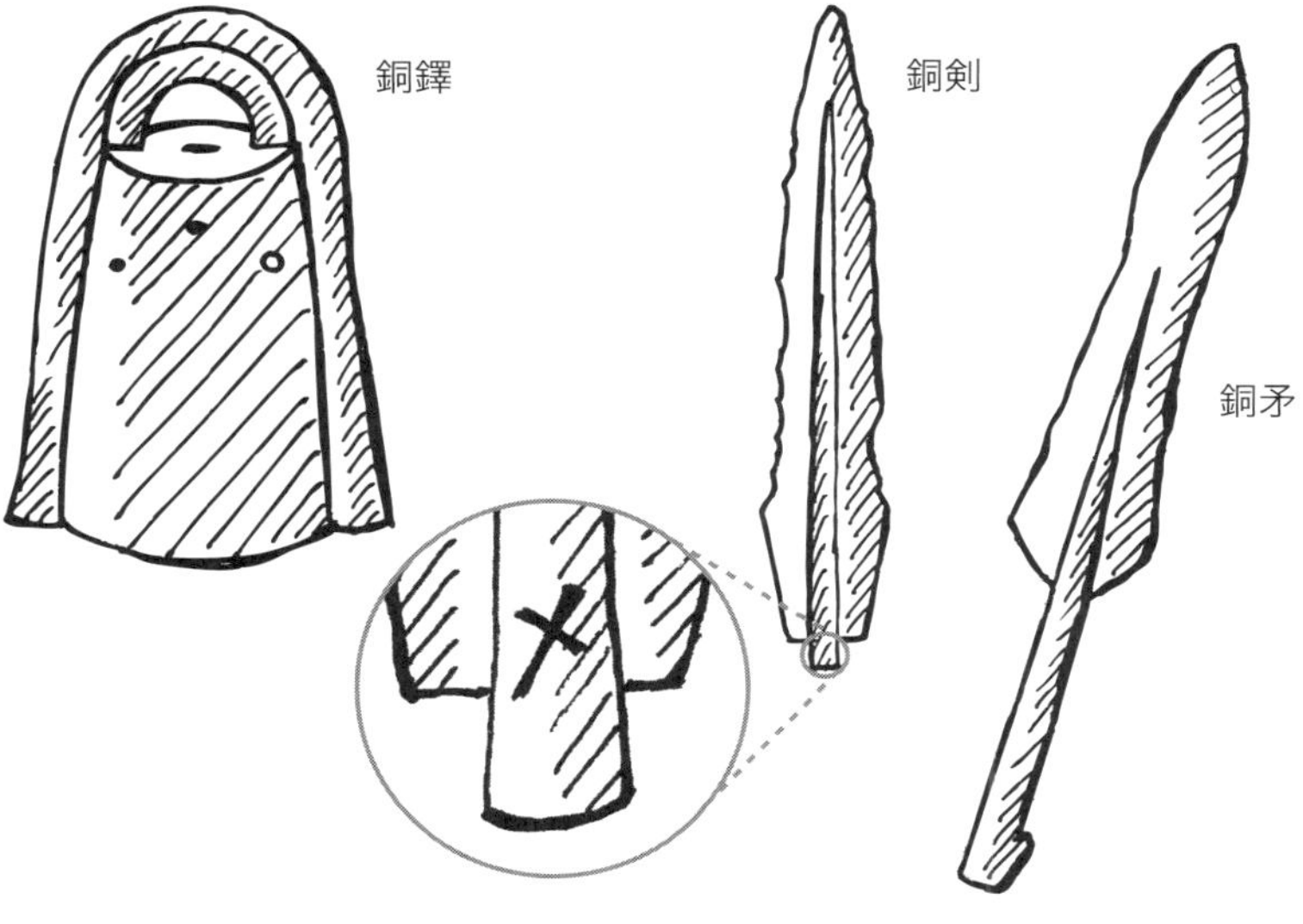

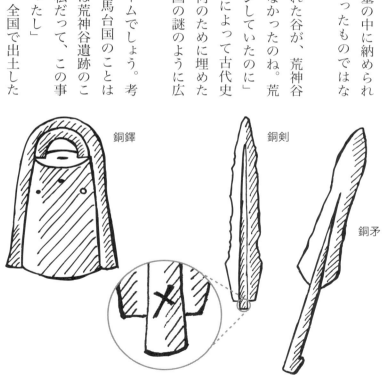

銅剣の総数は約三百本しかなかった。ところが、荒神谷遺跡だけで三五八本、いや事件で出たものも含めると三五九本出たのだから驚きだね。まさに古代史ミステリーのエースだよ」

「そう、それよ。誰が、いつ、何のために埋めたの」

「それがわからないからミステリーなのさ。科学的な研究データは出ている。たとえば、成分は同じで、同じ鋳型《いがた》で製造されたものが多いことから、同じ時期に、同じ場所で作られたものと断定されているよ」

「そういえば、多くの銅剣に『×』印が刻まれているわね。何の印なの？」

「それも謎だね。十字架かもしれない」

「え、キリスト教徒も古代の日本に来たの？」

「ヘブライ語と日本語の共通点が多いことから、ユダヤ人が古代日本に来た可能性はあるけど。その中には、キリスト教徒もいたかもしれないね」

「日本語の中にどんなヘブライ語があるの。和製英語はわかるけど、和製ヘブライ語はピンとこないなあ」

「たとえば日本語の『ヤマト』は、神の民という意味のヘブライ語『ヤゥマト』から転じたとも言われているし、神様のいる場所をヘブライ語で『ミヤ』と言うのも、日本の『お宮』と共通しているね」

「確か日本人の祖先がユダヤ人だっていう説があったよね？」

「日本人のルーツの研究は、出土した人骨のゲノム解析を中心に科学的に進んでいるんだ。一部の言語的共通点だけでは証明できないよ」

日本人のルーツという何ともロマンのあるテーマにのめり込みそうになった柚月だが、本来の目的に引き戻して光に質問を投げかけた。

「荒神谷遺跡の出土品はいつ、誰が、何のために埋めたのかは、いくつかの仮説があるんじゃないの」

「大きく分類すると、祭祀祭儀《さいしさいぎ》説、保管説、隠匿説、廃棄説、境界埋納《きょうかいまいのう》説がある」

「境界埋納説って？」

「戦や境界争いの時に、自分たちの領地を守るために、境界に埋めることさ」

「土の中に埋めたら守りにならないんじゃない？」

「地中から発する『気』で守るから、精神的な防御だね。荒神谷遺跡の場合は説得力がないな」

「廃棄説もないわね。だって、棄てるんだったら規則正しく土の中に埋めるなんてしないわよ。それに本来の用途で使わなくなっても、銅は貴重だから他の用途に使うはずだわ」

現実的な女性らしい考えだ。

「祭祀説と保管説の融合が有力だね。祭祀に使うための銅剣、銅鐸、銅矛を土の中に埋めて保管しておき、実際に祭祀を行う時に取り出すという説」

「それなら、土に埋めなくても高床式の倉に保管した方がいいんじゃないかな。土の中じゃ錆びちゃうよ」

「土の中に埋めることで、霊気が増すという信仰もあったのさ」

「なるほどね～。で、いつ誰が埋めたの？」

「うーん、それも諸説あるけど絞られていないんだよ」

議論に夢中になっている間に、荒神谷遺跡の入口に着いた。資料館の前を通り、池に沿ってさらに奥に進む。池には千葉県で発見された古代の種子から育てた蓮が広がっている。今はまだ花はなく根っこだけが見えている。

四月とはいえ池はまだ寒々としていたが、小さな谷の斜面を春の陽光が照らし、その場所をライトアップしているようだ。谷の反対側に展望台があり、銅剣を埋めている儀式の想像図がある。邪馬台国の卑弥呼を連想させる巫女が祈祷し、銅剣を規則的に埋めている。

光は陽光に目を細めながら、銅鐸と銅剣に刻まれた文字と記号の解析結果を考えていた。あまりに真剣な表情なので、柚月も話しかけられずに、さらさらと時間が流れていく。

「そうか、わかった、安曇野だ！」

「ええ？　なぜいきなり安曇野が出てくるの」

「記号は翡翠をあらわしていた。日本で翡翠の採れるところは十か所程度あるけど、宝石として価値があって、広く交易に使われていた翡翠の産地は、新潟県の糸魚川とその周辺地域だ。出雲で流通していたのは、糸魚川地域の翡翠だろう」

「富山県の宮崎・境海岸も、ヒスイ海岸と呼ばれて有名だよ」

「いずれにせよ北陸地方だね。ただ、岸田さんも真田さんも、長野に行くと言っていたよね」

「糸魚川から入るルートは大糸線に沿っているわ。それで安曇野が出てくるわけね。でも諏訪でもいいよね」

「そこで、ネボとミトスライムが謎の扉を開くのさ」

光は目の前の風景を指差しながら、名探偵になったように説明した。

「遠くに見える神名火山《かんなびやま》、周囲を丘に囲まれた窪地。銅鐸にあったネボは、神名火山に似た山を表している。それは、安曇野を見渡せる有明山さ。山容が富士山に似ているから、信濃富士とも呼ばれている。古くから信仰の山として崇められてきた。古代ヘブライ文字と、この荒神谷遺跡に埋められた地形と配置が、地図を表しているんだ。そのルートを辿ると、翡翠の川を遡り、四方を山に囲まれた海の国に出る。翡翠の川は、糸魚川にある姫川だ。姫川を遡ると安曇野に辿り着く。安曇野の名前は『わだつみ』からきている。『わだつみ』は、日本の神話に出てくる海の神だけど、海原の意味もあるんだよ」

「安曇野と言っても広いわよ。どこに行けばいいのかしら」

「荒神谷遺跡の中で銅矛の埋められた位置は、穂高を表しているんだ。安曇野にある穂高神社のことだろう」

「どうして銅矛が穂高なの？」

「矛は槍の原型で、穂高も槍の穂先を意味しているからさ」

「うーん、古代の人々は、そんなに深く考えて埋めたのかな？」

「まあ、あくまで僕のイメージだけど……」

穂高見命《ほたかみのみこと》を御祭神に仰ぐ穂高神社は、大糸線の穂高駅の近くにある。面白いのは、奥宮が北アルプス穂高岳の麓の上高地にあり、さらに嶺宮《みねみや》が穂高連峰主峰の奥穂高岳の頂上に祀られている。つまり三段階構造なのだ。

古代出雲と安曇野は、深い関係にあった。地下水路で繋がっているなどという荒唐無稽な説もあるが、海路で繋がっていたことは確かだろう。

伝説によると、北陸地方に『越《こし》』という古代国家があり、不思議な緑色の翡翠の装飾品を身に着けた美しい姫が国を治めていたという。

それは、ウンタ姫の幻影と重なった。

岸田と久本が所持していた、銅鐸と銅剣の文字と記号、そしてこの荒神谷遺跡の地形、光のインスピレーションに導かれるように、ふたりは安曇野の穂高神社に向かうことにした。

第五章　出　雲

冬枯れの野に少しずつ若い緑が芽吹きだした早春の朝、出雲王に呼ばれたマタは、従者ひとりを伴って王の館へと向かっていた。朝日が徐々に夜の冷気を溶かしていくこの時間が、マタは好きだ。出雲王の呼び出しと言っても、緊急の用件ではない。久しぶりに朝餉《あさげ》を共にしようという、何とも友好的なお誘いである。マタは、朝の空気を楽しみながらゆっくりと歩を進めた。

ユダヤ支族がマサダ砦から脱出し、長い長い旅の果てに、出雲の地に住み着いて数十年、だいぶ出雲族との混血も進んだ。支族長のマタは、先代の長の長男で冷静沈着な男だ。このまま出雲の地に溶け込むことが、ユダヤ支族にとって最良の選択だと思っている。

出雲王とユダヤ支族は、マタの父の代から姻戚関係になった。マタの父はすでに他界しているが、温厚な人物で出雲王に従順だった。マタは、そんな父を歯がゆく思っていた時期もあったが、支族長の立場になってみると父の思惑がよくわかる。

　この出雲の地で、ユダヤの神への信仰を継承していくこと、そのためには、支族の血脈を絶やしてはならない。出雲族と争っても、まず勝ち目はないのだから。出雲族と交じり合いながら、ユダヤの血を出雲の中にすり込んでいくのだ。そしていつの日にか、マサダの箱の力でこの国の支配者になる。

　マサダの箱とは、遠い昔、遥か彼方の祖国を追われた祖先が、マサダ砦から持ち出したユダヤの秘宝だ。その箱の中身は、代々の支族長にのみ継承されている。

　出雲王の館に着くと、顔の長い侍女に案内されて王の居室に通された。すでに朝餉の支度は整っており、出雲王が庭を眺めて待っていた。

「出雲王よ。お招きいただき感謝いたします」

「おお、マタよ。よく来てくれた。このところ戦もなく、平和な世が続いておる。これもそなたの働きのおかげじゃ」

　朝餉は粥だった。匙《さじ》ですくうと香ばしく口の中で柔らかい米に交じって嚙み切れない食感がある。干した貝が入っているご馳走だ。

　出雲王は全身に墨を入れ、その模様を断ち切るような戦の傷跡が王の威厳を高めている。髭もじゃの厳《いか》つい顔に満面の笑みを浮かべてはいるが、その目は笑っていない。人の心を見透かすような視線は、柔らかな朝日にまどろんでいたマタを緊張させた。朝餉を食べながらしばらく雑談をした後、出雲王はマタに聞いた。

「ところで、そなたの弟のユタはどうしておる」

「はい。相変わらず、八岐《やまた》の鉄の里に入りびたりで、工人たちと鉄の製法を工夫しているようです」

「ユタは我が出雲王族の血が混じっておるが、戦には向かぬな。あれの母親も体が弱い質《たち》で早世してしまった」

ユタは、マタの父と出雲王の親族の娘との間に生まれた、マタの腹違いの弟である。マタの母も早くに他界している。

「ユタは政《まつりごと》や戦には向かぬ。いくら血縁とはいえ儂《わし》がユタを重用することはないぞ」

出雲王は、ここからが本題とばかりに、厳つい顔をマタに近づけて話し出した。

「儂の末娘である照姫じゃが、そなたの妻に貰ってはくれぬか」

予想もしなかった王の話は冗談かと思ったが、射るような視線はマタの眼を捉えたままだ。その視線を外すように庭を見た。雀が二羽、低木の枯れ枝から飛び去った。マタは視線を戻すと椀と匙を音を立てずに膳に置いた。

「出雲王よ、私にはすでに妻がおります。亡き父が決めた女で我が支族のシャーマンです。とても王の姫を娶ることなどできません」

「知っておる。ユダヤ支族のシャーマンのウタであろう。出雲にもシャーマンはいる。どの部族にもいる。儂はのう、神のお告げなど、ほとんど信じてはおらぬのよ。国をまとめるための方便くらいに思っている。しかし、そなたの妻は違う。あの眼に見つめられるだけで、呪術をかけられたようになる。本物のシャーマンというのは、ウタのような者かもしれぬ」

出雲王はしきりに顎の髭を撫でている。

「そうです。ユダヤのシャーマンは、本物の力を持っているのです。我が支族は、遥かな大陸の西からこの地に何代もかけて辿り着きました。その苦難の道のりを支えたのも、神のお告げを聴けるシャーマンなのです」

「ユダヤ支族の信仰は尊重しよう。しかし、儂はこの出雲で安定した国づくりをしたいのだ。そなたには儂の右腕になってほしい。そなたの父は、儂の親族の娘をふたり目の妻にした。マタ、そなたとはもっと強い結びつきが欲しいのだ。儂とそなたでこの出雲を、もっと豊かで強大な国にしようではないか」

出雲王はその言葉の証として、青銅の三種の祭器を保管している王の蔵の鍵を懐から取り出し、マタの手に半ば強引に握らせた。マタはその手を膝の上に置いたまま、断りの理由を思案したが、上手い言葉がみつからない。

「すぐに結論を出さなくともよい。姫もまだ幼い。よおーく、この先のユダヤ支族のことを考えてみよ」

出雲王は固まったマタを残して奥の部屋に消えた。すぐに顔の長い侍女がやってきて王の膳を下げてゆく。鍵を持って早く帰れと暗黙の催促をしているようだ。

出雲王の申し出に、最後は何も言えず王の館を後にしたマタの懐には、出雲王から託された王の蔵の鍵が入っている。今、西から勢力を拡大している新興のヤマトが急速に力を増している。出雲王の申し出には、ヤマトへの対抗策として、ユダヤ支族との結びつきを強固にしたいという思惑もあるのだろう。

出雲王族との血の繋がりを強固にすること、それはマタの思惑とも合致する。しかし、妻のウタはどう言うだろうか。ウタは並みの女ではない。嫉妬などはしないはずだ。支族のシャーマンであるウタに、隠し事は許されない。

マタは自分の館に帰り、ウタにありのままを話した。マタにとってウタは、妻である以上に、支族を率いていくための最も頼りになる右腕だ。

「我らユダヤ支族が、この出雲の地で平和に暮らしているのは、出雲王のご威光のお陰です。王はあなたのことを信頼して、我が支族をもっと栄えさせてくださるでしょう。照姫がお輿《こし》入れになるのであれば、私は遠い地に去りましょう」

　ウタは一瞬、悲しげな目をしたが、マタの予想通りユダヤ支族の行く末を考え、冷静に受け止めていた。

「ただ……義弟のユタが心配です」

「ユタが、どうしたのだ」

「ご存じないのですか、ユタと照姫は恋仲ですよ」

　マタはまったく知らなかった。もともと男女の関係には疎い男である。ウタと婚姻したのも父の決めたことに従ったまでで、婚姻とはそういうものだと思っている。

「そうだったのか。まだまだ子どもだと思っていたが、確かにユタと照姫の母親同士はいとこで、幼い頃からふたりはよく一緒に遊んでいたな」

　自分が知らないくらいだから、出雲王も知らないのだろう。出雲王は、ユタのことをまったく評価していなかったが、マタは年の離れた出来の悪い弟のユタが可愛かった。ユタも幼い頃に父母を亡くしたせいか、マタによく懐いている。何とか照姫をユタの妻に迎えることで、出雲王を説得できないだろうか。ユダヤ支族の長を、ユタと照姫の子に譲ってもいい。そうしたら、妻のウタと別れることもなく、出雲王族との結びつきも強固にできる。まさに三方が丸く収まる良案だが、出雲王のユタに対する評価は低い。この策が上手くまとまるまで妻のウタには黙っておこうと決めた。

マタは、ウタがいつも被っているユダヤの黒いベールを取って、美しい白い顔に絡みついている長い黒髪を撫でた。

まだ朝靄が消えきらない柔らかな空気の中、ウタは義弟のユタの館に足早にやってきた。マタとユタの兄弟は母親が違うので、幼い頃から別々の館で暮らしている。出雲王の親族の娘であったユタの母が、病気で早死してからは、ウタがちょくちょく館を訪れ、ユタの衣や食事の世話をしている。ユタにとってウタは、義姉というよりも母に近い存在だった。

ユタは兄のマタとは違いおとなしい青年だ。父も母もユタが幼い頃に死んだが、不自由のない暮らしを送っている。ユダヤ支族を率いていく立場でもなく、戦で手柄を立てる自信もない。立身出世にも興味はなかった。

ユダヤ支族の者たちと八岐の鉄の里で働き、いろんな工夫を試してみて、強い鉄の剣や農具を作っていく、それが楽しい。ユタはモノづくりが好きなのだ。このまま静かに、鉄の里で働きながら照姫と平和に暮らしたい。それがユタの望みだった。今朝も早くから新しい道具の図面を描いている。傍には冷えた朝餉が半分ほど残り、また老婆に小言をいわれそうだ。手を休めて朝餉を平らげてしまおうと椀に手を伸ばした時にウタの声が聞えた。

「山菜がたくさんとれたのでお裾分けよ」

下働きの老婆に山菜を渡しながら居間に上がってくると、ウタはユタに人払いを命じた。

「ウタ、どうしたの。マタに何かあったのかい」

ユタはまだ幼さの残る顔で、心配そうに聞いた。

「そうマタとユタ、あなたたち兄弟にとって、とても重大なこと。出雲王が照姫とマタの婚姻を決めました。私はあなたたちが恋仲だということをマタに伝えたのだけれど、ユダヤ支族のためだと言って、マタはこの婚姻をお受けすることにしたのです」

ユタは描きかけの図面を見たまま心が宙に浮いてしまった。マタが照姫と結婚、そんなことは考えたこともなかった。親子とまではいかないが、十歳以上は年が離れている。だいたい、マタにはこのウタという妻がいるではないか。王の姫を側室にするわけはない。それくらいの常識はユタにもある。

「でも、ウタがマタの妻だ。それは俺たちの父が決めたことで、父の言葉には逆らえないはずだ」

「先代の長はもうこの世にはいません。ユダヤ支族の安泰を考えれば、出雲王の申し出をお受けするのが一番よいのです。マタはそう考えているようです。私は出雲を去るつもりです」

俯《うつむ》いたウタの目には涙が浮かんでいた。肩も震えている。

優しいウタ、母亡き後、自分のことを息子のように気にかけてくれる。マタに従順でユダヤ支族のことを一番に考えている支族のシャーマン。マタはウタに愛情はないのか。ユタは生まれて初めて兄に対して疑惑が生じた。怒りさえ湧いてくる。

「だからユタも辛いでしょうが、照姫のことはあきらめてくださいね。マタは照姫と婚姻すれば、この国の大臣にもなれるでしょう」

結局、マタは出世が目的なのか。ユダヤ支族のためとか言いながら、自分の出世が一番なのか。兄はそういう人間だったのだろうか。いや自分が知らない間に、そういう人間になってしまったのか。

「ウタ、そんなふうに犠牲になることはないよ。マタだけ幸せならいいはずはないだろう。俺がマタに話をする」

「いいえ、マタとは話さない方がいいわ。あなたが話してもマタの気持ちは変わらないでしょう。兄弟の仲が決裂してしまう。そうなったらユタも、この出雲には住めなくなってしまう」

「照だってかわいそうだ」

「でも、どうしようもないわ。出雲王のお怒りを買うことはできない。出雲王に対抗できるとしたら、ヤマト王くらいよ。まさかヤマト王が私たちを助けてくれるわけはないでしょう」

「そんなことはない。俺は鉄の買い付けに来るヤマトの隊長と付き合いがある。ヤマト王だって条件次第では、俺たちを助けてくれるはずだ。ヤマト王は出雲から買った鉄で戦に勝利している。きっと八岐の鉄の里は欲しいはずだ。それから……」

ユタは一瞬、躊躇《ちゅうちょ》してから声をひそめて言った。

「マサダの箱も……」

「マサダの箱……あれをヤマト王に渡すのですか？」

ウタの目に一瞬、今まで見たこともない険しさが宿った。ウタはユダヤのシャーマンなのだから当然のことだ。

「ユ、ユダヤの秘宝なのはわかってる。だ、だからこそ価値があるんだよ」

ユタは母親に甘えるようにウタに懇願した。

照姫は出雲王の末姫で、母親も王族の出身だ。出雲王に溺愛され甘やかされて育ったが、わがままなところはなく、いつも人の後ろに隠れているような頼りない少女だ。その頼りなさのためか、不思議と誰からも好かれて、照姫の周りは人のあたたかさで満ちていた。

そんな奥手の照姫とユタは、母親同士がいとこで、幼い頃からしょっちゅう一緒に遊んだ幼なじみだ。ふたりの会話は少ない。海に沈む夕日をふたりでずっと見つめている。ただそれだけで満たされる。

ふたりは朝日がまた昇るように、自然に夫婦になるものと思っていた。

ユタがウタから話を聞いた翌日、照姫がユタの館に駆け込んできた。いつもならお付きの侍女を伴って遊びにくる照姫だが、誰にも言わず自分の館を抜け出してきたのだという。

ユタは照姫の顔を見て、何の話かすぐにわかった。無言で照姫の手を引いて、館の裏にある夕日が見える浜辺に連れていった。

「お母様から、今日とんでもないお話があったの」

照姫は青い顔をしてユタに母の話を伝えた。

「出雲王から、ユダヤ支族の長のマタと私との婚姻を結ぶよう命が下されたの。お母様は、それは乗り気で、すぐにお受けするとお返事をしたそうなの。姉姫たちのように遠くに嫁がなくてもよいのだからと言って……私、驚いてしまって、何も言えなかった」

「俺もある人から、出雲王が照をマタの妻にすることに決めたことを聞いた。マタも承諾したそうだ」

ユタに悲しさと悔しさで頭がおかしくなりそうだった。信頼していた兄マタが、自分の気持ちを知った上で、照姫を娶ろうとしている。強大な力が、自分たちふたりを引き裂こうとしているのだ。照姫と一緒になりたいと頼んだところで、どうなるものでもないことは、ユタにもわかっている。

「照、出雲を出て、ふたりで暮らそう」

「ユタ、無理よ。父王の力が及ばないところなんてないわ。きっと捕まって殺される。いいえ、私だけは殺さずに政略の道具として使われるだけ」

照姫の姉姫たちも同じように、出雲連合の有力部族の長やその子どものもとへ嫁いでいる。しかし、姉姫たちは単なる政略の道具としてではなく、出雲王の戦士として勇ましく嫁いでいった。有力部族の内情を探るスパイとして、戦になれば夫をも暗殺する。そんな訓練を幼い頃から受けていた。

照姫にはそんな技量はない。父である出雲王もそこは見抜いているのだろう。出雲の地で自分に仕えるユダヤ支族の長であるマタに嫁がせることにしたのも、そのためだろうとユタは思った。

「いや、今はヤマト王が勢力を伸ばしている。ヤマトの地に逃げ込めば、出雲王も簡単に手出しはできない。八岐の鉄の里とマサダの箱を差し出せば、ヤマト王も保護してくれるはずだ」

「マサダの箱?」

「ああ、ユダヤの秘宝だ。ユダヤ支族の長から次の長へ継承する時にマサダの箱を開けて、中を確認する習わしだ。だから箱の中身は兄のマタしか知らない。でも伝説では、ユダヤの国を再興するくらいの力があるらしい」

ユタは照姫の手を握った。

「照は俺が必ず守る。マタや出雲王のように、政《まつりごと》に女を利用する者のそばに照を置いておけない」

口では勇ましいことを言ったユタも、途方に暮れた顔で沈む夕日を眺めた。海からの風は春とは思えないほど冷たく、握り合ったふたりの手は、それ以上に冷たかった。

宍道湖《しんじこ》の畔の迎賓館で鉄の商談成立後の宴会が催され、出雲とヤマトの兵士たちが、酒を酌み交わし談笑している。この場に双方の王はいない。その気楽さで宴は盛り上がっていた。

ヤマトの兵を率いる髭面の隊長の名はカモスという。カモスはヤマト王の信頼の厚い男で、戦の勝敗を左右する出雲の鉄の買い付けを一手に任されていた。カモスは商談が上手くいき、上機嫌で酒を飲んでいた。

そんな宴会の最中にユタは、カモスにそっと耳打ちをした。

「誰にも聞かれぬところで話がしたい」

まだ飲み足りないカモスは、仕方なさそうに腰を上げ、ふたりは館を出て人気のない場所に移動した。

春の終わりの生暖かい霧雨が湖からの湿った風に乗って、ユタの衣をしっとりと濡らしていく。汗ばんだ手のひらを何度もその衣で拭きながら、ユタは話し始めた。汗ばんだ肌とは逆に喉はカラカラに乾いて、言葉がうまく出てこない。

「俺と女をひとり、ヤ、ヤマトに連れていってほしい」

「女とは誰だ」

「素性は言えない。お、俺の妻になる女だ」

カモスはユタの緊張しきった顔を、冷めた目で見つめていた。

「どんな事情があるのか知らぬが、我らには関係のない話だろう。ヤマトで暮らしたいのなら、勝手に来ればいい」

まったく馬鹿馬鹿しいという表情でカモスは鼻で笑い、ユタに背を向けて館に戻りかけた。

ユタは慌てて、カモスの袖を引っ張って必死に訴えた。

「八岐の鉄の里の場所を教える。そして……ユ、ユダヤの秘宝のマサダの箱をヤマト王に渡す。だから、俺たちふたりを守ってほしい」

カモスは、歩を止めてユタに向きなおって聞いた。

「マサダの箱だと……ユタ、それはどういうことだ？」

「ヤマト王もマサダの箱を手に入れたいと言っていただろう。俺なら箱を手に入れてヤマト王に進呈できる。だから俺の頼みを聞いてくれ」

カモスは、酔いのさめた顔でじっとユタの目を見た。

「ユタよ、まずはマサダの箱を持ってこい。そうしたらヤマト王にそなたらふたりを匿ってくれるよう、必ず俺が話をつけよう。マサダの箱さえあれば、ヤマトの地で何不自由なく暮らせるようにしてやろう」

カモスはそれだけ言うと、さっさと館に戻っていった。ユタは、マサダの箱を何としてでも手に入れるしかないと自分に言い聞かせた。しかし、その方法がわからない。

宍道湖に浮かぶ月がゆらゆらと揺れている。

マタの館ではいつもの夜が明けた。マタは朝の祈禱が終わると妻を呼んだ。

「ユタの様子はどうだ。何か変わったことはないか？」

「ユタがヤマトの隊長と密談しているのを見ました」

「どこで？」

「宍道湖の畔の迎賓館でヤマト兵との宴が催され、私も手伝いに行っていたのです。帰り際にユタが、ヤマトの隊長と湖の畔で話をしているのが見えたので、心配になって隠れて聞いてしまいました」

「鉄の買い付けのことだろう」

「いいえ、ユタは照姫とヤマトに逃げるつもりのようです。ヤマト王に庇護してもらう条件に、マサダの箱をヤマト王に進呈すると言っていました」

まさか、ユタがそんな大それたことをするはずがない。できるわけもない。マサダの箱の在りかを知らないのだから。それに照姫との婚姻はまだ決まったことではない。機会を見て出雲王には断るつもりでいる。その上で、ユタと照姫との婚姻を願い出るつもりなのだ。マタは出雲王と話がついたらユタに話すつもりだったが、悠長にしてはいられない。

「ユタの館に行く。ユタと話をしてくる」

「それは逆効果ですわ。昨夜、宴の席で女たちが話しているのを聞いたのですが、照姫の母がこの婚姻に大乗り気で、出雲王に早くこの話を進めてくれるよう進言しているようです。ユタはそれを聞いて、あなたのことも信じられなくなっているのでしょう」

「しかし、このままだとユタは、とんでもないことを仕出かすかもしれない。我らユダヤ支族が出雲に居られなくなってしまう」

「私に任せて。ユタは私の言うことなら聞いてくれると思います。早まったことをしないように説き伏せてみせます」

確かに、ユタはウタのことを母のように慕っている。ここはウタに任せた方がいいだろうとマタは判断した。


ヤマト王は、九州から来た。

出雲から買った鉄の武器で、次々とヤマトの土着豪族を破り、ヤマト盆地に王国を建てた。その勢いで各地を征服しているが、すべてが武力による制圧ではない。巧みに懐柔し、時には欺いて支配下に取り込んでいる。ヤマトも出雲に近い連合王国だ。策略には仕掛けが必要だ。仕掛けの一番は敵の身内から裏切者を見つけ、それを使って謀略を企てる。

ヤマトが出雲に脅威を感じているのは、鉄の里だけではない。ユダヤ支族が密かに受け継ぐ、マサダの箱も恐れている。ただ、その箱の中身が何であるかは知らない。西方の万里の彼方から民族が絶滅する危険を代償に、はるばるこの東の果ての国まで運ばれた箱。それは、絶大な支配力を持つとの噂もある。

出雲連合の盟主の座を手に入れること、それがヤマト王の目的だった。出雲を攻略すれば、山陰、北陸の諸国が一気に手に入る。しかもこの地域には、大陸との交易で重要な港が多い。

ユタの館に、ヤマトの酒を土産に持ってカモス隊長がやってきた。あの宴の後、ユタはマサダの箱を手に入れる方法がなく、カモスと交渉する術がないまま時間だけが過ぎていた。

「どうだ、マサダの箱の在りかはわかったか」

「いや、まだだ……でも、必ず手に入れるから……」

カモスは、さっさと館に上がり込み、土産の酒を自ら飲んで、ユタにも勧めた。ユタは酒が強い方ではないが、素面のままカモスと対峙しているのも気づまりで、勧められるままにヤマトの酒を飲んだ。出雲の酒の方が美味いなと思った時、カモスがユタの顔を読んだように話し始めた。

「出雲は、酒も食べ物もヤマトより美味い豊かな土地だ。俺は出雲が好きだ。鉄の買い付けで何度も訪れるうちに、その気持ちは強くなっている。海の幸、山の幸が豊かで鉄を求めて人々が行き交い活気がある。海に沈む夕日を見ていると、このままこの地に骨を埋めたいと本気で考えるようになった。出雲に領地をもらって、そこの領主になって暮らしたい」

カモスはいったい何の話を始めたのだろう。ユタには、カモスの意図が読めなかった。

「ヤマト王は、マサダの箱はなくてもよいと言われた。その代わり我らの言う通りに動いてくれれば、そなたたちをヤマトに受け入れようと」

「そ、それは本当か、俺たちを守ってくれるのか」

「ヤマトは約束を守る。しかし約束を違えたものは許さない。男でも女でも子どもでも、死より苦しい制裁を与える」

カモスはユタに小さな皮袋を渡した。

「これは？」

「ある草を乾燥させて粉にしたものだ。これを宴の酒に混ぜるのだ。そなたがやることはそれだけだ」

「ど、毒なのか」

ユタは一気に酒の酔いが醒めて、青ざめて震えた。

「毒ではない。誰も死なないから安心しろ。これでそなたらふたりは、ヤマトで一生安泰に暮らせる」

それから次の鉄の買い付けの時まで、ユタは常に、ヤマト兵の監視下に置かれ照姫と接触することも禁じられた。


照姫の遺体が北の森の洞穴の中で発見された。

その遺体は、毒蛇や毒蜘蛛に無数に喰われ、悲惨な状態だった。あの愛らしい照姫の面影は、微塵も残っていない。誰も近づかない北の森に照姫自ら行くはずはない。誰かに誘い出され、殺害されたに違いないというのが大方の見方だった。

マタは、弟のユタが照姫を殺したという噂が流れていることを、妻のウタから聞いた。

そしてユタが、ヤマト王と通じて出雲王を裏切ろうとしていることも。照姫の母が出雲王に、ユタの処刑を願い出ているというが、出雲王はまだ動いていない。

それが不気味だった。

古代では、どの集団でも裏切者や反逆者への制裁は苛烈である。見せしめとして、すぐに殺すようなことはしない。楽に死ぬだけなら見せしめにはならない。ある一族が出雲王への反逆を企てていることが発覚した時、出雲王はその一族全員の爪と顔の皮を剥ぎ、海に投げ入れた。男だけではない。女も子どももいた。その悲鳴が今もマタの脳裏から離れない。

もう迷っている時間はない。事実はどうであれ、出雲王が照姫を殺した犯人はユタでヤマトと通じていると断定すれば、反逆罪でユダヤ支族すべてが皆殺しになる。いや、死よりも恐ろしい制裁が待っている。

マタは、そうなる前に出雲を脱出し、かねてから交流のある越の国の奥地に移住することを決めた。

その夜、密かにユダヤ支族の主だった者たちを集め、皆にこの決断を話した。

「この出雲の地に根付くつもりでいたが、出雲王からの無理な要求で我ら兄弟は決別することになった。ユタはもう我が支族から抜けたのだ。そしてヤマトが出雲を征服せんと、戦を仕掛けてくることもわかった。この出雲は戦乱の地になる」

マタの話が終わった後、ウタは静かに語り始めた。

「昨夜、ユダヤの神の声が聞こえました。この出雲は我らの安住の地ではないと」

「おお……」と、その場が騒《ざわ》めいた。

「伝説のシャーマン、ナーダはマサダ砦脱出の時に、『緑が色濃く繁る森の彼方の高い山々、その中の塔の山に、夏至の夕日が沈んだ』と、言い残しています。代々のシャーマンに語り継がれているナーダの予言です」

ウタは、黒いベールをとって、皆の顔を見回しながら話を続けた。その輝くような美しさに、ユダヤ支族の者たちは自然と首を垂れた。

「しかし、この出雲は海に夕日が沈みます。この地はユダヤの神が、我らに約束してくれた安住の地ではないのです！」

ウタは言い終わると膝をついて祈りに入った。

「旅立とう。ユダヤの神が、我らを導いてくださる越の国の奥地へ」

マタが宣言した。

皆は、ウタと同化するようにその場に膝をつき、ユダヤの神へ祈りを捧げた。

決行の日までそんなに時間はない。次の鉄の買い付けの日に、ヤマト王は戦の火蓋を切ると、ウタは予言した。それまでに密かに脱出の準備を整えなければならない。マタには、ユダヤ支族のように海の向こうからこの地へ渡ってきた、様々な種族とのネットワークがあった。それは遠く越の国まで続いている。

古代にはまだ確立した『国』というものはなく、様々な種族が各地で豪族となりコミュニティを築いていた。外海から渡ってきた種族は海人《あま》と呼ばれ、一つ一つは小さな集団ながらも、お互いに助け合う繋がりを持っていた。

マタはその海人たちに、腹心の部下を伝令として走らせた。越の国は遠い。その奥地となればどれくらいの日数を要するのか、古代の移動は天候によって大きく左右される。各地の海人の集落を頼っていかねば、女、子ども、老人を連れた移動はできない。その足掛かりをつくっておくのだ。

青銅の三種の祭器は、出雲王の館の蔵に保管されている。出雲は連合王国だ。各地の王たちは、出雲に集って会議をする。そこで重要なことを決める。決めたら三種の祭器を祈祷で浄め、取り決めの証として王たちに渡す。三種の祭器とは、青銅で作られた銅鐸《どうたく》、銅矛《どうほこ》、銅剣《どうけん》のことだ。銅剣が一番数が多く、三百以上はある。鉄器が生産できるようになった今では、金属としての価値は低いが、出雲連合の人間にとっては、象徴のような役割をする重要な品だ。ヤマト王も戦になればこの祭器を手に入れて、出雲連合の王たちを従わせる道具として使うだろう。

そして、ユダヤ支族が出雲を裏切り脱出したら、出雲王は連合の王たちに、この祭器を贈って、ユダヤ支族の抹殺を命じるだろう。それはヤマト王も同じに違いない。

マタは出雲を脱出する前に、出雲王から管理を任されている青銅の三種の祭器を、王の館の蔵から運び出し、誰にもわからない場所へ隠すことに決めた。

祭器を保管している蔵の前には、兵士が交代で昼夜、警護をしている。マタはその兵士に話しかけた。

「警備、ご苦労だな」

「これはマタ様、この夜中に何か御用ですか」

「出雲王から近々、三種の祭器を使う儀式を催すので、手入れをしておくように命令があったのだ。朝までには終わるだろうから、そなたは家に帰ってゆっくり休め」

「そうですか。王からの命で。お手伝いしなくてもよいのですか」

「手伝ってもらいたいのは山々だが、三種の祭器には、何人たりとも触れさせるなと王から言われておるのだ。手伝っているのがばれたら、そなたの首も飛ぶぞ。それから、儀式のことも極秘だそうだ。誰にも言うなよ」

「は、はい。わかりました」

警備の兵は、厳つい出雲王の顔を思い出し、そそくさとわが家へ引き上げていった。

マタは十分な時間をとって「ヒュ」っと、短い口笛を吹いた。隠れていたユダヤ支族の若者たちが、音もなく現れた。出雲王から預かっている鍵で蔵を開け、青銅の三種の祭器をそっと運び出し、神名火山《かんなびやま》の麓の真鎖《まさ》の谷まで運んだ。

真鎖の谷には、マサダの箱が隠してある。支族長にのみ口伝で受け継がれる隠し場所だ。その谷の奥深くの穴蔵からマサダの箱を取り出し、さらに穴を掘り広げて三種の祭器を埋めた。

まだ、夜明けまでには十分な時間がある。ユダヤ支族の祭器ではないが、若者たちは皆出雲で生まれ育った者たちだ。出雲の神に敬意を表し、きれいに並べて埋めた。

出雲の地はまだ、深い眠りの中にあった。


マタは出雲を脱出すると決めてからも、ユタに行先を伝える術はないものか考えていた。ユタは照姫が死んでから、前よりも一層自分の殻に閉じこもっている。照姫を殺害したのが誰なのかは未だに不明だが、ユタは私を疑っているのだろう。

しかし、いずれはユタも、ヤマトにも居場所がないことに気づくはずだ。ヤマト王はマサダの箱を狙っている。箱を持たないユタは用なしだ。ヤマトで殺される前に、自分のところに逃げてきてほしい。

祭器を盗み出し真鎖の谷に埋めた夜、マタはユダヤの民にも気づかれぬように、銅剣、銅鐸、銅矛を一つずつ館に持って帰ってきた。その一つ一つに、越の国の奥地にあるという安住の地を示す文字と記号を彫った。

マタ自身も行ったことはない未開の地だが、海人のネットワークで仕入れた情報から、高い山に囲まれた平地で、大きな川が流れている場所だという。海からは離れているが、海に注ぐ川を遡れば辿り着くことができる。

幼い頃、ユタに教えたユダヤ支族に伝わるヘブライ文字を、祈るような気持ちで彫った。そして兄弟ふたりの秘密の場所に埋めた。

マタは妻のウタを呼んで、その相談をした。

「ユタは私のことを疑っている。私が何を言っても信じないだろう。だが、いつかきっと私を頼って、ヤマトから逃げてくる日がくる。その日のために、我らの目指す地を知らせてやりたい。そなたならユタも話を聞くだろう」

「ええ、ユタは私にとっても大事な義弟。いいえ、息子のように思っています。ヘブライ文字の彫ってある、三種の祭器の埋めた場所をきっと伝えますわ」

血のような夕日が、辺り一面を真っ赤に照らしている。

マタは妻の肩を抱いて、ユタの住む館の方を見つめた。

第六章　安曇野

柚月と光は、荒神谷《こうじんだに》遺跡から出雲駅に戻りレンタカーで信州の安曇野に急行した。光は金額に糸目をつけないブラックカードを、姉夫婦の会社から支給されている。光も非常勤取締役になっているので、これも経費かなと思ったが、経理部長の姉は厳しく、会社の事業に関係ないものは役員報酬から引かれる。これを引かれるのは痛い。引ききれない金額は、光に対する貸付金になっており、しかも利息まで付いている。

「安曇野に着くまでに、時間がたっぷりあるわ。なぜ安曇野の穂高神社なのか詳しく教えて」

車の運転も抜群に上手い柚月が、アクセルを踏みながら聞いた。

「そうだね。夜の運転の眠気覚ましには、ちょうどいいな。穂高神社にこの謎を解くカギがあると思うのは、あくまで僕の勘に過ぎないけどね。ところで梅原猛は知ってる？」

「なんか、聞いたことある。よくテレビに出ている人でしょう」

（この人、梅沢富美男あたりと勘違いしているよな）と、光は勘づいたが黙って話を続けた。

「梅原猛は、法隆寺が聖徳太子の怨霊を封じ込めた寺だと主張しているんだ」

「そうなんだ、大国主命《おおくにぬしのみこと》が連合王国の首長の座を追われたけど、代償に宮殿としての出雲大社に住んだのとは、随分違うわね」

「そこが古代史の面白いところさ。一定の意図をもって古事記と日本書紀が編纂された時に、それまでの書籍は焚書《ふんしょ》されたとも言われている。だから、謎に包まれているんだよ。さて、ここからが本筋だ。出雲がヤマト族に占領された時に脱出した一派がいた、どこへ向かったか？」

「北陸でしょ。出雲連合の多い越の国」

それくらい私でもわかると、柚月は自信を持って言った。

「そう、さらに北の越後から信濃に入った。松本盆地や諏訪盆地まで。この脱出を、囚われて流罪になったという説もある。その牢獄が諏訪大社で、諏訪大社の荒ぶる祭りは、囚われて処刑された怨念を鎮める儀式とも言われているんだ」

「諏訪大社が流罪地なら、安曇野との関係はどうなの」

「この説によれば、安曇野にヤマト王権の駐屯地が置かれて、流罪人を見張っていたという。穂高神社は見張り所のあったところで、穂高の『穂』は槍の穂先のこと、『高』は遠くを見る、つまり槍を持って見張る場所、という意味になるんだ」

「私は違うような気がするなぁ。脱出して、新天地を求めて安曇野や諏訪に行ったのよ。そこで、自分たちの国を造った。穂高は武器を持った兵士の見張り所だとしても、ヤマト族の追撃や、他の侵略者を見張るところだったと思う」

「まあ、いずれにせよ、荒神谷遺跡の埋設された配置を見た時に、安曇野をイメージしたんだよ」

ふたりは眠気を感じる間もなく、歴史の謎に没頭していた。歴史には疎い柚月が想像力豊かに、光との会話についてくる。光が今まで付き合った女性は、こんな話をすると退屈して結局は長続きしないパターンが常だった。光はこのドライブが終わらなければいいのにと運転する柚月の横顔を見つめた。

運転は光の番だ。サービスエリアで柚月と交代した。

空気を入れ替えようと柚月が窓を開けた。夜の冷たい空気が車内に流れ込んできた。両手を交差させて身震いした柚月が、突然ガバッと身を起こしサイドミラーを凝視している。

「あの車、私たちを尾行しているわ」

光もバックミラーを見た。二つの光が、一定の速度でついてくる。あまりにも機械的でかえって不自然だ。光は左車線に移動して減速した。

その車は追い越し車線でそのまま加速するかに見えたが、ずっと光たちの車の斜め前方を並行して走っている。深夜の高速道路に他の車はいない。不自然なその走行に光は身構えた。

とたん、謎の車が同じ車線に入り込んで光たちの車の前につけると、ジグザグ走行を始めた。改造した特殊車両のようだ。追突したらひとたまりもない。

光は身をこわばらせ、さらに減速した。

「そのまま運転して！」

柚月が怒鳴った。

そして、柚月は助手席から身を乗り出し警笛を口にくわえて、拳銃を構えるふりをした。その手には何も握られていない。

「ピー！」

エンジン音を引き裂くような音が鳴り響いた。

謎の車は右車線に入って加速し、あっという間に闇に消えた。

一瞬の出来事だったが、光は全身から汗が噴き出していた。

「今の車、もしかしてこの事件に関係あるのかな」

「それはわからないけど車両の照会をしておく必要はあるわね」

柚月は冷静に前川室長へ報告の電話を入れている。一瞬の出来事だったが車種やナンバーも伝えている。こういうところはさすがキャリア警察官だなと光は感心した。


その後は何事もなく無事に安曇野に着いた。

夜明け前の梓川《あずさがわ》の岸辺に車をとめていると、山の端から朝日が昇ってきた。見事な朝焼けだ。これから天気が崩れるのかもしれない。

この安曇野に、古代、海外からの渡来人が定住し、繁栄したのが理解できる。四方を山に囲まれた平野は水が豊富で、荒れ野を彷徨《さまよ》った民に、目的の地はここだと確信させたことだろう。豊かでそれでいて安心感のある不思議な土地、陽は山から昇り山に沈む。中国の神仙思想で、不老不死の薬を持つ仙人が住む蓬莱《ほうらい》とはここのことだろうか。

安曇野は神話の国だ。

神話は古代の歴史を伝えている。安曇野は山に囲まれているが、海を想起させる。それもそのはず、太古に湖だったのが、水がなくなり今のような盆地になった。だから海人族がここに来た時、何ともいえない懐かしさを感じたのではないだろうか。

近くの道の駅の駐車場で時間調整してから、ふたりは穂高神社を訪ねた。

穂高神社はＪＲ大糸線の穂高駅から、徒歩で五分ほどの場所にある。古くから信濃における大社として、朝廷からも崇敬されてきた由緒ある神社だ。

霧のような雨が参道を濡らしている。

神社の朝は早いが、柚月は早朝の非礼を詫び、警察庁の身分証を見せて訪問の目的を説明した。

社務所に通され宮司が対応してくれた。今日は特に神社の行事もなく、時間はあるという。

「こちらの神社に荒神谷遺跡に関係するものが、何か伝わっていませんか？」

「荒神谷遺跡？　あの出雲のですか。いやあ、聞いたことも見たこともありませんなぁ」

柚月と光は、徹夜の疲れが一気に出て、「はぁ〜」と、深いため息をついた。人のよさそうな宮司は、そんなふたりの様子を見て、何かないかと腕を組み頭を捻って考えていたが、ぱっと顔を上げて言った。

「そうだ、出雲大社で巫女をしていた真田日名子さんが、うちに泊まっているんですよ。出雲のことなら、日名子さんの方が詳しいんじゃないかな」

「えぇー！　今、こちらにいらっしゃるんですか？」

ふたりは思わず大きな声になっていた。こんな偶然があるだろうか、もしかしたら日名子も、久本から楽譜の暗号やヘブライ文字の秘密を聞いて、この穂高神社に辿り着いたのだろうか。

「ええ、社務所の一室に泊まっています。今、呼んできますよ」

宮司は、日名子が寝泊まりしている奥の部屋へ行き、日名子に警察が来たことを告げた。

「ここではゆっくり話もできないので、真田さんの泊まっている部屋に入ってください」

廊下の奥から宮司が、こっちこっちと手招きしている。ふたりは急ぎ足で廊下を進んでいった。

「何か匂うな」

光は鼻をクンクンさせた。

「お香の匂いよ。それも高貴な白檀《びゃくだん》ね。心を落ち着かせる効果があるわ」

(へえ、お香が趣味なんだ)匂いに敏感な光は意外な感じがした。

そして柚月と光は、その部屋に通された。

「はじめまして、真田日名子です」

六畳一間の和室に正座をして、日名子はふたりを見上げた。小柄でほっそりとした長い黒髪の美人。ジーンズに白いセーターというラフな服装だが、巫女の正装が似合いそうだ。もしかして殺害されているかもという危機感を持っていたふたりは、日名子に会えてほっとした。

「警察庁の小坂柚月です。こちらは今回警察の捜査に協力してもらっている歴史学者の南雲光さん。真田さん、無事でよかったです」

「はい、中目黒で岸田さんと別れた後、岸田さんと久本さんが死んだことをニュースで知りました。事故や病死だとは思えなくて……次に狙われるのは私だと思って、誰にも居場所を教えずに携帯電話の電源も切って、この穂高神社に隠れていたのです。宮司さんご夫婦にも詳しい事情は話していません」

　柚月は日名子の正面に正座して質問を始めた。光はふたりから少し離れた場所に座った。

「穂高神社に隠れたのは、何か理由でもあるのですか」

「高校まで安曇野に住んでいたので、こちらで巫女のアルバイトをしていたんです。だから宮司さんご夫婦とは昔馴染みで、無理を言って泊めてもらっています」

　あの古代ヘブライ文字や楽譜の暗号とはまったく関係ない理由とわかり、光はがっかりした。

「真田さんは、おふたりを殺害した犯人に心当たりがあるのですか」

「いいえ、はっきり誰なのかはわかりません。でも岸田さんと久本さんが、危ない組織と取引しようとしていたのは聞いていました。私はそれを止めようと思って、中目黒のこども園に岸田さんを訪ねていったのです。でもその後に殺されてしまうなんて……」

日名子は言葉を詰まらせた。

「お気持ちはわかります。ゆっくりでいいので、真田さんが知っていることを話してください」

柚月が優しく日名子を労《いた》わっている。

「出雲大社に巫女として勤めていた時に、歴史好きな岸田さんと久本さんと意気投合して、時々三人で会って出雲の歴史のことなんかを話していたんです」

宮司の妻が、マグカップにコーヒーを入れて部屋に持ってきてくれた。四月とはいえ、雨天の社務所の奥の部屋は肌寒い。熱いコーヒーが、身も心も温めてくれる。宮司の妻の心遣いがうれしい。

「ふたりと出会ってから数か月くらい経った頃でした。ふたりが若い時に荒神谷遺跡の発掘が始まって、出土品の銅鐸と銅剣、銅矛の三つを盗んだんだって……」

日名子は押し入れから風呂敷に包んだものを出して、柚月と光に見せた。

「これは、銅矛だ」

光は手に取って詳細に観察した。これにも古代ヘブライ文字が彫ってある。

「荒神谷遺跡の発掘で偶然この古代ヘブライ文字の彫ってある三種の祭器を見つけたそうです。そして盗んで隠し持っていました。この銅矛は、ユタの組織に対抗する仲間の証にと私にくれたのです。でも、私はこれを持っているのが怖くて……捨てるわけにもいかないし……」

「その『ユタの組織』というのは、真田さんたちとどんな関係なのですか」

あの楽譜の暗号にあった『ユタ』という単語が、日名子の話に出てきて光は思わず聞いた。日名子は大きな瞳を見開いて光を見つめている。その眼光の鋭さに光は一瞬たじろいだ。

日名子は両手で包むように持っているマグカップに視線を戻して話し始めた。

「長い話になるのですが、私たちの遠い祖先はユダヤ人で、大昔に日本に来て住み着きました。そして途中で、『マタ』と『ユタ』という二つの支族に分かれたそうです。岸田さんと久本さんと私は、マタの支族の子孫なのです。でもマタの支族は明治以降ばらばらになって、大きな力は何もありません。ただ一つ、ユダヤの秘宝と言われている『マサダの箱』を受け継いでいる以外は」

日名子が始めた突拍子もない話に、光はその正気を疑ってしまったが、柚月はとにかく最後まで話を聞こうと光に目線で合図を送っている。

日名子はコーヒーを一口飲んで話を続けた。

「でも明治以降、そのマサダの箱の隠し場所がわからなくなってしまって。私も古い絵馬の研究をして捜しているのですが、まだ掴めていません」

日名子はPCを開いて、たくさんの絵馬の写真と論文を見せて説明した。

その一つには、注連縄《しめなわ》で飾られた箱をお神輿《みこし》のように背負った男たちが、いや女も子どももいるが、雲の道を天に向かって昇っている。背中には『真田』と書かれている。それを黒い雲の影から剣を持った男たちが見て狙っているようだ。背中には『弓田』と書かれている。

日名子の話を聞いていると、ユダヤ人の末裔が脈々とこの日本で生きてきたことが当たり前のことのように思えてくる。それは日名子のもつ独特の雰囲気によるのかもしれない。細い指がPCの画面をスクロールするその事務的な動作でさえも、少しハスキーな声音と融合してまるで呪文のようだ。春の雨がこの薄暗い部屋をベールで包んで現実世界から切り離そうとしているかのように光には感じられた。柚月は、と見ると、そんなセンチメンタルな様子はまったくなく、前のめりになってPCを覗き込んでいる。光は、日名子の呪文を遮断するように頭を振って、絵馬に集中した。

「『真田』はマタと読むのかな。日本に同化して『真田』になったのか。その人たちが運んでいるのが『マサダの箱』ですね。それを狙っている一団があるけど、こちらは『弓田』と書かれているから『ユタ』のことか。もしかして真田さんは、マタ支族の直系の子孫なのですか」

「ええ、そのように母から聞いています。直系と言っても、何もないんですけどね」

高校まで安曇野で暮らしていたというが、アルバイトをしていた神社を頼るくらいだから、身寄りもなく孤独な人生なのだろう。他人との境に一線を引いて誰も立ち入らせない、冷たい膜のようなものが日名子を覆っている。

柚月が質問を重ねた。

「久本さんが、岸田さんに送ったピアノの楽譜の暗号に『ウンタヒメ』という言葉が出てくるのですが、それは真田さんのことでしょうか」

「いいえ、『ウンタヒメ』というのは聞いたことないです」

「岸田さんと久本さんはピアノが趣味で、その楽譜の暗号で連絡を取り合っていたようなんです。真田さんもピアノを弾きますか」

「いいえ、私、音楽はまったくだめなんです」

光は日名子の話に違和感を覚えたが、その理由は光自身にもはっきりわからなかった。

「では、ユタの支族は、今どうしているのですか」

「それもわかりません。ただ久本さんが言うには暴力団みたいな悪いことをしている組織で、そのユタの組織に荒神谷から盗んだ三種の祭器を売って、お金を稼ぐんだって言っていました」

「この銅矛は警察で預からせていただきます。いいですね」

「はい。お願いします」

光は銅矛の古代ヘブライ文字をスマホで写真に撮ると、例の同僚にＬＩＮＥで送信した。

「なぜこの三種の祭器に価値があるのですか。ユタの組織は考古学マニアに転売して儲けているとか？」

柚月は銅矛を丁寧に風呂敷に包みなおして、バックパックに入れながら聞いた。

「三種の祭器に彫ってある古代ヘブライ文字が、マサダの箱の隠し場所の暗号になっているんだとふたりは言っていました。でも私にはヘブライ文字は読めないし、本当かどうかは、わかりません。でもきっと、次に殺されるのは私だわ……」

日名子は柚月に震える声で訴えた。

「真田さん、ここにいては危険です。詳しい話は警察で聞きますから、私たちと一緒に来てください」

「ありがとうございます。では支度をしますので、少し待っていてもらえますか」

柚月と光は、宮司夫妻に挨拶をして社務所で待機した。柚月は前川室長に報告の電話を入れたりしながら、日名子が出てくるのを待った。しかし、なかなか日名子は来ない。心配した柚月は、部屋まで迎えにいった。

ひとり社務所で光は考えていた。日名子の部屋に入った時、白檀とは違う甘い匂いを感じたが、あまりに微かだったので柚月には言わなかった。

霧雨はいつの間にか本降りの春の嵐になっていた。

第七章　八岐

マサダ砦から聖なる箱を持ち出したユダヤ支族が、中央アジアの鉄の道を通って鉄を出雲に伝えた。シルクロードならぬアイアンロードだ。溶鉱炉を使った精錬の技術。それまでの青銅の剣が鉄の剣にとって代わられた。出雲で採れる砂鉄には限度があるので、朝鮮半島の伽耶《かや》の国から鉄板を運んでいる。大規模な八つの溶鉱炉が川の奥地に完成した。製鉄の里は、八つの溶鉱炉にちなんで『八岐《やまた》』と名づけられた。

この里は軍事的に重要なので当然極秘にしている。ヤマトなど多くの国が鉄の買い付けに来ているが、この里には通さない。宍道湖《しんじこ》の畔にある迎賓館で商談をする。出雲から鉄を購入し、鉄製の武器で勢力を拡大しているのがヤマトだ。最初は九州に興った一部族に過ぎなかったが、今や出雲に迫る勢いを持っている。

ヤマトも出雲も連合国で、王に対する絶対的な忠誠心などは存在しない。各部族は己の利益のためにどちらにでも転ぶ。

ヤマトのカモス隊長から命じられたことを果たす日が、とうとうやってきた。ユタは昨夜から一睡もできずにこの日を迎えた。

そもそも、ユタは照姫とヤマトの地で暮らすために、ヤマト王と通じた。しかし、照姫はもうこの世のどこにもいない。

照姫の母親が半狂乱になって、ユタを殺してくれと出雲王に進言しても、出雲王は冷静だった。出雲王もユタに照姫を殺す動機があるとは考えていないのだろう。

他に照姫を殺す動機があるものはいるだろうか。

照姫は誰も近づかぬ北の森の洞穴の中で死んでいた。剣や槍で殺されたような外傷はなかった。直接の死因は、蛇や蜘蛛の毒なのか、それとも突然の病で心の臓が止まったのか。そんなことはない。照姫は若い。特に病もなかったはずだ。

どれだけ考えても、ユタには死の真相がわからない。

照姫が死んだ今となっては、カモスとの約束を果たす意味もない。ひとりでヤマトへ行こうとも思えない。

しかし、ユタはカモスの部下に常に監視され、自殺することすらできない状態に置かれている。死ぬのはいいが、ヤマト兵に拷問され、なぶり殺しにされるのは耐えられない。

カモスから渡された皮袋を懐に忍ばせて、ユタは宴に向かった。

鉄の商談が終わり、宍道湖の畔の迎賓館で宴がはじまった。

「出雲王よ、旨いヤマトの酒を持ってきた。友好の印に今宵は飲み明かそうではないか」

「ヤマト王よ、互いに交易を盛んにして、大いに栄えようではないか」

大きな甕に入ったヤマトの酒が、出雲族とヤマト族の真ん中に横一線に並べられた。この酒は、ヤマト王から出雲王への贈り物だ。

ヤマト王が、真中の甕に歩み寄って、木の椀で酒をすくい取ると高々と天に向かってかかげた。折しも夕日が宍道湖の向こうの海に沈みかけて、最後の赤い光を椀に照射した刹那《せつな》、にわかに雲が湧き光を遮断した。それを見計らったように、ヤマト王は一気に飲んだ。

椀を逆さにして飲み干したことを示すと、また酒をすくい取り出雲王に渡した。

出雲王も同じように、椀を高々と天にかかげた。すでに陽が落ちて暗闇の中の篝火《かがりび》が椀を照射したが、夕日とは比べ物にならないくらい弱い光だ。風で光が揺らぐとそれを見計らったように一気に飲んだ。同じく椀を逆さまにして飲み干したことを示した。

それを合図に双方の重臣、将校、兵士が甕に走り寄り、それぞれの椀で酒をすくい取り、がぶがぶと飲み始めた。

出雲の女たちが、平らな草籠に干し貝、焼き魚、干し柿、蒸した蕪《かぶ》を山盛り載せて運んできた。兵士たちは奪うように手掴みで食らった。やがて酔いが回り、腹も満たされると、篝火の周りに輪ができて、勝手な身振り手振りで踊り始めた。女たちが銅鐸をリズミカルに鳴らし、男たちが短い木の棒で酒甕《さかがめ》をたたき始めた。

篝火は今や盛りと火の粉を天に噴き上げて、宴は最高潮に達していった。

ヤマトの酒が尽きて、出雲王の下男たちが、新たな酒甕を運んできた。

「ヤマトの酒も旨いが、出雲の酒はもっと美味いぞ。なにせ、出雲連合の王たちを虜にする酒だからな」

自ら椀ですくって飲んだ。出雲の兵士たちも王に倣《なら》って、出雲の酒を飲んだ。

「やっぱり、出雲の酒の方が美味い。ほのかな甘みがあるわい」

出雲の兵士たちが、得意げに豪快に笑って言った。

ヤマト王はカモス隊長に目配せし、ヤマトの兵士たちに、出雲の酒を波々と注いだ椀を出雲王とその重臣、兵士に配って回らせた。

かなりできあがっている出雲の兵たちは、なんの疑いもなく飲み干し、いつの間にか皆、眠りこけていた。

宴の広間の隅で、その様子を震えながら固唾《かたず》を呑んで見守っていたユタは、カモス隊長に腕を取られ、ヤマト王の前に引っ張り出され跪《ひざまず》かされた。

「よくやったユタ。出雲王も自国の酒で油断したのだろう。約束通り、ヤマトに連れていってやろう。これからはユダヤの知恵を我がヤマトのために使うのだ」

出雲の者たちは、目を覚ます気配はない。起きているのはヤマトの人間だけだ。自分は、ヤマト王の部下になったのだろうか。複雑な顔で、ユタはヤマト王を見上げた。

「ユタよ。これで出雲は血に染まることはない。そなたは出雲を救ったのだぞ。さあ、自分の館に帰って休むがよい」

ユタは何一つ、ヤマト王に言い返すことができなかった。言われた通り自分の館に戻って、膝を抱えひとり震えていた。

宴が始まる前にユタは、王の館の台所に忍びこみ、カモス隊長から渡された皮袋の中身を、指定された出雲の酒甕に入れた。カモスが言う通り毒ではなかった。強力な眠り薬だったのだ。今頃、出雲王たちは縛り上げられ、王の館はヤマト兵に占拠されているだろう。出雲常備軍のほぼ全部が今夜の宴に出ていたのだから、ヤマトに戦で負けたのと同じことだ。

ユタは改めて、自分が出雲をヤマトに売った張本人なのだと、胸が締め付けられた。照姫が生きていれば、この成功が喜びになったかもしれない。照姫を守るという大義名分が、自分を支えてくれただろう。

しかし、照姫は死んだ。

その死を悲しんでいるのは、自分と照姫の母親しかいない。その母親は、ユタが照姫を殺したと思い込んでいる。父親である出雲王は、照姫の死を追求するつもりはないようで沈黙している。出雲王にとっては、たいした存在ではなかったということなのか。

何がどうなっているのか。照姫の死とヤマト王の陰謀、これから自分は、どう生きていけばいいのだろうか。

その時、音もなくウタが館に入ってきた。

今までヤマト兵に四六時中監視されていたので、ウタに会うのも久しぶりだ。ウタが自分を慰めにきてくれたのだろうと、甘えた顔でウタを見上げた。

しかしそこには、いつものウタの顔はなかった。

「ユタ、そなたにこの香木の秘密を教えてやろう。これはユダヤ支族のシャーマンに代々受け継がれるユダヤの秘宝の一つ。元はマサダの箱に入っていたが、マサダ砦を脱出した後、箱から取り出し、代々のシャーマンだけが使用を許されている」

ウタが急に何の話を始めたのか、さっぱりわからない。ユタは阿呆のように口を開けて、ウタの言葉を聞いていた。

「使い方次第で、人を好きにさせることも、憎ませることも、殺すこともできる。照姫に用いて自殺させるつもりだったが、あの姫は思ったより心の臓が弱かった」

「それは……照を殺したのは、ウタなのか、どうして……」

言葉がうまく出てこない。なぜ味方だと思っていたウタが、照姫を憎むのだ。

「ユタ、そなたには幼い頃から術をかけている。私を殺めることはできない」

ユタはさっきから金縛りにあったように動けない。照姫を殺したと言っているのに……

ウタを憎みきれない自分が、不思議でならなかった。ユタとウタには、母子の血の繋がりはない。一緒に暮らしたわけでもないのに、もの心ついた時から母親に対するような気持ちが湧いている。憎もうと思っても、細胞の隅々までしみ込んだものを、変える術がなかった。

これが、ウタの言うユダヤのシャーマンの呪術なのだろうか。

「照を殺したのも、俺を追放するのも、マタの指示なのか」

ユタは、やっとの思いで言葉をウタに浴びせた。

ウタは、感情のない目をして、ユタの問いを無視した。

「ユタ、そなたにこの香木をやろう。そなたはもう、出雲には居られまい。マタは、そなたを必要としていない。だからユダヤの民と共に旅立つこともできない。ヤマトで居場所を見つけるしかない」

ウタは香木を二つに割って、一つをユタに渡した。

「これはこの世に、そなたと私しか持っていない。新たに作り出すには、マサダの箱の中にある原木の種から育てるしかないのだ。しかし、そなたには、マサダの箱は渡さない」

ウタは、ユタに背を向けて、別れの言葉のように言った。

「生き延びるために使え」

ユタは金縛りにあったように何もできず、ウタの甘い残り香を感じながら、香木を見つめていた。


夜が白み始める頃、ユタは朦朧とした頭を抱えて、宍道湖の畔の迎賓館へ戻った。ヤマト兵に縛り上げられた出雲王や兵士たちが、明け方の冷気で目を覚まし、ヤマト王に罵声を浴びせている。

「謀ったな、何て汚い手を使うんだ」

「戦って死者を出すよりはよほどいい」

「何が欲しいのだ。八岐の鉄の里か」

「それもあるが、他にも欲しいものがある。一つは出雲連合の盟主の座、そして、ユダヤ支族が守るマサダの箱」

「なぜそのことを知っている」

「我らの中にも、ユダヤの民がいるからよ」

「どれも渡すわけにはいかぬ。特にマサダの箱は」

ユタがヤマト王の後ろに跪いているのを、出雲王は目の端に捉えて叫んだ。

「ユタ、おまえが裏切り者か！」

出雲王は動かせぬ体の代わりに、射るような眼で、ユタをにらみつけた。

「照を、我が娘を殺したのもおまえか！」

「お、俺ではありません……」

ユタは声が震えて、顔を上げることすらできない。

「では、誰が殺した」

ユタはウタの名を口に出すことがどうしてもできず、震えながらヤマト王の背に隠れているしかなかった。振り返ったヤマト王と目が合った。大蛇に射すくめられたかのように身が硬直した。

ヤマト王は、ふたりの会話にはまったく関心のない様子で、おもむろに立ち上がると剣を抜いて出雲王に向かった。周りがざわついた。縛られている出雲王の家来たちは地面をミミズのようにのたうち回っている。

家来たちの動きと対照に、出雲王は縛られたまま正座をして静かに目を閉じた。ヤマト王は、しばらく剣を下したまま出雲王の正面に屹立していたが、周囲が静まるのを待って後ろに回った。出雲王は、やや首を前に傾げた。静寂の中、何人もの唾を飲み込む音が聞こえた。剣は出雲王の首に振り下ろされず、その緊縛の縄を切った。出雲王の家来たちから安堵のため息がもれた。ヤマト王は何事もなかったように側近の部下に命じて椅子を持ってこさせた。出雲王は足の痺れをこらえてふらつきながらも立ち上がり椅子に身を落とした。

「さて、出雲連合の盟主の座だが、『出雲王がヤマト王に盟主の座を譲った』という文を、各地の王に送るとしよう」

「助命したのはそういうたくらみか。死を覚悟した者が助命された時は一番心が弱いからな。見事な演出だが、儂はそんなものに署名はしないぞ」

ふたりのにらみ合いが始まった。大蛇の眼光と鮫の眼光がぶつかっているようだが、それは威嚇ではなく腹の探り合いだった。

「署名などなくとも、出雲連合の象徴である、銅剣と銅矛と銅鐸の三種の祭器を付けて送れば皆、信じるさ。誰か、王の館から青銅の三種の祭器をすべて持ってこい」

青銅の祭器は、かなりの数が保管されている。ヤマト王は数人の兵士に運ぶように命じた。

　しばらくしてヤマトの兵士が戻ってきた。

「ありません。館にも倉にも一つも見当たりません」

「うーむ、どこへ隠したのだ」

「知らん、こんなことになるとは思ってもみなかったのに、儂が隠すわけがないだろう」

　出雲王はやけくそ気味に言った。

「確かに出雲王ではないな。では、マサダの箱はどこにある」

「我ら王族も知らぬ。ユダヤの血を引く支族の長、マタだけが知っている。我らも手出しをせぬという決まりで、ユダヤ支族の協力を得てきたのだ」

「そういえば、マタはどうした、宴の席には居たはずだが、見当たらぬ。眠らせたのではないのか」

　ユダヤ支族が暮らす集落に、急ぎ調べにいったヤマトの兵士が戻ってきて、王に報告した。

「マタとその支族が消えました。縛られていた奴婢を問い詰めると、マタは宴の途中で戻ってきて、ユダヤ支族を率い舟で旅立ったようです」

　出雲王の館の倉を調べにいった、ヤマト兵も報告した。

「青銅の三種の祭器の管理を任されていたのもマタです」

ヤマト王は、「ふん」と鼻を鳴らして、出雲王を見下した顔で言った。

「王を裏切って逃げるような男に、三種の祭器の管理を任せるとはのう」

出雲王は、真っ赤な顔で唾をまき散らしヤマト王に反撃した。

「そなたが仕組んだ陰謀だろう！　マタは儂を裏切るような男ではなかった。ユダヤ支族と儂は、友好な関係だったのだぞ。そこにいる腰抜けのユタを唆《そそのか》して、我らを陥れたのだろうが！」

ヤマト王は、負け犬の遠吠えに耳を貸すような男ではない。もう、出雲王に用はないとばかりに背を向けて、ユタに命じた。

「さて、ユタよ、八岐の鉄の里に案内してもらおうか」


宍道湖の迎賓館を出て内陸に進むと、岩戸の奥に狭い隧道《ずいどう》がある。知らぬ者ならば通り過ぎてしまうような場所だ。

ユタを先頭に、カモス隊長たちヤマト兵は、暗闇の中を手探りで進んだ。兵士のひとりが、松明に火をつけようかと思った刹那、遠くに光が見えた。

隧道から出ると驚く光景が目に入った。溶鉱炉がいくつも並び、火を噴いている。高熱で溶けた鉄が蛇のように地面を這い回り、次の工程へと流れてゆく。

様々な鋳型に注入され固められ、取り出され、また火にくべられて打ち据えられてゆく。そして、見たこともない細く光り輝く剣、鎌、鋤、包丁が生み出されていった。

「これはすごい、倭国で一番、いや外つ国にもこんな見事な精錬所はない。ここを手にいれたら倭国連合の統一も夢ではない。うるさい豪族どももヤマトに従わざるをえまい」

カモスが、熱を帯びた髭の隙間の赤い唇から、興奮のあまり声を震わせて言った。

と、その時である。

溶鉱炉が突然燃え上がり、火炎が天を突いた。

竜が天に昇ろうとしているかのように、またたく間に雲が湧き、天を覆う。雲が風を呼び、風が炎を呼び、八岐の鉄の里は炎の嵐となった。

カモスの火を消せという声は風にかき消され、兵士は消火作業どころではない。皆、風上に我さきへと逃げ出したが、間に合わず煙に巻かれて倒れてゆく兵士がうち重なってゆく。

その様をユタは茫然と見つめていた。

その時、逃げ惑う兵士たちに紛れて見知った男が逃げていくのを見た。岩戸の奥の隧道以外にもう一つ、海岸へと続く抜け道がある。ユダヤ支族が製鉄の技を独占するため常に隧道には見張りを立てて警戒している。その抜け道は、長の一族と鉄の里の責任者しか知らない極秘事項だ。逃げていった男は、ユタと一緒に鉄の里で働いてきたその責任者に違いなかった。その男はまだ若いユタに製鉄の様々なことを教えてくれた。支族長の弟というだけでなく、弟子のように可愛がってくれた。ユタはその男を師匠のように慕っていた。

この火災はその男の仕業だ。マタがそうするよう命じたのだ。マタはユタがどれほど、製鉄の仕事が好きだったか知らないわけがない。野心などまったくなく生涯マタに仕え、ユダヤ支族のために製鉄の技を磨いていこうと思っていた。そして照姫と穏やかに暮らせたらそれで満足だったのに。

マタは、照姫と鉄の里の二つ共を奪った。そして俺をユダヤ支族から永久に追放した。周りを火に取り囲まれもう逃げる術はない。熱い空気と煙を吸い込み意識が朦朧としてきた。（俺はここで死ぬのか。それもいい。照があの世で待っている）最期に鉄の里を目に焼き付けようと顔を持ち上げようとしたが、そこでユタは意識を失った。

気がつくと、天幕の中にいた。意識が鮮明になるにつれて激痛が全身に走った。

「ユタ様、気がつかれましたか」

見知らぬ若者がぼんやりと見えた。

「ここはどこですか。黄泉の国ですか」

ユタはまわらない口をやっと動かしてその若者に聞いた。

「まさか、ヤマト軍の天幕ですよ。誰か、王にお知らせしろ。ユタ様が意識を戻されたと」

ユタ様とは俺のことか。ヤマトの兵に助けられたのか。

一陣の風とともに背の高い影が天幕に入ってきた。風が肌に突き刺すような痛みをもたらしたが、視界を細長い顔がふさぐと痛みから意識が離れた。

「ユタよ、目覚めたか。よかった、よかった。これでもう大丈夫じゃ」

ヤマト王の背後に控えていた薬師が、王に顎で促されると手に持った壺から薬をたっぷりと手に取り緩やかに滑るようにマタの全身に塗り始めた。冷たく気持ちがいい。痛みが和らいでいく。ユタはヤマト王に礼を言わねばと反芻したが、言葉が素直に出てこない。

「何も言わなくともよい。まずは養生じゃ」

ヤマト王は、静かに天幕を出ていった。

いくらか容体が回復し口から物が食べられるようになったある日、カモスが杖を突きながら天幕に入ってきた。カモスも酷いやけどを負ってやっと歩けるようになったのだという。

「ヤマト王からこれからはユタに仕えよと命が下った」

カモスは無表情にユタとは目を合わさずにそう言った。

「なんで……」

「鉄の里を再建できるのはユタだけだ。鉄がなければヤマトは戦に勝ち続けられない」

「カモスは、それでいいのか」

「よいも悪いもない。ヤマト王の命令は絶対だ。そしてヤマトはこの倭国を一つにまとめなければならない」

カモスは、杖を投げ捨てユタの枕辺に膝をついて首を垂れた。そしてゆっくりと天幕を出ていくと小さく振り向いて、狼のような口で笑ったように見えた。

ユタの頬を幾筋もの涙が流れた。茫々とあふれる涙でカモスの後姿がぼやけて見えた。

ユタに帰る場所はもうない。ヤマト王の元で生きていくしかない。照姫を殺したウタから渡されたあの香木。あれを使ってヤマトの中で生き抜いてみせる。

そして、マタとウタがユダヤ支族と共に持ち去ったマサダの箱。箱の中には、香木の種が入っているとウタは言っていた。必ずマサダの箱を奪い、マタとウタ、あのふたりの血筋を根絶やしにしてやる。

ユダヤと出雲、両方の血を継いでいるのは、自分ひとりなのだから。

ユタは、照姫を殺し自分をユダヤ支族から追放したマタとウタに復讐を誓った。そして、自分を覆っていた臆病な殻が剥ぎ取られていくのを感じた。


「八岐の鉄の里は駄目になったが、技術や知識を持った人間さえいれば、いくらでも再建できる。マタを懐柔することはできなかったが、その弟のユタはヤマトについた。製鉄のことはユタの方が詳しいくらいだ。なまじユダヤの血を引きずって生きている連中など、居なくなってくれて清々する。特にあのマタの妻は、ユダヤ支族のシャーマンだというが気味が悪い。あれは邪悪な神が宿る女だ」

人の世に神は要らないと、ヤマト王は吐き捨てた。

「さて、出雲王よ、それでも儂は約束を果たすぞ。ヤマトの儂の館より何倍も大きい住まいを進呈しよう」

「そこに、儂らを閉じ込めておこうという腹か」

ヤマト王は、まるで非難の言葉など聞こえていないかのような表情で、しばし天を仰いだ。

「のう、出雲王よ。戦をして何になろう、戦なくして国が譲られたこと、その代償に倭国一番の館を贈られ、祭祀に専念したことが伝わる。後の世の民は、ふたりの王の決断を讃えるであろうよ」

ヤマト王は、出雲王に装飾品を散りばめた鉄剣を渡した。出雲王は、それを抜くと高々と夕陽にかざした。

ふたりの老獪《ろうかい》な王は、心の奥底にあるものが同じ思惑であることを互いに理解した。

王の館から見える浜の岩に、嵐が去った雲間から橙色の光が射している。

そして、ユタは、ヤマト王の傍らに立ち、その光をまっすぐに見つめた。

第八章　ヤマザキ

朝の冷気で目が覚めた。

まだ明け方の四時だ。エンジンを切った車の中は凍えるように寒かった。

昨夜、ふたりの車を尾行したが途中で気が変わった。あのぬくぬくと日の当たる場所で生きている警察官と歴史学者をちょっと脅かしてやりたくなった。ヤマザキは慎重な男だったが、あの手の人間を見ると感情的になる。

俺もまだまだ青いなと冷えた車の中で煙草に火を付け、その煙を肺いっぱいに吸い込んだ。ヘビースモーカーではないが、時々、この煙が欲しくなる。大きな仕事を前にした時は特にそうだ。

高い山の多いこの地方は、朝日が昇るのが遅い。少しずつ白んでいく朝の気配を感じながら、組織に入る前『與《アタウ》』と、生みの親がつけてくれた名で呼ばれていた子どもの頃を思い出した。

もの心ついた時は、日本海に面した小さな漁村にいた。ここは一年中分厚い雲に覆われた寒い土地で、若者は中学を卒業すると進学や就職でこの村を離れていった。村人は何代か遡ると皆、親戚になるくらい閉鎖的なところだった。

與は生まれた土地を知らない。生まれてすぐに両親が事故で死に、親戚中を転々として、この遠い親戚の家に引き取られた。

その養父母は冷たかった。小学校もまともに通わせてもらえず、漁業の手伝いをさせられた。働き手欲しさに與を養子にしたのだろう。夫婦そろって大酒飲みで、すぐにカッとなる養父には気に入らないことがあると殴られ、養母には食事を抜かれた。村の人間たちも與の境遇はわかっていたが、余所者《よそもの》に同情するような者はいない。

その気風は、子どもたちにも受け継がれ小学校でものけ者扱いだった。與は栄養が十分でないせいか、同い年の男の子たちより背も低くガリガリに痩せて、言葉もろくに話せなかった。当然、いじめの対象になる。家でも学校でも家畜のように扱われ、誰ひとり、與の味方はいなかった。

與自身は、幼い頃からこの境遇なので、これが自分の運命なのだとあきらめていた。魚の腐ったような臭いと漁船の油の臭い、そして養父母の吐く酒臭い息の臭い、自分はこの吐き気がするような臭いの中で生きていくしかないのだ。

小学六年生になった新学期、若い女性教師が赴任してきた。優しくきれいな人で、子どもたちは『美知子先生』と、下の名前で呼んでいた。美知子先生は與の境遇に同情し、何かと面倒をみてくれた。出席日数の少ない與に放課後残って勉強を教えたり、手作りの弁当やお菓子を食べさせてくれたりした。

「美知子先生は、いつもいい匂いがする」

「そうかしら、毎晩お香を焚いているから、その匂いかもね」

「お香ってなに？」

「いい匂いのする木を燃やして、その煙の香りを楽しむのよ。でも本物の香木は高価だから、お線香のようなものを毎日使っているの」

美知子先生のその香りが與を包み込んで、自分の味方がいる幸せを生まれて初めて感じた。

美知子先生だけは、俺の味方だ……。

しかし、幸せな時は、そう長くは続かなかった。

親たちから美知子先生に対しての苦情が、教育委員会に殺到したのだ。その内容は、與への贔屓《ひいき》が酷いとか、前の学校で問題を起こして飛ばされてきたとか、育児放棄しているとか……出所も真偽のほどもはっきりしないものだった。

苦情を煽っているのは、與の養父母だった。一度、先生が家庭訪問してきた時に、養父が與を殴っているところに居合わせ、身を挺《てい》して與を庇ってくれたことがある。美知子先生は、ここぞとばかりに養父母に対して、與の養育について説教をした。養父母は真っ赤になって美知子先生を追い出したが、そんなことで収まるような人間ではなかった。與を働かせるのが目的で引き取ったのに、勉強など無意味なことに時間を使わせている美知子先生が、憎かったのだ。

「美知子先生、もう俺のこと構わない方がいいよ。何されるかわからないから」

「大丈夫よ。與くんを守るのが先生の役目。これは運命だから」

美知子先生は怯えている様子はなく、毅然としていた。

與は先生の言っている意味がよくわからなかったが、教師としての使命感だけではない、何か特別なものを感じた。

しかし、美知子先生はある日を境に、学校に来なくなった。

「おまえのせいだぞ。美知子先生、学校の帰り道で襲われたんだってよ」

と、同級生が與に言った。

「誰に……」

「美知子先生は何も話さないんだって。知ってる人間だからだろ」

含みのある言い方だった。教室中の視線が與に集まり、その目は冷ややかに笑っている。

美知子先生を襲ったのが與の養父母なのか、それとも同級生の親たちなのか、どっちでも同じだ。ここに自分の居場所はない。與はこの村を出ようと決意して、昼休みの間に家に走って帰った。この時間なら養父母はまだ漁協にいるはずだ。

息が止まるくらい全速力で家に帰ると、そこには信じられない光景が広がっていた。今度は本当に息が止まるほど驚いた。

養父母ふたりともが、暗い土間に倒れて口から血を吐いている。恐る恐る近づいてみると、両目を見開いて、その顔はどす黒く変わっていた。喉元を掻きむしったように、両手は首を押さえている。

一目見て死んでいると思った。

今までこの養父母に、ひと欠片《かけら》の愛情も感じたことはない。死んでしまえばいいと毎日のように思っていた。

與は家の中から探せるだけの現金と、着替えなど身の回りのものをリュックに詰め込んで逃げるように家を出た。與が殺したわけではないが、きっとこの村の人間たちは、自分をもっと悪い境遇に追い込むに違いない。「俺はやってない」と、叫んでも、美知子先生がいなくなった今となっては、誰も信じてくれる人はいないだろう。

與は、また力の限り走って国道沿いのバス停を目指した。何とか最終のバスに乗り込まなければ……。

そのバス停が視界に入ったところで、美知子先生と少女が一緒にバスを待っているのが見えた。

長い黒髪のその少女は、先生と面差しがよく似ている。声をかけようか迷っていると、不意にその少女が振り向いて與と目があった。與はその少女の視線に、金縛りにあったように動けなかった。声を出すこともできない。

バスが来て、先生と少女は乗り込み去っていった。

その日は夏至だった。

西の海に沈む太陽は分厚い雲に覆われて、長い昼を薄暗く包んでいた。

その後のことを與はよく憶えていない。それっきり、美知子先生にも、その少女にも会うことはなかった。

ただ、その少女の長い黒髪と、吸い込まれそうな目を、忘れることはなかった。

與は、首領様に拾われるまで、掻っ払《かっぱら》いをしたり残飯を漁ったりして食い繋ぎ、無人の神社の祠などを転々として、ただただ生きていた。大きな病気にもならなかったのは、生まれつき丈夫な体だったのだろう。養父母に虐待されないだけましな生活だったかもしれない。

首領様との出会いが與の人生を変えた。食べ物と教育と『ヤマザキ』という新しい名を与えられた。

そして、『與』という名を封印した。

それからは教団の寮で生活した。寮には同じような境遇の子どもがたくさんいた。中には海外の難民の孤児もいて日常会話は英語だった。戸籍のないヤマザキたちは普通の学校には通えなかったが、教団の中で教育を受けた。それは名門大学にも引けをとらない内容で、ヤマザキは最優秀の成績で卒業した。

教団の学校を卒業して何年か経過した年の秋、首領様から直々に指名があり教団の訓練所に行くよう命じられた。ロシアとの国境に近い小さな無人島にある訓練所に着いた日は、どんよりとした雲に覆われ、島全体が深い地下室のようだった。

寂寥感《せきりょうかん》に慣れているヤマザキも、あの子どもの頃に住んだ漁村を思い出し、意識が深い沼に落ち込んでゆくようだった。

その後の三日間は、首領様の長い講話が続いた。

「皆さんをなぜこれから冬に向かおうとする季節に、極寒の島に呼んだかおわかりでしょうか。この島の冬は厳しい。氷に閉ざされ、サハリンからの吹き下ろしは、風で身を切られるようです。その一番厳しい季節を最初に体験し乗り切れば、その後の訓練が苦にならなくなります」

首領様はゆっくりとした動作で、水差しからコップに水を注ぎ、一口その水を飲むと、しばらく間があった。

ヤマザキたちは、首領様の気が散らないよう呼吸さえも遠慮して次の言葉を待った。そして、僧侶の説教のようにどこまでも穏やかに、しかし途方もない話を首領様は始めた。

「皆さんは神に選ばれた人たちです。私たちは、遠い昔、遥かイスラエルの地からやってきました。ユダヤの一支族の末裔なのです。マサダの受難、世界に散ったユダヤ人、それぞれの向かった先でも迫害を受けてきました。

私たちの遠い遠い祖先は、エジプトから来ました。唯一絶対の神だけを信じて。選ばれたユダヤ民族は、密かに世界に浸透しましたが、凄惨な迫害の歴史でもありました。

祖先からの言い伝えがあります。東の果て、日出ずる国に行けば、そこに安住の地があると。そして辿り着いたのが、この日本です。ここで私たちは安住の地を得ました。祖先からの言い伝えは本当だったのです。

ヤマトの大王は、ユダヤの力を利用しましたが、私たちを迫害するどころか安息の地を与え保護してくれました。私たちの祖先はユダヤの一支族でユタと言います。

ユタ支族はヤマトの大王のご恩に報いるため、この国の闇に潜み、この国に不利益をもたらす者たちを排除することで、ずっとお仕えしているのです。

我々が崇高な神の使命を果たすためには力が必要です。頑固な人間は決して改心しない。悪性腫瘍のような人間や組織が存在することも確かなのです。多くの人の幸福のために早期に切除しなければならない。皆さんはそのために選ばれた神の戦士なのです。

この先もこの国のために尽くさねばなりません。そのためには高度な手段が必要です。ただしそれは決して世間に漏れてはいけないのです。秘密裏に、密かに、歴史の陰で成さねばならないのです。正義の戦いの勇者になるのです。皆さんこそ、それにふさわしい。

しかし、その栄誉は賞賛されることもなく、歴史に残ることもありません。それゆえに、表の勇者よりも困難な使命です。ただ成し遂げればよいというものではありません。世間にわからないように成し遂げるのです。そのための訓練は過酷です。崇高な使命感がないと堪えられません。だからこそ皆さんが選ばれたのです」

首領様の話は優しく静かに終わった。

その後奇妙な儀式が始まった。首領様と数人の幹部を囲むようにヤマザキたちが円になって座り、不思議な言葉を体を揺らしながら唱和した。何語なのかもわからないその言葉を、首領様たちの後から全員で唱える。最初はぎこちなかったものが、次第に言葉は歌になり、体の動きも一つになって群舞のようだ。そのメロディは砂漠の国の音楽のようであり、南の島の民族舞踊のようでもあった。訓練所の地下の講堂は暖房設備もなく、凍てつくように寒かったが、血が体中を駆け巡り実際汗をかいていた。ふと横を見ると泣いている者もいる。その唱和はヤマザキたちが力尽きて、意識を失うまで続けられた。

目覚めた時、ヤマザキたちは生まれてきた意味と、生きていくための使命を得たことを確信した。

その後の訓練は想像以上に過酷だった。

朝の五時に起きて、三十分のストレッチが終わると短パンとランニングシャツ姿で散歩に出る。朝の散歩といえば爽やかなイメージだが、極寒の島で一番寒い夜明け前である。岬までの往復五キロメートル、必然的に走る。それも肌を擦りながら。マサダに帰る頃にようやく体が温まっている。そう、この訓練所はマサダと呼ばれていた。

マサダに戻ると乱取りが始まる。総合格闘技だ。ただし、殴り合い蹴り合いはこの段階では禁止されている。相撲の朝稽古のようだが、相撲と違うのは土俵に一対一ではなく、道場の全員が相手だ。前だけでなく、横からも後ろからもかかってくる。かかってくる相手もまた誰かに腰をタックルされる。ヤマザキは目の前の大男と四つに組んでいたが、大男は横からすべりこんだ小柄な男に足をすくわれて倒れた。つられてヤマザキも倒れると、別な男がヤマザキの上に乗り、押さえつけてきた。男は汗びっしょりでぬるぬるしている。部屋に湯気が充満し、サウナ状態になった。

シャワーを浴びると朝食だ。食事は一日二食でビュッフェスタイル。朝は、ライス、パン、焼き肉などのカロリーが高く、筋肉を作るメニューが豊富だ。乱取り、シャワー、ご馳走とくれば当然眠くなる。相撲部屋なら昼寝タイムだが、この後は武器の取り扱い訓練になる。眠気がいっぺんに覚める。様々な武器の実地訓練で、緊張の連続である。気を緩めると命に係わる。自分だけでなく、周りの同胞も死傷させることになる。様々な種類のガン、短銃から機関銃まで、基本構造から取り扱いの説明を受けると、すぐに実射訓練に入る。手榴弾などの爆発物も同様に、座学の後すぐに実践する。

座学でうとうとしている暇はない。一言も聞き漏らすまいと集中する。ノートは禁止されている。実際の戦いの場でノートやマニュアルを見ながらやっていたら敵にやられてしまうと教官は言うが、本当の狙いは集中力、記憶力の訓練だろう。

ランチはない。水、お茶、コーヒー、ジュース、スポーツ飲料を適度に摂取し、午後の訓練に続く。トイレに頻繁に行くことは許されないので、水分摂取をコントロールする必要がある。

　午後からは野外戦闘訓練で、敵味方に分かれて戦う。使用するのは摸擬弾だが、当たるとけっこう痛い。何よりも、格闘になったら何でも有りで、殴る蹴るが許される。ギブアップした時点で止まるが、自分でギブアップできなくて病院送りになり島から出ていった同胞が増えていった。

　夕方、シャワーを浴びると二回目の食事となる。野菜や果物が多い。炭水化物は少なく、大豆食品が並ぶ。実によく考えられたメニューだ。

　早めの夕食の後は、薬物、麻薬、毒物などを学ぶ。これも知識だけでなく、実践もある。自分で製造し、ターゲットに投与する。注射器を使ったり、吹き矢を使ったり、時にはその場の状況に合わせて自分で投与方法を創案する。

　やっていることは暗殺の方法なのだが、崇高なミッションだと毎日毎日繰り返し言われるとターゲットは邪悪な存在で、自分はそれを除去する正義の勇者だと信じて疑わなくなる。

　午後の九時に一日の訓練が終わる。歯磨きの後に健康診断を受けて就寝を許される。健康診断で引っかかるとやはり島から出される。この訓練で一番過酷なのは、朝の散歩でもなく、午後の肉弾戦闘訓練でもなく、島から退場することだ。勢い自分で健康管理に気を配る。これだけ厳しい訓練を行っても健康を維持しているのは高度な自己管理の賜物である。インターネットは訓練の合間に使い放題なので、自分で人体、医学、健康管理の知識を習得する。サプリメントなど、実践に必要な物は必要なだけ提供される。

寝るのも訓練になっている。通常は簡易なベッドだが、寝袋、ハンモック、時には床に寝ることもある。十分な睡眠がとれないと翌日の訓練に体調不良が現れる。どんなところでも十分な睡眠をとれる体質になった。

不思議と島から退場する者は男で、女の退場者はいない。マサダに入れるのは組織の中でもトップクラスの優等生だけだ。性別や人種はまったく関係なかった。女は男よりも迷いやくだらないプライドがない。敵が女なら、なおさら油断できない。

首領様の言う通り、春になると環境にも訓練にも慣れて毎日が楽しくなった。朝の過酷な散歩は逆に極上の喜びとなった。海の上を渡ってくる風が心地よく走る速度もゆっくりとなった。物思いにふけりながらジョギングする時間が一番の楽しみで、朝起きるのも苦にならなくなった。人間は環境に適応する能力が高い。だから世界中に繁殖している。

夏に入ると、極寒の島でも汗ばむ日が続く。太陽の偉大さが身に染みた。訓練はより実践的な段階に入った。実行者とターゲットに分かれて実践する。使うのは摸擬弾やビタミン注射など、殺傷力のない武器だが、実際にやられるとダメージになる。谷の奥に摸擬の市街地も作られ、訓練生が通行人になり、気づかれないように暗殺する訓練が始まった。実践訓練に入るとヤマザキの成績は群を抜いた。体格は決して恵まれてはいないが常に冷静で、何より勘がいい。

短い夏が終わり、空をゆく鳥たちの動きが慌ただしくなった。

ヤマザキは、マサダに入った時の奇妙な儀式は集団催眠だったのだと早くから気づいていた。不遇に生まれた子どもを集め、優秀な者を選抜して殺人集団を形成するユタ組織の訓練所、それがマサダだ。もの心ついた時から孤独を生きてきた者たちの埋められない心の穴、どこにも帰属していない空《くう》を踏むような心細さ。そんな幼少期を経験した人間にそれは瞬く間に浸透した。

神に選ばれたからではない。やっと自分の巣穴に辿り着いた同胞たちは、マサダでの過酷な訓練を乗り切り兄弟のような絆で結ばれた。

ただヤマザキは、岬から大海原を望む時、ここにも、同胞たちにも、溶け込めない自分を感じていた。

マサダ訓練所を卒業し使徒になると組織の表の仕事からは外れ、市井の中に身を隠す。表の職業は何でもいいが、ただ自分に合った目立たないものにする。ヤマザキは警備員を選ぶことが多かった。警備員は人の出入りが激しい。次々と勤務先を変えても怪しまれることがない。自分の任務の近くで、怪しまれずに仕事の準備をすることができる。

警備員は、簡単になれる割には社会的信用が高い。それは制服のお陰だろう。警察官の制服に似ているためだろうか。警備員の仕事は、大きく施設警備と交通誘導警備に分かれる。施設警備は、倉庫、事務所、学校などの固定した施設の警備で、受付と巡回をする。交通誘導は、工事現場で自動車、自転車、歩行者の交通整理をする。

そんな時、ヤマザキは首領様からミッションを賜った。

それは首領様の教団『マゴルの塔』を研究対象にして探っている学者の抹殺である。何かと体制を批判する学風の四谷大学の比較宗教学の准教授で、名前を曲木《まがき》という。（ふん、曲がった木か、まっすぐにならないようなら切るしかない）と、ヤマザキは思った。

首領様は『マゴル』とはヘブライ語で住処を意味するのだと言っていた。使徒の住処を暴こうとする不届きな学者を秘密裏に始末する。つまり、完全犯罪ということ。マサダでは秘密裏にターゲットを葬る技術をたたきこまれたが、それでもヤマザキは完全犯罪の本を読み漁った。

完全犯罪や犯罪類型、犯罪手法などの本を購入するために書店を回った。特に古書店。書店での購入は個人情報を知られることはない。しかし、同じ店で犯罪関係の本を何冊も購入したら店員に憶えられる可能性もあるなと思い至り、関係ない本まで一緒に買うようにした。殺人とはまったく関係ない本もパラパラとめくると意外に面白く読破してしまった。

勉強とは必要に迫られたり、偏執的に興味を持ったりした時が最も身になるようだ。難解な本も砂地に水が吸い込まれるようにヤマザキの頭に吸収された。ヤマザキは物事を突き詰めて考えることが好きだ。まともな境遇で育っていれば、ひとかどの研究者になったかもしれない。

結論は事故死か病死か自殺にすること。今回は事故死にすることに決めた。事故死に見せかけるには調査が九割、実行が一割である。ターゲットの行動を精査し、入念にトレースする。電車通勤であれば駅までの歩数もカウントする。その行動プロセスの中に、最も自然な事故の状況を見つける。その自然な流れに少し手を加えればよい。

まずは観察だ。曲木は江東区の亀戸に住んでいる。最寄り駅は亀戸水神だ。亀戸といえば天神様が有名だ。天神様は菅原道真《すがわらのみちざね》を祀った神社で学問の神様である。受験生に人気で学校の入試だけでなく、資格試験や公務員試験などでも願掛けにお参りに来る人々で受験シーズンはにぎわう。亀戸天神の最寄り駅は亀戸で亀戸水神ではない。受験生がよく間違える。

ヤマザキは亀戸水神の駅に降り立った。意外と小さな駅だ。駅員がいるだけましか。ヤマザキが子どもの頃にいた、あの漁村の駅は無人駅だった。当然降りる人もまばらだ。この東京の小さな駅は、午後の三時というのに多くの人が乗り降りしている。これから一時間もすれば高校生であふれ、三時間もすれば通勤客でごった返すのだろう。

曲木は公園の近くに住んでいた。豪邸ではないが、この辺としては目立つ風変わりな建物で積み木で作ったような家だ。人通りが少なく、見張っていたら目立ちそうだ。どうしようかと悩んでいると電柱に張り紙を見つけた。工事の予告案内だ。来週から二週間、この家の前で配電線工事を行うという予告だ。工事会社は東京電力から委託された城和電気工事とある。

ヤマザキは早速、城和電気工事に電話して、交通誘導員の仕事はないかと聞いた。電話に出た女性が「少々お待ちください」とあたふたとした感じで中年の男性に電話を代わった。その男はやけに愛想よく応対してくれた。「交通警備は子会社の城和警備が行っており、そちらからお電話します」とのことだった。電話を切るとすぐに城和警備から連絡が入った。本社は直ぐ近く、公園の向こう側らしい。ヤマザキはその足で城和警備を訪ねた。

小さな事務所に古びたソファーセットと事務机が並んでいる。お世辞にも上品とは言えない中年の太った女性が出がらしのお茶を出してくれた。

その女性とは対照的に痩せた社長が、ヤマザキを面接した。

「いやあ、担当者も総務部長も現場に出ていて、人手が足りなくてねえ。交通誘導警備業務検定一級をお持ちとはすばらしい。いつから来てくれますか」

「一つお願いがありますが、よろしいですか」

ヤマザキの交通誘導員らしからぬ言葉使いに社長は一瞬身を引いた。

言葉が粗雑な場合は、大概給料の前払いの無心だ。今日の生活費にも困って応募してくる輩が多い。消費者金融への返済に追われている連中もいる。その場合、給料の前払いを求める。採用担当者は少し困った表情を見せるが、内心はしめしめと思う。前払いした金は最初の給与から引かれる。すると手取りが少なくなり生活ができなくなる。そこでまた前払いを求める。結果的に定着率が高くなる。金に切羽詰まった応募者は会社にとって一番いいのである。

その点、ヤマザキは金に切羽詰まっている風貌ではない。

「何でしょう？」

少し不安そうに社長は聞いた。

「当初はここからなるべく近い現場に行かせてほしいのです。たとえば、亀戸水神の現場とか」

「ああ、それなら来週から亀戸七丁目の現場が始まる。大型現場なので、人手が足りなくて困っていたところですよ。でもどうして？」

「いえ、しばらくこの仕事を離れていたので、乗り物酔いするかなと思いまして」

「ああ、そう。じゃ、来週から来てもらえるかな。履歴書と検定の資格証のコピーを取らせてもらうよ」

話はすぐにまとまった。

月曜日の朝の会社は混雑していた。電工は資材をトラックに積み込むのに忙しい。事務方は工事図面やら道路使用許可証やらを班長に渡してやり取りしている。着替えを終えた交通誘導員は所在なくあちこちで待機しているが、やがて集合の声がかかり朝礼が始まる。

安全宣言を唱和して朝礼が終わると、交通誘導員は高所作業車やトラックの助手席に同乗して現場に向かう。運転手は電工だ。運転が乱暴な者もいれば、やけに慎重な者もいる。饒舌な者もいれば、むすっとして黙っている者もいる。時々独り言をぶつぶついう者もいる。運転している電工は若者が多く、助手席の交通誘導員は年配が多い。それでも電工が上から目線で話す。

ヤマザキの乗った高所作業車の運転手は副班長だったので、ヤマザキよりも年上だ。

「新人さんかい。若いね、珍しいね。いつ入ったの？」

「先週末です。今日からお世話になります」

「こちらこそ、誘導員さんが足りなくて困っていたんだ。大した交通量はない現場なんだけど、警察がうるさくて六名も誘導員を置くのが許可条件でさ。こっちは道路使用許可が下りないと工事ができなくて、ぺこぺこよ」

「それほど交通誘導員が重要な割には給料が安いですね」

「まあ、誰でもできるっちゃ、できるからな。七十過ぎの爺さんも多いし」

近いのですぐに現場に着いた。副班長は車を止めると積んであったセーフティコーンとコーンバーをおろして、高所作業車の周りを囲んだ。ヤマザキが作業帯の設置を手伝おうとすると、

「だめだめ、誘導員さんは直ぐに旗を持って交通整理をしなくちゃ」

と、教えた。

「そうでした。久しぶりなので忘れていました」

ヤマザキは誰にも怪しまれずに堂々と曲木の家の門の前に立った。

電工は作業帯の中に集まってＴＢＭ－ＫＹを行っている。ＴＢＭは、ツールボックス

ミーティングの略で、現場での打ち合わせのことである。その昔、道具箱に座って現場で打ち合わせをした名残りである。今は、立って行う。ＫＹは『空気が読めない』ではなく、『危険予知』のことである。今日の作業の中にどのような危険が予測されるのかを事前に出し合い、対応を指示する。それが終わると、高所作業車に散っていく。一つの電柱に三方向からアームが伸びて作業員が中に入ったバケットが電柱に吸い付いていく。作業が始まった。

ヤマザキはあの電柱の上からなら曲木の家の様子がよく見えそうだと思いながら旗を振って車を止めたり、進めたりしている。とその時、玄関から曲木が出てきた。あらかじめ映像で本人確認しているのですぐにわかった。

「ご迷惑をおかけしてすみません」

班長が丁寧に挨拶している。曲木は無言で駅の方に向かって歩いていった。ヤマザキは時計を見た。九時半を少し過ぎていた。

その後、ヤマザキは交通誘導員の仕事をしながら曲木家の観察をした。曲木はどうも独身で、年老いた母親とふたり暮らしのようだ。腰の曲がった母親が、庭で洗濯物を干したり、買い物に出かけたりするのを見かける。毎日ではないが息子に弁当を持たせている日もあった。あの母親にとっては、自慢の息子なのだろう。

ヤマザキの心に暗い雲が湧いてくる。しかし、組織のミッションは絶対なのだと自分に言い聞かせた。

工事は午後五時には終わる。道路使用許可で九時から十七時までが現場での作業時間と決められている。同じ高所作業車の助手席に乗って営業所に帰り更衣室で着替える。風呂には入らないで城和警備の事務所に出向き退社の報告をする。飲みに誘われることもない。それがこの仕事のよさでもある。飲みたい奴らは、近所の酒屋で安酒と袋入りのつまみを買ってその場で飲んでいる。亀戸水神の工事現場は二週間ほどで終わった。曲木の家の観察には十分だった。

ヤマザキは交通誘導員の仕事を続けている。曲木の家の前の現場は終わったが、それですぐに退職して怪しまれてはならない。次からの現場は小さくなり、三日程度で場所が変わる。しかもだんだん曲木の家から遠くなった。これは好都合だ。

平日に休みをとって朝の九時半に亀戸水神駅で曲木を待った。曲木は時間通りにやってきた。尾行を開始する。曲木は亀戸駅でＪＲ総武線に乗り換えて御茶ノ水駅まで行き、中央線の快速列車に乗り換えて四ツ谷駅で降りた。そこから大学までは徒歩十分ほどの距離だ。

その後もヤマザキは曲木の調査を続けた。土曜日は銀座の音楽教室に通っている。グループレッスンで歌を習っているようだ。午後五時に終わって、グループの連中と連れ立って近くのレストランに入ることが多い。意外と社交的な性格らしい。日曜日は家の近くのスポーツセンターでトレーニングをしている。学者の癖に週に一度程度のトレーニングでは効果がないのがわからないのかとヤマザキは鼻で笑った。

夜、家に帰ると曲木の行動表を作成した。そして詳細な分析に入った。さて、どの方法で殺害するか。ここまでの観察だと自殺の兆候はない。病院にも処方箋薬局にも行かないので病死も不自然だ。やはり当初の予定通り事故死しかない。平凡だが列車のホームからの転落か。いわゆる人身事故。

さて、どこの駅で突き落とすか。候補は四つ、亀戸水神駅、亀戸駅、御茶ノ水駅、四ツ谷駅。この中で、小さな駅で乗降客もさほど多くない亀戸水神駅は候補から外した。突き落としたら犯人が特定される危険性が高いからだ。残る三つは駅も大きく、乗降客も多い。ヤマザキは三つの駅を精査した。その結果、御茶ノ水駅が最もふさわしいと考えた。

ＪＲ御茶ノ水駅は、一日の利用者が二十万人以上ある。特に朝晩の通勤、通学の時間帯はごった返している。曲木は一般の通勤客よりも朝は遅く、帰りの夕方は早い。それでも御茶ノ水駅は、人流が絶えることがない。病院、大学が多いので朝の遅い時間帯も、夕方の早い時間帯も学生や老人がホームをせわしなく行き交う。

そして何よりもホームに段差がある。段差を踏み外せばホームから落ちかねないと問題視されており、もともと危険な駅なのである。当然ホームドアも未設置だ。中央線の快速などと総武線各駅停車が止まる御茶ノ水駅下りホームは東端の二両分ほど高いところで五十センチを超す三段の階段がある。しかも段差からホームの端までは二メートル未満の所もある。強度の近視の曲木にとってこの段差は危険だ。

ヤマザキは上り線ホームも観察した。点検し同じような段差があった。下り線より段差は低いが手すりはない。段差から線路までの距離も下り線よりさらに短かった。この駅は特殊な地形の上にある。ホームの北側を神田川、南側を崖、東西の両端を橋に挟まれている。

ヤマザキは思わず「ここだ」と、手を打った。あわてて周囲を見渡したが、誰もこちらを見てはいない。さて、どうやって突き落とすか。昼間の交通誘導員の仕事中でも、頭の中で様々なパターンのシミュレーションを繰り返した。

「ばかやろう！　あぶないじゃないか」

運転手から罵声がとんだ。両方から車を入れてしまった。

「すみません、すみません」

ヤマザキは謝りながら、一方のおとなしそうな運転手の車をバックさせた。

「どうしたの？　らしくないねえ」

班長が飛んできて両方の運転手に謝ってから言った。

「すみません、最近寝不足で」

ヤマザキは班長にも丁寧に頭を下げた。


交通誘導員に控え室はない。朝礼までの間、資材倉庫の前や駐車場でたむろしている。スポーツ新聞を読んでいる人が多い。初老の交通誘導員たちが缶コーヒーを飲みながら話している。

「この曲木って人、けっこう有名だったんだ」

「ああ、昨日の夕方御茶ノ水駅のホームで転落した人だろう。なんでもこの近くに住んでいるそうじゃないか」

「ほら、公園の向こう側のちょっと変わった家だよ。昔その前で工事したよな」

「昔ってほどじゃねえだろう。ひと月くらい前の話だろうよ」

ヤマザキは交通誘導員たちのそんな会話を後ろ耳で聞きながら、資材倉庫の中に入った。誰もいない片隅まで歩くと、昨日の仕事のできばえを思い出して「上手くいった」と、呟いた。

　昨日は北千住の現場が午前で終了して電工は営業所に帰った。ヤマザキは病院に行くと言って早退した。駅のトイレで地味なジャンパーとズボンに着替え、帽子は被らなかった。

　四ツ谷駅で曲木を待った。時間通りに中央快速の東京行きに乗った。案の定、白い無線のイヤホンを耳にかけて音楽を聴いている。中央快速はさほど混んではいなかったが、御茶ノ水駅で降りると、ホームは高校生、大学生でごった返していた。中央線から総武線に乗り換える人が多い。その流れの中に曲木は埋没した。

　音楽に夢中になっている曲木の真後ろについたヤマザキは、特殊な小型の注射針を曲木の手の甲に打った。一瞬手に視線を向けた曲木は、ふらふらとホームの端まで進んだ。これは人間の本能だろう。ホームから線路に吐こうとしたのである。曲木は段差に躓《つまず》きよろけて、口を押えた姿勢で転びそうになった。

　ヤマザキは、その後ろを通り過ぎる時に、曲木の腰を軽く押した。そして、曲木は線路に落ちた。その瞬間、総武線の黄色い電車がゴーという音とともにホームに入ってきた。

　ヤマザキ以外、誰も見ていない。

　騒ぐ人間は誰ひとりいない。誰もが背を丸めてスマホを見ている。何の変哲もない日常の駅の風景が流れていった。

ヤマザキの耳に一瞬、あの腰の曲がった母親の嗚咽《おえつ》が聞こえた。

ユタ組織の闇の仕事にも慣れてきたある日、ヤマザキは教団の役員室に呼ばれた。

「ヤマザキくん、君はとても優秀ですばらしい実績を残しています。もっと重要な任務に就きたくはないですか」

首領様は心の奥底に浸透してくるような声で言った。

「もちろん就きます」

ヤマザキは無表情のまま答えた。任務の内容を聞く必要はない。

「ユタと対立するユダヤの末裔にマタという支族がいます。今はもう組織と言えるほどの力はないのですが、ユダヤの秘宝である『マサダの箱』を代々守っているのです。それはもともとヤマトの大王に献上されるものでしたが、マタの支族はユタを騙し持ち去ってしまったのです。そして今では箱の行方がわからなくなってしまいました。

今回、マタ支族の裏切者が、マサダの箱の隠し場所を示す何かを発見したという情報を発信しました。落ちぶれた彼らは金欲しさに、その情報を我らユタの組織に売り渡したいのです」

首領様はふーっと息をつき、ここからが本題だというふうに身を乗り出した。

「マタの末裔にはウタ姫と呼ばれる霊能者がいて、ユタはその魔女に散々な目に合わされてきました。ユタの最大の敵はウタ姫なのです。その魔女は血も涙もない。マサダの箱を守るためならどんな手段も厭わないでしょう。使徒ヤマザキ、油断してはなりません。マサダの箱を取り戻すこと、そしてウタ姫、それを妨害する者も含めて抹殺することが今回のミッションです」

ヤマザキは黙って話を聞いていた。

どちらが正義でどちらが悪かなどないのだ。首領様が思うほどヤマザキは従順ではない。ユダヤの末裔などヤマザキにとってはどうでもいい。神の戦士と煽《おだ》てられてその気になっているほど、おめでたい人間でもない。ただ自分に居場所と使命を与えてくれた首領様に、必要な人間だと思われたかった。

俺は子どもみたいに首領様に頭を撫でられ、褒めてもらいたいだけかもしれないと、ヤマザキは自らを笑った。

ヤマザキは首領様からミッションの詳細を聞くと、入念な調査を開始した。マサダの箱の隠し場所を仄めかしてユタ組織に接触してきた岸田敦、久本隆一という男たち。まずはこのふたりの調査からだ。ターゲットの調査に時間を惜しんではいけない。息遣いの癖まで観察するのだ。それが完全な任務の遂行に不可欠だ。

都心の高層ビルの最上階にふたりの男がいた。

その部屋には毛足の長い絨毯《じゅうたん》が敷かれ、微かな物音も吸い込んでしまいそうな静寂が流れている。

チャコールグレーの仕立てのよいオーダースーツの上に黒いロンググローブを着た男は、仮面をつけたまま、大きな窓から梅雨の走りの皇居の森を見下ろしている。

マサダの箱の隠し場所は結局不明なまま、ヤマザキがウタ姫を追っているが、潜伏場所はまだ掴めていない。

部屋の隅に立っている白いロンググローブを着たもうひとりの男は、ヤマザキたちが『首領様』と呼んでいる男だった。

「我らが放った使徒ヤマザキは、慎重で優秀な男です。組織の刺客の中でもトップクラスのヤマザキを以てしても、マサダの箱もウタ姫の行方もわからないとは、ウタ姫とはそれほどに手強い相手なのでしょうか？」

「私もウタ姫に会ったことはない。しかしユタの言い伝えでは、霊力の強いシャーマンで、目的のためには手段を選ばない非情な女だという。歴代のウタ姫を抹殺することが、我が支族の悲願だが、未だ成しえていない」

仮面の男は、『首領様』の名を呼び、静かに命じた。

「カモスよ、マサダの箱は安曇野かその周辺にある。ウタ姫はその近くにいるはずだ。必ず抹殺しろ」

仮面の男は、会ったこともないウタ姫に強い憎しみを感じている自分を不思議に思いながらも、これもユタの血のせいかと納得した。

そして、曾祖父がウェストンから聞いたという話を、思い出していた。

第九章　ふたりの休日

柚月はいつものように朝の五時半に目が覚めた。他の事件の任務も重なり、出張も続いて不規則な生活だったが、体内時計は変わっていない。

安曇野から戻ってきて、すでに二か月が過ぎていた。今回の事件は真田日名子の行方がわからないまま膠着《こうちゃく》している。関係する県警が連携し捜査を進めているが、未だ事件の目的や背景が不透明なまま時間だけが過ぎていった。

日名子の保護に失敗した柚月に重い処分はなかったが、前川室長から他の任務に就くよう指示があり、この事件から外された悔しさと日名子の無事を案じて気持ちが晴れない日が続いている。

しかし、落ち込んでいても日名子が見つかるわけでもない。柚月は毎朝のルーチンに取りかかった。ストレッチ体操、ジョギング、スムージーの優先順位だ。時間のない日にジョギング、スムージーは省いても、ストレッチ体操だけは欠かさない。寝ている間に軽いエコノミー症候群になっているので起きたら直ぐにほぐさなければならないからだ。いつものように、うつ伏せの姿勢からゆっくり両腕を伸ばして四つん這いの姿勢になった。

人間は生まれてくる時に生命の進化の歴史を辿るという。母親の胎内で海の中の細胞が分裂して魚類のようになり、やがて脊椎動物になる。この人類の進化の過程を柚月は毎朝続けている。暁の半夢の中で海に浮遊するクリオネになるのだ。実際の地球の生物は、三十四億年の間海の中で生活していた。三十八億年の生命の歴史の八九％は海の中にいた。

しかし、柚月の朝の歴史は、三十四億年が五分程度になる。海の中の生活から目が覚めると陸上に上がっている。亀のように両手両足を伸ばし、猫のように背伸びをして、チンパンジーのように立ち上がる。

柚月は新潟の南魚沼で生まれ育った。地元の六高から東京大学に現役合格した秀才だ。実家は塩沢の農家で、世界的ブランドの『魚沼コシヒカリ』を作っている。子どもの頃から農作業の手伝いで鍛えた足腰で中学、高校と柔道部で主将を務めた。

性格は天真爛漫というか、何事も深く考えない。受験や仕事でもストレスを感じたことがない。決して美人ではないが、雪国育ちの真っ白なもち肌で、子犬のような愛らしさがある。

一見欠点が見当たらないが、三十一歳のこの年までマトモな恋愛をしたことがない。付き合った男性は何人かいるが、気が付くと自然消滅というパターンばかりで、泣くほど失恋した経験もない。

大学生の時、ワンダーフォーゲル部の二歳年上の先輩と付き合っていた。お互い気があってこの人と結婚するかもなんて考えた時期もあったが、その彼が卒業し中央官庁に就職してから、性格がまったく変わってしまってついていけなくなった。何となく人を見下したような感じが嫌だった。就職していろんなストレスがあって大変な時期だったんだろうなと、柚月も三十路になった今なら思える。

風のうわさで退職したという話も聞いた。あの時もうちょっと彼のことをわかってあげていればと後悔もある。田舎には子どもが二人も三人もいる中学高校の同級生も多いのに自分はこのまま一生ひとりかもと思ったりする。

他の事件の任務が一段落して、今日は久しぶりの休日だ。

日名子が語っていたユダヤ人の歴史を図書館で調べるため、ジョギングとスムージーを省略してすぐに家を出た。東横線の都立大学の駅で電車を降り、お気に入りのカフェでモーニングを食べた。このカフェは毎朝七時オープンで美味しいコーヒーとフレンチトーストを食べさせてくれる。何よりもチェーン店でないのが気に入っている。今日のモーニングコーヒーはグアテマラをチョイスした。コーヒー通というほどではないけれど、よっぽど暑い日でない限り柚月はホットを飲む。カップから立ちのぼるコーヒーの香りと湯気が、筋肉の緊張を解いてくれる感じが好きだ。

コーヒーの余韻に浸る間も惜しんで柿の木坂に向かった。今日は梅雨の晴れ間で、道端のブルーの紫陽花が朝日に輝いている。

パーシモンホールの地下に図書館がある。平日なので空いているかと思ったが、若者が閲覧机を占拠していた。仕方なく、フリーアドレスのようなテーブルの端に席を確保すると、書架に急いだ。イスラエルの歴史の棚から五冊抱えて席に戻り、まずは目次を追った。ポイントとなる時代を入念に読み進める。

エジプトからカナン地方、中近東にかけてあまたの民族が勃興し衰退し、あるいは滅亡したが、イスラエルの民は三千年以上にわたって民族のアイデンティティを貫いている。終に国が滅亡し世界中に離散しても。むしろ、何回も国を追われ離散させられても続いている。日本人のように、一つの場所に住み続けているわけでもないのに。これはユダヤ教が優れているからだろう。

当時の多神教のエジプトにあって、唯一絶対の神を信じるユダヤ教が誕生した。これは特異な信仰宗教だった。当然、迫害される。迫害から逃れるためにエジプトを脱出した。

カナンの地を目指してと聖書に書いてあるが、最初からカナン地方を目指したのではなく、北アフリカ大陸を彷徨い、方々に調査隊を派遣して、最終的にカナンの地に建国したのではないか。それでないとカナンの地に落ち着くまで四十年間かかったことが説明できない。エジプトからカナン地方までは直線距離で三百キロメートル、一日に十キロ移動したとすれば三十日で着いてしまう。少しずつ移住して、移住が終わるまでに四十年かかったのではないか。

四十年かけて辿り着いたカナンの地に、初代のイスラエル王国を建国した。その際も先住民族がいたので、抗争となり先住民族を滅ぼしている。これは現代におけるパレスチナ紛争に似ている。一九四八年のイスラエル建国では、その地に住むパレスチナ人の土地が奪われた。当然抗争が続く。

柚月は様々に想像を巡らせた。古代史は、謎が多く、想像を巡らしているだけでも楽しい。旧約聖書は物語としても面白い。

特にエデンの園は有名である。アダムとイブは暮らしていた楽園で、禁断の知恵の実を食べて神の怒りを買い、楽園を追放された。このエデンの園は、想像上の楽園なのだが、古代エジプトに実在したという説もある。神聖な木の果実は、ファラオに力と、知識と、美と、威厳と、知能と、長寿を与えた。一神教の神官たちと巫女たちは、禁じられた果実の味見をし、それぞれが自分をファラオと同じと考えた。それが王の怒りに触れたのか。

（エジプトの宗教はすべて多神教だと思っていたけど、一神教の時代もあったのか。そこからユダヤ教が生まれたのかな）柚月は両手を組んだ上に頭を乗せてしばし瞑目《めいもく》した。

原罪という物語や伝説が、聖書の律法のはじめからあって男女の関係を規定し、女性を日常生活の宗教的な制約に従わせた。この律法は現在でも、数多くの国で有効である。原罪という伝説は、女性に対する男性の身体的、知的優位性を予測させる。（体力的には男の方が勝っているのは確かだけど、生命力としては女の方が強いわよね）と、柚月は思った。体力的にも柚月に敵う男は、そうそういないのだが。

『エジプトはナイルの賜物』とは有名な言葉だが、このエジプトの恵みの川は、古代エジプト語では『イテルウ』と呼ばれていた。ヘブライ語では『ミトスライム』である。そうあの銅剣に刻まれていた文字だ。銅鐸には『ネボ』と刻まれていた。カナン地方にある山の名前だ。日名子が所持していた銅矛に刻まれていた文字の意味はまだ解読されていない。

ユダヤ民族の歴史で一番のエポック、いや最悪の事件は西暦七三年のマサダ砦の陥落だろう。この事件の後、ユダヤ民族は世界各地に離散した。ローマ帝国の迫害を受けたので、ローマ帝国から離れたアジアに多くの民が向かった。その流れは遠く日本にまで及んだらしい。

柚月は、自分の前世がまるでこの時代に生きたユダヤ人のように思えて、ふうとため息をついた。国を追われ、逃げ延び、新たな土地の先住民と争い、あるいは交わりながら安住の地を探し求める。（結局のところ、人類の歴史は土地争いなのね）と、妙に納得して学習の区切りをつけた。

「光くんと一緒じゃないと、事件の謎を解くアイデアは何も閃かないな……」

本を閉じながら呟いた。安曇野から戻って光には会っていない。

スマホで光の番号を探しながら図書館を出た。すでに太陽は中天よりも西に傾いている。

「あ、光くん、柚月です。お久しぶり。事件の謎を解こうと思って図書館でユダヤ民族の歴史を調べてみたんだけど、推理が働かなくて、今から会えないかな」

柚月は思わず、早口になっていた。

「いいよ。僕もこの事件の謎を考えていたんだ。柚月ちゃんの意見も聞きたいと思っていたところだよ。うちの近所によく行くレストランがあるから、そこで食事しながら話さない？」

光はいつもの調子で、おっとりと答えた。久しぶりに聞く光の声に『以心伝心』という言葉が浮かんだ。

「うん。わかった」

いつの間にファーストネームで呼び合う仲になったのだろう。もしかして「柚月ちゃん」と呼ばれたのは初めてかもと思いつつ、柚月は最近買ったバックの中の化粧ポーチを探しながら駅に向かって坂道を下っていった。

ショーウインドウに飾ってあるロングスカートの鮮やかなブルーが、夏の訪れを告げている。


光は、広尾の有栖川公園の近くに生まれた時から住んでいる。いわゆる実家暮らしのボンボンだ。両親は光が幼い頃に事故で亡くなったが、賃貸不動産が残されたので生活に困ることはなく、大学も普通に卒業できた。八歳年上の姉と一緒に暮らしており、何かと母親代わりに光の面倒をみてくれる。

姉は結婚して夫婦でこの家に同居している。姉は親から相続した不動産の管理と夫の会社の経理を担当している。夫、つまり義理の兄は遺跡調査の会社を経営している。光もその会社の非常勤取締役になっている。歴史好きの義兄とは気が合うのだ。

光の本業は母校である向陽大学歴史科学研究所の研究員だが、無論給料は安い。出世欲もないから、研究だけで生活はできないが、親の遺産と姉夫婦の会社の役員報酬のお陰で、何不自由なく好きな研究に没頭できる。

一般的に言えば恵まれ過ぎたお坊ちゃまだが、生まれた時からこの環境なので嫌味なところがない。ルックスも爽やかで女性にもモテる。が、なぜか長続きせず結婚まで辿り着かない。姉は顔を合わせると早く結婚しろとうるさい。由緒ある南雲家を継ぐのは光だからと同じセリフを繰り返すが、何の由緒かよくわからない。同級生で独身の友人が結構いるから紹介するわといわれるが、八歳年上の妻になるわけだ。特段嫌でもないがピンとこない。

デートでマニアックな考古学や土偶の話をすると表面的には楽しそうに話を合わせてくる女性もいるが、光はその下心を敏感に察知してしまうところがある。幸か不幸か女性の嘘を見抜く嗅覚を光は持ち合わせていた。

光はどちらかというと夜型人間だ。外で遊び歩くわけでもなく、大学の研究室か自宅の部屋で、スパイスやハーブの効いたお茶を飲みながら専門書を読んだりして過ごす。ひとりの時にアルコールを飲むことはまずない。アルコールは誰かと楽しく飲むものと決めている。

昨夜も休みの前日だったので、事件の謎について深夜まで考えていた。スパイスとハーブの効果か、一つの答えが見えてきた。明日、柚月に連絡してみようと思いながら、ようやく明け方眠りについた。

光が目覚めるともう午後になっていた。ベッドの中で柚月に電話してみようかとぼんやり考えていたら、枕もとの充電中のスマホがタイミングよく鳴った。

初夏の遅い午後、気持ちのいい風が吹いている。

柚月と光は広尾駅で待ち合わせて、アラビアンナイトというレストランに入った。ここは光の行きつけの店で、日本では珍しい中東の料理を食べさせる。食材や調味料も本場のものを使っているので本格的だ。

ディナーにはまだ早い時間なので店内は空いていた。エキゾチックなBGMが砂漠の国へと誘ってくれる。週末の夜にはベリーダンスのショーなどを催し客を楽しませる。（光くんもベリーダンスの踊り子みたいな女性が好きなのかしら）と、柚月はベリーダンスショーのポスターを見ながら思った。

この店では、前菜にデーツとアラビアコーヒーが供される。砂漠の民ベドウィン族の風習らしい。その後はコースではなく、光のおすすめをアラカルトで注文した。ひよこ豆や羊肉の料理は異国のスパイスやハーブを使ってヘルシーに料理されている。光はけっこうマイナーな料理が好きらしいが、柚月はご飯中心の和食系だ。慣れない匂いの料理に大丈夫かなと心配したが、意外と口に合う。光と食べ物の好みも合うことが何だかうれしい。事件の謎はひとまず置いといて、ふたりは食事を楽しんだ。食後のハーブティーは光おすすめのレモングラスルイボスティーにした。レモンの爽やかな香りが頭をすっきりさせてくれる。柚月は今日一日の図書館での学習で、光とのマニアックな会話にもついていけるくらい大体の知識は入ったのではと多少の自信をつけていた。ハーブティーを一口飲むと光がさっそく今日の本題を話し始めた。

「カナンの地を脱出したユダヤ人は、ユーラシア大陸を放浪して、それぞれの地に定住した支族もいただろうし、日出ずる国を目指して東へ東へと向かった支族もいただろうね」

「ユダヤ人は、ユダヤ教を信じる人たちのことで宗教的に団結しているんでしょう？」

「そう、今も世界中にユダヤ人が住んでいてユダヤ教が生活の基本になっているからね」

「それなのに日本にはユダヤ教が伝わっていないよね。ユダヤ人が日本に来たのならユダヤ教も残ってないとおかしくない？」

「確かにその矛盾はある。それを根拠にユダヤ人が日本の文化や産業に影響を与えてきたことを否定する学者もいるんだよ」

「ユダヤ教はどこに消えたのかな」

「神道となって今でも脈々と日本人に受け継がれているという説もあるよ」

「ええ～、八百万の神の神道と一神教のユダヤ教では、ぜんぜん違うじゃない。なんでそういう説になるの」

「ユダヤ教の礼拝で宗教指導者が、説教の最後によく言うのが『神はどこにでもいる。祈りを捧げているこの会堂、あなた方が帰る家、家のまわりの自然にも』っていうセリフなんだよ。つまり神は唯一だけどどこにでもいるってことが、八百万の神ということだろう」

「そういえば伊勢神宮にユダヤのシンボル『ダビデの星』みたいなのがあったり、両方の神話が似ていたりするよね」

「ユダヤ教の信仰の対象は唯一絶対神だから、太陽信仰とは言えないけど、古代エジプトで生まれた祖先は、太陽の昇る地に理想郷があると考えたんだ」

「出雲からマサダの箱を持って安曇野に脱出したマタの支族と、それを追っているユタの支族は両方ともユダヤ人の末裔でしょう。どうして分裂することになったのかしら」

「想像でしかないけど、出雲の国譲りが絡んでいるのかも……」

「どういうこと？」

「あの時代はヤマトの勢力が増していたから、出雲の連合政権を奪う目的でそこに定住していたユダヤ支族を懐柔したんじゃないかな。前にも話したように、単純に力で争う戦ばかりじゃなくて、謀略みたいなものもあったと思うよ」

「ユダヤ人たちに受け継がれてきた大陸の知識や技術も欲しかったんでしょうね。その一つがマサダの箱か。出雲を裏切ってヤマト側に着いたのがユタ、安曇野に逃げ延びたのがマタということね」

「まあ、裏切るにはそれなりの理由があったんだと思うけど」

「ヤマト王に破格の条件でつられたのよ。豪邸、ご馳走、高価な服とか」

大義名分は建前で、報酬で動くのは昔も今も変わらないのも道理だ。遠い過去の人物に誰も会ったことはないのだから本当のところはわからない。いや、目の前にいる現代の人間だって心の奥底はわからない。

柚月はハーブティーのおかわりを頼んだ。愛想のないアルバイトらしき男がポットでふたり分のハーブティーを持ってきた。店員のサービス精神はないが、ハーブティーはティーバッグではなく、本物の茶葉とフレッシュハーブを使っている。（そっちに経費をかけているのね）と、柚月はふたりのカップに新しいハーブティーを注いだ。二杯目はカモミールオレンジティーにした。オレンジの甘い香りが柚月好みだ。

「ところで、真田さんの話を光くんはどう思った？」

「うーん、ユダヤの末裔だって話し始めた時は正直、彼女の正気を疑ったけど、あの絵馬は作り話には思えなかったな」

「そうよね。実際、古代ヘブライ文字の彫られた荒神谷遺跡の三種の祭器は存在しているし」

「歴史的に考えたらユダヤ支族の子孫が存在していてもおかしくはないけど、支族の伝承やマサダの箱なんていうものが受け継がれているっていうのは驚きだな」

「真田さんの話が本当だとしたら、ユタの組織はふたりを殺害した後、なんで銅鐸と銅剣を持ち去らなかったんだろう」

「時間がなかったのか、僕みたいに記号と文字だけを写して解読しているのかも」

「マサダの箱なんて、ホントに今でもあるのかしら」

柚月が深いため息を吐いた時、業務用のスマホが振動した。それは前川室長からの着信だった。公休日の電話も珍しくはないが、何だか嫌な予感がして急いで店の外に出た。

電話を終えて席に戻った柚月は、難しい顔をしている。

「前川室長からマサダの箱を捜索するよう指示があったわ」

「え、前川さんから。警察はマサダの箱が存在すると断定したってこと？」

「室長も詳しいことは聞いてないみたい。警察庁の上の方からの命令だって。でも、どこを捜せばいいのかしら」

マサダの箱に一番近いマタ支族の末裔だという真田日名子の行方も、生死すらわからない状況で、頼りになるのは光の歴史学者としての推理力だと言わんばかりに柚月は光を見つめた。

「僕はやっぱり、あの三種の祭器、銅鐸、銅剣、銅矛の文字と記号が、マサダの箱の隠し場所を示していると思うんだよ」

光は柚月の期待に応えるべく昨夜考えた推理を語った。

「銅剣に彫られた『ミトスライム』はナイル川の意味だけど、ここでは犀川《さいがわ》を指している。そして銅鐸の『ネボ』は有明山だと思う。有明山は、富士山を思わせる台形の山容で、信濃富士とも呼ばれている霊山で安曇野を一望に見渡せるんだ。有明山神社の奥宮はマタ支族の墓かもしれない」

「有明山、思い出した。昔、安曇野に行った時に常念岳がこんな近くに見えると言ったら、タクシーの運転手さんに、あれは有明山ですよと笑われたわ。でもそれだけでは、どこにマサダの箱が隠されているのかわからないわよね」

「そこで、シュラが出てくるのさ。そうそう、研究所から真田さんが持っていた銅矛に刻まれていたのは古代ヘブライ文字で、『シュラ』と判明したと連絡があったんだ」

「シュラって？」

「シュラは砦という意味だけど、まさにマサダ砦を連想させる。マタの支族は安曇野に来た時、どこに砦を築いたか。敵から守るためだったら山の上に築くだろう。それこそ有明山とか。でもすぐに追っ手は来ないだろうから、何よりも生活の基盤を重視したと思う。水が得やすく、守り易い地、それは今の穂高神社の場所だよ。当時は、犀川が近くを流れていたから、水を豊富に得られて防御の堀にもなったんじゃないかな」

「マタの支族は出雲にいた時に、そんな情報が得られるかしら」

「安曇野のことは渡来系の海人のネットワークであらかじめ知っていたと思うよ。だから三種の祭器にマサダの箱の隠し場所を刻むことができたんだ」

「そもそも、何のためにそんなものを刻んだの？　マサダの箱の隠し場所はつまりマタ支族の行先でもあるよね」

「それはわからない。もしかしたら先発隊から後発隊へのメッセージだったのかも。だからユダヤ支族にしかわからないヘブライ文字を使った可能性はあると思う」

「じゃあやっぱり、カギは安曇野の穂高神社にあるのよ。光くん、明日朝一番に車で渋谷まで来て私をピックアップして。私は始発の東横線に乗って、渋谷駅で待ってるから」

「ええ〜、始発で？」

夜型人間の光は自信なさそうだ。

「善は急げよ。真田日名子は穂高神社からいなくなって行方不明よ。ユタの組織に連れ去られたとしたら、それはマサダの箱を見つけるのが目的だわ。私たちもマサダの箱を捜しましょう。きっとマサダの箱の近くに日名子とユタの刺客が現れるわ」

柚月は前回の失敗を挽回すべく警察官の顔になって言った。

柚月と光が慌ただしく店から引き上げた後、愛想のないアルバイトの男が店の裏口から夕暮れの街に消えた。

第十章　香木

マタは臨終の床にいた。

安曇野の冬は長く厳しい。出雲のように盛んな交易もない。ユダヤ支族が隠れ住むには、都合の良い地ではあるが、過酷な自然と支族の長としての使命感がマタの命を削っていった。

安曇野の地に辿り着いてからも苦難の連続だった。豪雨で犀川が氾濫し作物が根こそぎ流された年もあれば、日照りや長雨の年もあった。古代の暮らしは飢えと病との戦いの日々だ。

出雲に暮らしていた頃は、マサダの箱の中身を使うことはなかった。それほど、出雲は栄えていたのだ。しかしこの安曇野は違う。豪族たちからの貢ぎ物や物々交換などもない。マサダの箱の力に頼らなければ、民は全滅していただろう。

マサダの箱の中身は四種類の種で、使い方は代々の支族長のみに口伝で引き継がれた。

一つは、穀物の種。その実は生育が早く栄養価が高い。飢えを凌ぐスーパーフードだ。

森の獣までもが餓死するほどの大飢饉の年、この種を蒔いてその実を食べ、何とか一冬を乗り越えた。

二つ目の種は解毒剤だ。疫病が流行った年、種を植えて育った葉を煎じて飲ませた。どんな疫病にも効く万能の薬だ。

三つ目の種は、毒草だった。家畜を使ってその効能を試してみたら、一瞬の苦しみで心の臓が止まった。矢尻に塗り大きな獣を仕留める時に使った。

四つ目は、香木の原木の種だった。マサダ砦脱出の後から、香木を使用できるのは、代々のシャーマンに限られている。それがユダヤ支族の掟だ。シャーマンである妻のウタは、この原木の種を育てることを禁じた。

だからマタたちは、マサダの箱に入っていた種のうち、穀物の種、解毒剤の種、毒草の種の三つを使って困難を乗り越えてきた。しかし、これらの種を植えた土地は、次の年にはどんなに土を耕しても、雑草さえ生えてこなかった。この種は土の養分を根こそぎ吸い取ってしまう。連作するには、種を蒔く土地を変えなければならないが、土の回復に年月がかかるので、結果的に不毛の土地を増やしていくことになる。

これらの種を敵方に渡せば、敵の土地を滅ぼし、延《ひ》いては敵の種族を滅ぼす武器にもなるのだろう。

何と恐ろしい種なのか。

神の種であると同時に、悪魔の種でもある。

マサダの箱の種は滅多矢鱈に使っていい代物ではない。ユダヤの秘宝ではあるが、種の性質を知っている支族の長しか使用を許されないその意味が、マタとウタにはわかった。

ふたりは種をマサダの箱に戻し、厳重に鍵をかけた。

この種に頼らずとも生きていける術を探さねばならない。妻のウタは、様々な植物を煎じたり、動物の肝を乾かしたり、この地にあるものを研究して、皆の病や怪我を治した。土着の民も皆、ウタを女神のように讃えた。

妻であり、ユダヤ支族のシャーマンであるウタ。自分と共にユダヤの民を率いて、命と暮らしを守り抜いてくれた最大の同志。その姿は女神のように美しい。

しかし、その一方で、ウタはこれまで何人の命を奪い、騙し、操ってきたのだろうか。出雲やヤマトの大国から送り込まれてくる密偵を、毒草を使って抹殺し、時には香木で術をかけ、偽の情報をすり込み送り返している。

マタは、ウタがやっていることに、気づいていた。

自分もウタに操られているひとりなのだろうか。

亡き父から、ユダヤのシャーマンが、果たしてきた役割を聞いてもいた。常に力のあるシャーマンが生まれるわけではない。人より少し勘が鋭いとか、天候の変化がわかるとか、その程度の者もいる。むしろ、そういうシャーマンの方が多い。

伝説のナーダのようなシャーマンは特別なのだ。ユダヤの民が危機の時に、神がお遣わしになるのか。

それともシャーマンの力が、動乱を呼ぶのだろうか。

ウタはその特別なシャーマンなのだと、マタは思っている。

「その特別な力は、人の命も容赦なく奪う。後悔や哀れむ心もない。あるのはユダヤの神への絶対的な信仰と支族の長への愛だけだ」と、父は言っていた。しかし父の代には力のあるシャーマンは居なかったから、父自身はその力を知らない。

そもそもなぜ、出雲を捨てなければならなかったのか。発端は、出雲王が言い出した照姫との縁談だった。ユタがヤマトへの逃亡を企て、照姫が死んだ。それでユタは完全に孤立した。

冷静に考えればあの時、ユタや出雲王と腹を割って話し合えば良かったのだ。ユタも出雲王も話のわからない人間ではなかった。出雲王には王としての打算はあるが、ユダヤ支族の知識や技術を必要としていた。三種の祭器の管理を任せるほど、マタのことを信頼していたのだから、力を合わせればヤマトの侵略をくい止めることができただろう。だが、まんまとヤマト王の術中にはまってしまった。

一つ一つの歯車が噛み合わないままに、マタは出雲と、ユタを捨てた。

ユタがまだ幼かった頃、いつも自分の後ろを追いかけてきた。マタは同じ年頃の子ども達と遊びたくてユタを置き去りにした、あの遠い日。ユタはいつも気づいて、泣きながらマタを追ってきた。

海にも、森にも。

なぜこの地には来ないのだ。

私が怒っていると思っているのか。

私はユタを許しているのに。いや初めから怒ってなどいないのに……。

「……タ」それが、マタの最期の言葉だった。


マタの最期の言葉は、『ユタ』と言ったのか、それとも『ウタ』と、自分の名を呼んでくれたのか。

ウタは、マタが死んでも悲しみに暮れることはなかった。涙さえ出ない。はたして自分はマタを愛していたのだろうか。人の心は読めても自分の心がわからない。

自分の使命は、ユダヤのシャーマンとしてユダヤの神への信仰を守り、支族の血脈を絶やさぬこと、それには支族長のマタが必要だった。そして、その使命を果たすためには、そのマタでさえも欺くことを厭わなかった。

マタはそれに気づいていたのだろうか。マタが死んでから毎夜、出雲での出来事を夢に見る。まるであの世のマタが、自分に告白させようとしているかのようだ。

そして今夜は、一番思い出したくない出雲の出来事が、ウタの夢に現れた。

長い夜になりそうだ。

完全に夢の中へ落ちていく前に、ウタはそう思った。


ウタは北の森の奥へ奥へとひとり歩いていた。この森は毒蛇や毒虫の巣が多く、出雲の人間はほとんど近づかない。しかし、動物や植物の毒を手に入れて武器にすることは、ユダヤ支族に伝わっている力の一つだ。

特にウタの家系は、代々秘薬を操る家系だった。毒と薬は表裏一体で、同じものでも濃度や使い方で毒にも薬にもなる。たとえば食べれば毒だが、薄めて傷口に塗れば化膿止めになるなど。毒を中和させる方法や、毒蛇や毒虫が嫌がる匂い、好む匂いもわかっている。出雲の人間が誰も近づかないこの森が、むしろウタにとっては、出雲の中で唯一、安らげる場所だ。

ウタは夫のマタから照姫との婚姻の話を聞いた時、夫の前では物わかりの良い妻を演じて見せたが、心の中は出雲王への怒りで爆発しそうだった。

この私からユダヤ支族の長、マタを取り上げようとしている邪悪な出雲王よ。我が神の力を思い知らせてやる。

ユダヤのシャーマンの力を。

私はこの国の堕落したシャーマンどものように王の傀儡《かいらい》ではない。

義弟のユタは子どもの頃から、母方の出雲に居場所を持っていた。先代のユダヤ支族の長が幼い頃に亡くなったせいかもしれない。

しかし、夫のマタは年の離れたこの弟を可愛がっている。ウタの生んだ息子ではなく、ユタに支族の長を継がせたいのは、一緒に暮らしていればよくわかる。出雲王が言い出した照姫の婚姻の相手を何とかユタにして支族の長の座を譲りたいのだ。

ウタは、我が子可愛さだけで反対しているわけではない。ユタが自分たちと同じように、ユダヤ支族の血を色濃く引く者ならば長になってもらって構わない。しかしユタは違うのだ。ユタの中のユダヤの血は薄い。まして照姫と婚姻しその子が、次の次の長になればもっと血は薄くなり、ユダヤ支族そのものが失われていくと、ウタは憂いた。

伝説として、我が支族に語り継がれているマサダ砦の脱出から百年は経っている。砂漠を超え、海を渡り、様々な民族と戦い、交わりながら、この日出ずる国へ辿り着いた。混血は進んでいるがユダヤの魂は失われていない。いつの日かマサダの箱を開け、ユダヤの国を再興するのだ。

そのために、ユダヤのシャーマンは存在するのだから。

ウタは、マタからこの婚姻話を聞いたその日に、ユダヤの秘宝の一つである香木を北の森の大木の根本から掘り出した。

ついに、この香木を使う時がきた。

この香木の煙は、人の心の奥底にあるものを呼び起こす。どんな人間でも自分では気づいていない心がある。そしてウタは、その心を操る術を持っている。

まずは、あの出雲王の末姫照を、この香木を使って術をかけ殺してやろう。

北の森は、春蝉の声で満ちている。

冬の眠りから醒めた毒蛇や毒虫たちが、カサコソとそこかしこで蠢《うごめ》いた。

ウタは香木を握りしめ、我が援軍とばかりに、巣から顔を出した毒蛇の目を頼もしく眺めた。

それから数日後、ウタは照姫の住む館を訪ねた。

　ユタと幼なじみの照姫はウタとも顔見知りだ。姫の下女に案内され、春の日の当たる部屋を訪れると、照姫は生気のない顔でため息をついていた。ユタにヤマトに行こうと言われても、誰にも相談できず悩んでいるようだ。

　苦労知らずの出雲王の末姫よ、これまでの人生でそんな大きな決断をしたことはあるまい。いつも父王や母の言いなりに生きてきたのだから。誰の庇護もなく生きていく力が、この女にあるとはとても思えない。何の力もない、ただ愛らしいだけ。この女の血がユダヤ支族と混ざり合うと思うと虫唾《むしず》が走る。

　ウタはそんな感情はおくびにも出さず、下女が去るのを待ってそっと囁いた。

「照姫、ユタのことで、心配なことがあるのです」

「ウタ……心配なこととは何？」

　もう、照姫は涙ぐみ、声が震えている。

「人に聞かれるとユタが困ったことになります。ユタの義姉として、何とかユタにお咎めがないようにしたいのです」

　照姫の顔色は真っ青になっている。感情がそのまま表情に出るユタにそっくりだ。出雲の民の特徴かもしれない。

「ウタ、私は父王や母が勧めるように、あなたの夫マタとの婚姻はしたくないのです。お願い。ユタを助けたいの。力になってちょうだい」

「もちろんです。私は照姫とユタの味方ですよ。誰にも聞かれないところで相談しましょう」

ウタは巧みに照姫を誘い出し、北の森のはずれの洞穴で密会を重ねた。

ウタは何も言わずに照姫の話を聞いた。そして洞穴の中で香木を焚いて呪文を唱え、照姫の心を溶きほぐしていった。

「ウタ、これは何の香木なの？　私、この甘い匂いが大好きだわ」

「我が家に伝わる香木で、何の木なのか、私も知らないのです。悲しい時や辛いことがあった時にこの香木を焚くと、心が癒されるのですよ」

「この甘い匂いを嗅ぐと心に強い気持ちが湧いてくるの。私にこんな気持ちがあったなんて不思議なくらいよ。勇敢で賢い姉さまたちは私を可愛がってくれたけど、見下してもいたわ。父王と姉さまたちは同志だけど、私はその中には入れない。誰にも期待されない。頼られることもなかった。まるで、仔犬のように可愛がるだけ。仔犬だって大人になればば、狩りに出るのにね……」

今日もふたりは、秘密の洞穴の中で話をしていた。

ぱちぱちと焚火の爆ぜる音と、甘い香木の匂いが、洞穴の中を満たしている。

「北の森は、毒蛇や毒虫の巣で怖いところだと聞いていたけれど、こんなに花が咲いていて、きれいなところだとは知らなかったわ」

「ここは、照姫とふたりだけの秘密の場所ですよ。だから誰にも言ってはダメ」

ウタは、細い指で優しく照姫の唇に触れて言った。

「ユタはマサダの箱があれば、ヤマト王の元で暮らせると言うの。でも箱の隠し場所がわからない」

照姫は、うっとりとウタを見つめている。

「照姫は、ユタと一緒にヤマトに行くことに決めたのですか」

「ええ、出雲では私とユタは一緒になれない。父王にとって私は、はじめから必要な娘ではないのよ。ユタは私を必要としてくれる。ユタのためにマサダの箱を見つけたいの」

「わかりました。私が夫から上手く箱の在りかを聞き出して、姫にお教えしましょう」

ウタは焚火に香木を足しながら微笑んだ。照姫に術がかかるまでもう少しだ。

五日後には、ヤマト王の一行が鉄の買い付けのため、出雲に到着するという知らせが、ウタの耳にも届いた。出雲中がヤマト王を歓迎するための宴の準備で大わらわだ。

もう照姫には充分に術がかかっている。近頃は照姫の方から、北の森で会いたいと催促がくるようになった。香木の中毒症状が進行しているのだ。

ヤマト王が来る前に片をつけなければならない。

ウタは決行の日を今日と決めた。

「照姫、そこは雨が入ります。奥にお座りになってください」

照姫は言われた通り、洞穴の奥に座ってウタに聞いた。

「ウタ、マサダの箱の隠し場所は聞き出せた？」

「ええ、その前に、姫のお気持ちは変わりませんか？」

「もちろんよ。出雲の地を離れるのは怖いけど、ユタと離れるのはもっと嫌なの。あなたの夫、マタとの婚姻も考えられません。ユタはヤマト王の了解は得たと言っていたわ」

「ユタは、ヤマト王と通じて、ヤマトの地に照姫とふたりで亡命しようとしている。ヤマトへの服従の証に、ユダヤの秘宝、マサダの箱を持ち出そうとしているのですね」

「ええ、ユダヤの民には悪いけれど、これしか思いつかなかったの」

無邪気に照姫は言った。

ウタは小さな焚火の中に、パラパラと香木を入れた。白い煙が一瞬立ち上り、甘い匂いが一層強くなる。

「私はユダヤのシャーマン。我が支族の秘宝を、おまえに渡すわけがなかろう」

照姫の目の前に短剣を突き出しながら、ウタはゆっくりと立ち上がった。その声はまるでしわがれた老婆のように、地の底から湧いて出る悪霊のような不気味な声に変っていた。

「ユダヤの神が、おまえに死を与えよと命じられた。さあ、この剣で心の臓を突くのだ」

黒いベールの中でウタの闇のような瞳が、焚火の炎を映している。それは洞穴に潜む毒蛇の真っ赤な目のように不気味に光っていた。

照姫の心臓の鼓動が早鐘のように鳴っている。もう息を吸うことも吐くこともできない。

そして北の森は本性を現し、そこかしこに赤い毒蛇の目が光り、大きな毒蜘蛛がカサコソと蠢いているのが照姫の目にもはっきりと見えた。しかし、もう指を動かすことすらできない。

「ユタ……逃げて……」

それが照姫の最期の言葉だった。

ウタは、小さな壺から毒虫たちが好む液体を照姫の愛らしい顔や体に振りかけた。それらが一斉に照姫に向かって襲いかかる気配を背中に感じながら、北の森の洞穴を後にした。

うめき声一つ立てずに照姫は死んだ。

ウタは照姫に短剣で胸を突き自殺する暗示をかけたのだが、その前に照姫の心臓は止まってしまった。あんなか弱い女では、どこでも役には立つまい。ユタとヤマトに逃げても足手まといになるだけだ。それならそれで次の手を考えればいい。照姫の母には、ユタが殺したと信じ込ませてやろう。それでユタの退路は断たれる。

ユタはヤマト王に操られているのだろう。出雲王もヤマト王も腹黒い男たちだ。きっと次の鉄の買い付けの時に、ヤマト王は事を起こす。ユタは愚かな男だ、私の口車に乗って、私の思い通りに動いてくれる。マタの弟とは思えない浅はかな人間だ。ユタは出雲の血が濃いのだ。

ユダヤ支族に、ユタは要らない。

ウタは自分の中に流れるユダヤの血が、逆流するほどの興奮を感じていた。伝説のシャーマン、ナーダのように支族を導き、この出雲を脱出するのだ。

マタが出雲を捨て、越の国の奥地へ旅立つと決めてからも、ユタのことだけは、捨てきれずにいることをウタは感じ取っていた。

出雲王の倉から青銅の三種の祭器を盗み出し真鎖の谷に埋めたが、マタはそのうちの銅鐸、銅矛、銅剣を一つずつ館に持ち帰り、ユタにだけわかるヘブライ文字と記号を彫っていた。そして、ユダヤ支族の誰にも言わず、密かに兄弟だけの秘密の場所に埋めた。

出立の前夜、ウタはマタから、このことを聞いた。ユタへ埋めた場所を必ず伝えるとマタには偽りを言い、ヘブライ文字の彫ってあるその祭器の三つを掘り出して、その他の祭器と同じく真鎖の谷に埋めなおした。

マタは最期まで、ユタを待っていた。

来るはずはない。あの三つの祭器のことを、ユタは知らないのだから……。


私の寿命も、もうすぐ尽きる。

ウタは、孫娘を枕辺に呼んで、マサダの箱の鍵と香木を渡し、ウタの名を与えた。

この孫娘はウタほどの能力はないが、今いる子や孫たちの中では一番霊感が強く物覚えもよい。薬や毒の知識、疫病や飢饉のときの対処法など、ウタの持てる限りの知識と技術を伝えてきた。まだ伝えたいことは山ほどあるが、命が尽きる時は近い。

「ユダヤの民だけではなく、この近在の者たちが飢えや疫病で苦しんでいる時は、そなたの持てる力で助けておやり。この地の冬は厳しい、雪で閉ざされてしまう。力を合わせて種族を増やし、生き延びておくれ。そしてマサダの箱を使うのは、最後の最後の手段だ。

誰にも奪われてはならぬ」

孫娘はウタの手を握って頷いた。その手は、長年この地で生きる人々のために働き、節くれだって変形した老木のようだ。

「私も婆様のように、命尽きるまで民のために働きます。そして婆様の言いつけを未来永劫守り抜きます」

まだ幼さの残る孫娘は、澄んだ声でウタに誓った。

ウタはふと、孫娘がユタに似ていると思った。顔立ちではなく、同じ気配のようなもの……。

あの出雲を旅立つ日の夜、ウタ自身が何かに操られるように香木を持ってユタの館へ行き、その半分をユタに渡した。ユタへの贖罪だったのか。いやそんな感傷的なことではない。

その理由が今この瞬間、はっきりとわかった。まるで神の啓示のように。

ユダヤの神は、ユタを選んでいたのだ。

照姫をああまで酷たらしく殺したのは、ユダヤの貴種《きしゅ》を奪おうとする者への神の怒りだったのだ。

ユタは出雲の血が濃い者ではなかった。ユタこそがユダヤの支族長となり血脈を継ぐ者だった。マタが正しかったのだ。

ユダヤのシャーマンが神の声を聞き違えてしまった。私はなんと取り返しのつかない過ちを犯したのか。死んでも、もう神の御許へ行くことはできない。そして、神の御許にいるマタとも、二度と会えない。

ウタは生まれて初めて泣いた。

狂ったかのように、泣きながら死んでいった。その理由は誰にもわからなかった。

いつしか、この地に住む人々は、マタの子孫で霊力の強い女子を『ウタ姫』と、呼ぶようになった。

第十一章　神降地

　渋谷で合流した柚月と光は、光の愛車トヨタハリアーで再び安曇野の穂高神社に向かった。光にしてはまだ深夜に等しい早朝の運転だ。ここで事故を起こしては元も子もないと、柚月は談合坂ＳＡで光と運転を交代した。

（こんな高級車に乗っているなんて、やっぱりお坊ちゃんなんだ）柚月は助手席でうたた寝している光の横顔を見て思った。柚月は車を持っていない。運転するのは警察の公用車か実家のトラックくらいだ。渋滞もなく朝九時に穂高神社に到着した。

　社務所を目指して歩いていくと、そこには思わぬ人がいた。出雲の殺人事件の時に世話になった島根県警の神田刑事だ。彼はその後も真田日名子を捜して長野県内を捜索し続けているという。

「人ひとりの命がかかっていますから。地道に捜索を続けているんです」

　律儀な神田刑事らしい。もう夏だというのに、今日もリクルートスーツにネクタイをきっちりと締めている。今どきの若い世代は、昔の刑事みたいにむさっ苦しい身なりはしていない。

「神田刑事はひとりですか。相棒の警察官は？」

「いつもは先輩と一緒なんですが、夏風邪をこじらせたみたいで今日は休みを取っています。何か手掛かりを掴んでもひとりでは動くなって言われています」

猛々しくはないけど実直で粘り強い警察官だわと、柚月は神田刑事を見直した。日名子の捜索が行き詰まっている今の状況では、マサダの箱の隠し場所を探すことが、日名子発見の糸口になるかもしれないという柚月の提案を、「そうですね。それしか方法はないかも……」と、神田刑事も同調して頷いた。

三人は一緒に穂高神社の社務所に宮司を訪ねた。社務所の応接セットに座ると宮司の妻がお茶を出しながら心配そうに聞いてきた。

「日名子さんはまだ見つからないのですか」

「はい。捜索は続けているのですが、まったく消息が掴めません。申し訳ないです」

神田刑事は日名子の家族に謝るように頭を下げた。

「今日、こちらをお訪ねしたのは、穂高神社に重要な宝物の箱の話が伝わっていないか、お聞きしたかったのです」

柚月が話を切り出した。

「いやぁ、そんな話は聞いたことはないが、どんな宝物ですか」

宮司は首を傾げた。

「マサダの箱という宝物なのですが、時々その箱を開けて人々を救っていたようなのです」

「マサダの箱？　その箱と関係あるかはわかりませんが、そういえば、こんな伝説が残されていますよ。安曇野は今でこそ米の産地ですが、それは人々の努力で水路が開かれたからで、昔は深刻な飢饉に見舞われたこともありました。その時に、この穂高神社の池から龍神様が天に昇り『マナ』という不思議な食べ物を降らせたと言われています」

「それだ！　マサダの箱は境内の池に隠されていたんだ。そして飢饉の時に引き揚げて人々を救っていたんだよ」

「箱の中に食料が貯蔵されていたの？」

柚月はかなり大きな宝の箱を思い浮かべた。

「いくらカロリーメイトのような携行食品でも多くの人の飢えを凌ぐほどの食料は入らないよ。たぶん生育が早くてカロリーの高い実をもたらす種子が入っていたんだと思う」

「なるほど、種子なら保存もできるわね。池の中を調べてもいいですか」

柚月が宮司に聞いた。

「いやぁ、その話が本当だとしても、そのマサダの箱というのは、もうこの池にはないと思いますよ」

「え、どうしてですか」

「池にいた龍神様は、上高地の明神池に移られたからです。代々神職のみに伝わる祝詞にそう書かれています」

「それはいつ頃のことですか」

「なんでも、ものぐさ太郎の頃だとか」

「ものぐさ太郎、聞いたことはあるけど、いつ頃の話だっけ？」

柚月は宮司から光に視線を移した。

「平安時代だね。西暦八五〇年ごろかな」

光は物語の概要を説明した。古今東西、あらゆる年代の歴史や伝承が光の頭には入っているらしい。マニアックなこの歴史学者を、柚月は尊敬のまなざしで見つめた。

諸説あるが、文徳年間（八五〇～八五八年）にものぐさ太郎と呼ばれる怠け者の若者が信濃国筑摩郡あたらしの郷に住んでいた。酷い怠け者なのでものぐさ太郎と呼ばれた。都に出て、信濃守二条大納言の家で奉公することになると急に働き者に変貌し、毎日の勤めに精を出し評判になった。

ある時、身分の高い女官に惚れてぜひ妻にとプロポーズしたが、身分の違いと外見が悪いので何度も断られた。さらに、無理難題の要求、難しい問題と和歌の掛け合いなどを押し付けられた。この辺は、かぐや姫の竹取物語に似ている。ものぐさ太郎はそれらの課題にすべて即座に対応したので、女官もついに心を開くようになった。

婚姻にあたりものぐさ太郎の血統を調べてみると、なんと深草天皇の後裔《こうえい》である事が判明、さらに、風呂に入り服装を整えると高貴な美男子に変貌した。それを知った天皇はものぐさ太郎を信濃の中将に任じた。ものぐさ太郎は信濃に帰ると善政を行い穂高神社の社殿を造営した。死後は信濃中将として穂高神社に祭られた。

「もしかしたら、ものぐさ太郎はユタの支族だったのかも。長からマサダの箱を捜すように命令されて信濃の国に赴任したとか。おとぎ話から推測するのはあまりにも稚拙だけど、ちょっと辻褄が合ってしまうのは気になるな。社殿の造営は徹底的に箱の在りかを探すことができるし。それに危機感を覚えたマタの支族は、急遽奥地の明神池に移したのかもしれない」

光は、柚月と神田刑事に推理を聞かせた。

「じゃあ、すぐに明神池に行きましょう」

柚月は立ち上がって、光と神田刑事を促した。

「ちょっと待って」

光は柚月のジャケットの裾を引っ張ってソファーに座らせ、宮司に質問を重ねた。

「真田さんは何かを探しているような様子はなかったですか」

「いいえ、そんな様子はありませんでしたよ。高校生の頃から無口で自分のことも話したがらない人でした。日名子さんのお母さんが亡くなった時も頼る人もいないようで、我々夫婦が面倒をみてあげたんですよ」

宮司の妻も静かに頷いている。そんな縁で日名子は、この穂高神社の宮司夫妻を頼ったのだろう。社務所の中が一瞬重い空気に包まれた。

「でも日名子さんは歴史や文化の話は好きで時々話してくれました。古い絵馬の研究をしているとかで。そういえば日名子さんの実家にも、カタカナが整然と並んでいる不思議な古い絵馬があるとか言ってましたよ」

「え、真田さんの実家？　まだあるんですか」

日名子の話から、実家はもうなくなっているものと柚月と光は、思い込んでいた。

「有明にありますが、そこは僕がすでに行ってきました」

「家の中に絵馬とか、なかったのかな？」

「古い日本家屋で手入れもしてないので廃屋に近い状態でした。とても人が住めるようには見えなかったので、家の中までは入っていません」

「もう一度、三人で真田さんの実家に行ってみよう。何か発見できるかもしれないよ。明神池はその後で行こう」

三人は宮司夫妻にお礼を言って穂高神社を後にした。


日名子の実家まで神田刑事がナビを務めた。穂高有明の小さな美術館の裏手に廃屋に近い家があった。真田家が隆盛だった頃を偲ばせるように敷地は広い。伸び放題の雑草をかき分けて玄関に辿り着いた。

玄関に鍵はかかっていないが、建て付けの歪んだ引き戸は、なかなか開かない。光と神田刑事は行儀よく柚月の後ろで待っている。

(このメンバーだと私が力仕事担当なのかぁ)と、ちょっと複雑な気もしながら柚月はなんとか壊さずに引き戸をこじ開けて、三人で家の中に入った。

家は人が住まないと荒れるというが、一戸建ての日本家屋の荒れようは、マンションなどの比ではない。そこら中に百足や蜘蛛が潜んでいそうで、靴を脱いで上がるのがためらわれる。柚月は使い捨てのビニール製靴カバーをふたりに渡した。三人はそれを靴に被せると廊下を進んだ。

「確かに人が住める状態ではないわね。電気も通ってないようだし」

試しに天井にぶら下がっている古い照明器具の紐を引っ張りながら柚月は言った。神田刑事は二階を担当し、柚月と光は一階の古い箪笥や押し入れの中を見て回った。

「あら、こんなところに変な木の板がある」

仏壇の後ろから少しはみ出した板を柚月は引っ張り出した。

「カタカナが書いてある。これが宮司さんが話していた絵馬だ」

光は柚月からその絵馬を受け取って、出土品を見るように子細に眺め回した。それはよく見る五角形の絵馬ではなく、いびつな形をしている。左上に穴を開けて紐が通してあった。

「カタカナが書いてあるけどまったく意味がわからない。そもそも言葉になってないわね」

「このカタカナを並べ替えると言葉になるんだろう。その証拠に、文字数十二、行数五で規則的に書かれている。並べ替え文字を抽出する鍵がどこかにあるはずだよ」

光は絵馬をもう一度つぶさに調べなおした。絵馬とスマホを両手に持って、ぶつぶつ言いながら文字を並べ替えている。

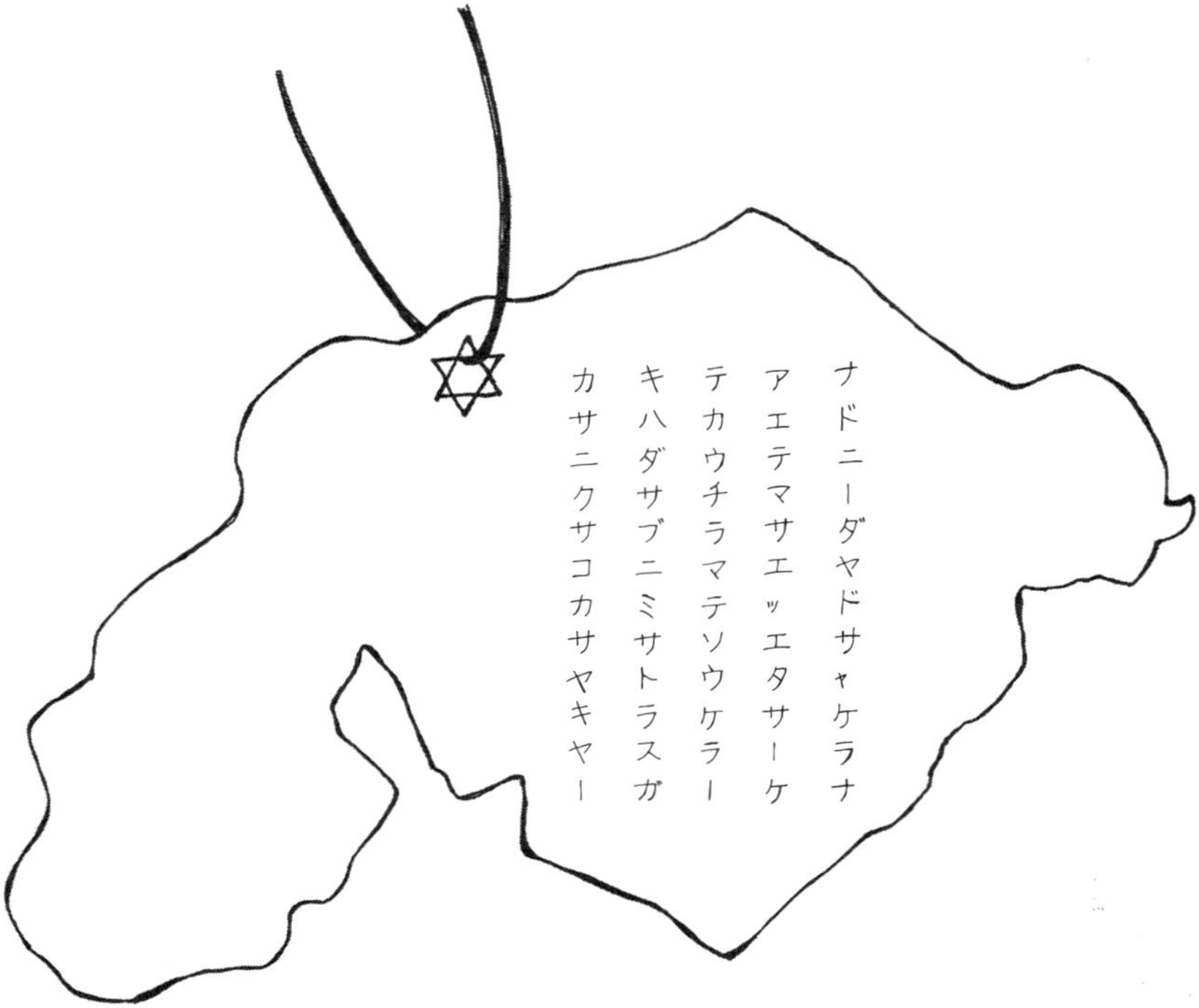
ナドニーダヤドサャケラナ
アエテマサエッエタサーケ
テカウチラマテソウケラー
キハダサブニミサトラスガ
カサニクサコカサヤキャー

柚月は光の隣で、不思議な形の絵馬を見て考えた。

「これは何か意味があるのかな」

絵馬の紐を通した穴の周りが、記号のようになっている。

「何だろう。ダビデの星のようにも見えるけど、少し歪《いびつ》だな」

光も何か関係あるのかと凝視したままフリーズした。

柚月は、ここで一緒にフリーズしていても先に進まないと思い直し、他の場所を調べ始めた。神田刑事はまだ二階を捜索しているようだ。

手始めに仏壇の引き出しを開けると何もなかったので、つい力を入れて押し込んでしまった。ガシャと壊れるような音がした。

「しまった、やっちゃった」

柚月は思わず叫んだ。

柚月の声に驚いた光と神田刑事が、仏壇のところにやってきた。

「あれ、仏像の奥の扉が開いてる」

「ええ、そんなとこまで壊しちゃった？」

「引き出しを強く押し込むと、仏像の奥の扉が開く仕組みみたいだ」

柚月は安心するとすぐに好奇心が頭をもたげてきた。今度は仏像を丁寧に取り出して扉の中を調べた。

「何かある」

手を伸ばして取り出したのは巻物だった。広げて見るとそこには数字が並んでいる。

「何、これ？」

「あった、これだ。これが鍵だ」

光が覗きこんで言った。

「十二個の数字が、絵馬と同じように五行で並んでる。各行の数字はバラバラね」

「この数字の並びに何らかの法則があってそれにしたがって、あの絵馬に書いてあるカナ文字を並べ替えるんだと思う」

光はスマホを取り出すと、巻物と絵馬を交互に見ながら指を動かし始めた。ピアノの楽譜の時よりも時間がかかっている。柚月は神田刑事に絵馬と巻物の説明をした。神田刑事は光の横から絵馬と巻物を眺めたが、すぐにあきらめたようだ。

沈黙の時間は、時計よりも長く感じる。

「だめだ、法則性が見つからない」

頭を抱えた光の前に置かれた巻物を柚月が片手で取り上げて、掛け軸のように縦に吊るした。

「あれ、何で行と行の間が空いているんだろう」

光も立ち上がって巻物を見た。確かに、一行目と二行目、三行目と四行目の間が空いている。

「何か意味があるのかな」

光は柚月から巻物を受け取ると、障子の光にかざして見た。しかし、法則が浮かんでこない。

絵馬と巻物との格闘を終えた光が白旗を上げた。光に解読できないものが、柚月と神田刑事にできるわけがない。

柚月は、絵馬と巻物を丁寧にデイパックに入れた。


梓川沿いをインディゴブルーのトヨタハリアーが軽快に走っている。真田日名子の実家での捜索を終えた三人は、上高地に向かっていた。

上高地は急峻な山々に囲まれているので、釜トンネルができる前は、歩いて徳本峠《とくごうとうげ》から下って入った。多くの有名人がこのルートを歩いている。徳本峠を下ったところに明神池があり、池を守るように穂高神社奥宮がある。今は河童橋に人が集まるが、もともとは明神池が上高地の中心だったのである。

梓川は右になったり左になったりしている。ダムの上を走ってトンネルをいくつも抜けると、沢渡《さわんど》に着いた。この辺りには駐車場がたくさんある。一般車は上高地に入れないので、ここに駐車して、バスかタクシーで上高地に入る。前川室長が長野県警に捜査協力を依頼してくれたので、光の車は一般車だが入ることができた。釜トンネルの入り口のゲートに松本警察署から光のトヨタハリアーのナンバーが伝えられていた。

釜トンネルを抜けると、やがて大正池が左手に現れる。大正時代に焼岳《やけだけ》の噴火で梓川がせき止められて池ができた。池の中に、木立がそのまま残っている。あの木々は生きているのだろうか。最近の研究で木がお互いにコミュニケーションしていることがわかったらしい。彼らは池の中でどのような会話をしているのだろう。

トヨタハリアーは上高地バスターミナルでも止まらずに、特別な許可を得て工事用道路を使って穂高神社奥宮に着いた。ここでは若い権禰宜《ごんねぎ》が応対してくれた。

ものぐさ太郎の時代に、明神池にマサダの箱が移されたかどうかはわからないが、この奥宮でも飢饉の際に池から龍神様が天に昇り、食べ物を降らせて人々を救った話は、神職のみに伝わる祝詞に書かれて秘密の口伝でも伝わっているという。それは、穂高神社奥宮例大祭にも残されていた。

毎年十月八日に行われている御船神事が、穂高神社奥宮例大祭である。山の安全を神に感謝するお祭りで『明神池お船祭り』とも呼ばれている。神官による祝詞、巫女による舞が奉納された後、平安装束に身を包んだ神官らが龍頭鷁首《りゅうとうげきしゅ》の二艘の御船で明神池を周遊するのだ。

それぞれの船首には、水を渡るのに最も速いとされる龍と、風に堪えるのに最も強く妖気を払うとされる鷁《げき》（想像上の水鳥）がつけられているので、龍頭鷁首と呼ばれている。

雅楽の調べの中、荘厳で神秘的な明神池で繰り広げられる光景は、さながら平安絵巻のようだ。

「平安様式なところが、ものぐさ太郎との関わりを連想させるな」

「龍はイメージが湧くけど、鷁はピンとこないわね」

柚月は、権禰宜から見せられた写真を見ながら呟いた。

「鷁は水に潜るのが得意な想像上の鳥だよ。池の中からマサダの箱を運び出して、龍に渡す役割だろう」

「この広い池のどこに隠されているのかしら」

「それを解く鍵は『お船祭り』にあるはずだよ」

「ねえ、明神池の形、何となくあの絵馬の形に似てない？」

「確かに……」

三人は明神池の形を眺めながら、権禰宜から祭りの詳細な説明を受けた。

「二艘の船は決められた航路を進みます」

航路の説明を聞いた瞬間、普段人の話を途中で遮ることはしない光が、珍しく権禰宜の話を止めた。

「毎回同じ航路なのですか？」

「そうです。厳格に決められています」

柚月は光が航路にこだわっていることが、きっと謎を解く大きな手掛かりに違いないと思い、権禰宜に捜査協力を依頼した。

権禰宜は、特別な計らいで船を二艘出してくれた。柚月と光は権禰宜と共に、もう一艘には神田刑事と別の神職が乗って、船首に龍頭鷁首はないが、二艘の船は例大祭と同じ航路で池を回った。光はその航跡をスマホに入力している。

できあがると柚月に見せた。

「え、これってあの印よね」

「そう、絵馬の紐を通す穴の周りに描かれていた印とまったく同じだよ」

光は印の真ん中と思われる明神岳側の水面を指差した。神田の乗っている船も近づいてきた。柚月は池の中を凝視した。常に伏流水が湧き出ているため透明度が高い。

「あそこに何か見える。マサダの箱かしら」

視力抜群の柚月が額に手をかざしながら叫んだ。

「僕が潜って確かめましょう」

神田刑事が服を脱ぎはじめた。

「いえいえ、神職以外の人が池に入ることは禁止されています」

権禰宜が神田刑事を手で制した。

「この池は国立公園です。環境省の許可を得て警察の水中班が捜索しますよ」

神田刑事が珍しく強気な物言いをしている。

「わかりました。私が潜りますが、その前に宮司の許可を得ますので、しばらくお待ちください」

権禰宜は携帯電話を取り出すと社務所の宮司に電話した。状況を説明すると、何とか許可がでたようだ。しばらくして、年配の神職が救命用具を乗せた船でやってきた。権禰宜は何事かを告げられると、浅葱色《あさぎいろ》の袴《はかま》と白衣を脱ぎ、しめこみ一つになった。柚月は一瞬目をそらした。

権禰宜は船尾からゆっくりと水中に入ると、ひとかきして池の底に消えた。随分と長く潜っていたようだが、実際には一分ほどで上がってきた。

両手に何かを持っている。それを船の中に丁寧に置いた。光は船の揺れに耐えながら、それらを手に取って観察した。

「箱じゃないわね」

柚月はがっかりして言った。

「これは、十戒の石板とアロンの杖だ」

「何それ？」

「ユダヤの三種の神器だよ。もちろんレプリカだけど」

「三種の神器なら、もう一つは何？」

「マナの壺」

「ああ、そういえばこの二つは、壺みたいなモノの中に入っていましたよ。それは池の底に埋められていて、持ってこれなかったんです」

権禰宜は息も乱さず、もう装束を身に着けている。

「レプリカだから実際より小さくて軽いんだろう。もちろん本物は見たことないけどね」

十戒の石板には、古代ヘブライ文字らしきものが彫られていたので、向陽大学の歴史科学研究所に撮影したデータを送信した。

社務所に戻り、改めて権禰宜にお礼を言った。

「いやあ、私はスキューバダイビングが趣味で、水の中は大好きなんですよ」

夏とはいえこの辺の水は冷たいだろうが、権禰宜はまるで鵠の化身のようにへっちゃらなようだ。これも神職の修行の賜物だろうか。

「それよりさっき宮司に聞いたのですが、明神池の龍神様が天に昇って降らせた食べ物は、マナと呼ばれていたそうですよ」

栽培作物に向かない厳しい環境の上高地でも育つのは、どんな作物なのか。柚月は食べてみたくなった。乾燥した砂漠の環境でも育ち、寒冷な上高地の環境でも育つ。しかも生育が早く栄養満点。超ウルトラスーパーフードだ。


上高地バスターミナルに戻ると、神田刑事が車の中から連絡を入れていたので、長野県警の長谷川警部が出迎えてくれた。車の駐車を誘導されて降りると、松本警察署上高地派出所に案内され、若い巡査がお茶を出してくれた。

「警察庁広域支援室、警部補の小坂柚月です。こちらは向陽大学歴史科学研究所の南雲光さんです」

「南雲先生の評判は、松本まで届いていますよ。警察の捜査にご協力いただきありがとうございます」

（なんだ、私より光くんの方がこの業界で有名なんだ）

「前川室長はお元気ですか。その節は無理難題を解決してもらい、感謝していますとお伝えください」

ここでも、前川室長の評判は高い。（私はまったく出てこないけどね）柚月はむくれた。

昨夜、前川と打ち合わせた通り、これから上高地派出所で捜査会議の予定だ。警察庁や警視庁、長野県警、島根県警の人間は今回もオンラインで参加する。狭い派出所の会議室でもオンライン参加の警察官が多いため空間に余裕がある。この会議室にはスクリーンなどの設備はないので、柚月、光、神田刑事もそれぞれのＰＣで会議に参加した。

前川が口火を切った。今回も司会進行は前川警視正自らが務める。

「ご苦労様です。それでは各自これまでに判明した捜査結果を報告してください」

出雲署の捜査課長がまず報告した。

「境港で発見された久本隆一が乗っていた釣り船から灰が見つかりました。また久本のアパートからも同じ灰が検出されています。灰の成分分析の結果、幻覚作用を引き起こす物質が含まれていることがわかりました。専門家の意見ではお香のようなものを焚いて煙を吸わせ、催眠状態にしたのではないかということでした」

「つまり、久本はその煙で催眠状態に陥り、海に落ちて溺死したということですか」

「はい。かなり強くマインドコントロールされていた可能性があります」

しかし、誰が何の目的でそうしたのか捜査は進んでいない。

「組織や個人などあらゆる方面で捜査を行いましたが、『ユタ』『マサダノハコ』にヒットするものはありませんでした」

警視庁の佐々木警部が報告した。他の警察官の多くもユダヤの末裔の話は、事実というよりも日名子や岸田、久本たち歴史好きの三人が作り出した空想か何かなのではないかとの見解が多くを占めている。

「日名子の実家にあった絵馬や神社に残っている伝承を重ね合わせると、すべてが作り話とは思えません」

柚月は光とふたりで推理した内容を説明した。絵馬の解読や歴史上の出来事については光が補足した。

「うーん、どこまでが空想で、どこからが現実かわからないが、マサダの箱の争奪戦が今回の連続殺人事件の真相というわけか。で、そのマサダの箱はどこに隠されているのですか」

佐々木警部が、現場の捜査員を代表するように聞いた。

「それは……まだ掴めていません」

柚月の声が小さくなった。

「私と南雲研究員が、安曇野の穂高神社に向かう途中で接触してきた改造車両ですが、偽造ナンバーで車の持ち主は不明です。Nシステムにも引っかかりません。この事件と関連があるのかわかりませんが、プロの犯罪組織が絡んでいる印象です」

「仮にその犯罪組織が『ユタ』だとすると、日名子を拉致してマサダの箱の隠し場所へ案内させようとしているのか……」

しばらく沈黙の時間があったが、誰も答えることはできない。

「日名子が加害者である可能性はどうだろうか」

前川室長が管轄の長谷川警部に聞いた。

「もちろん、それも視野に入れて捜査していますが、動機がわかりません。財産目的や男女関係のもつれとも考えにくいですし。高齢とはいえ男ふたりを女性が殺害できるものかどうか、先ほどの煙を吸わせてマインドコントロールするという方法も不確実に思えます」

光は、穂高神社で会った時の日名子の独特の雰囲気や、微かに感じた甘い匂いを思い出した。

「小坂警部補と南雲研究員は、絵馬の解読を急ぎマサダの箱の捜索を続けること。現段階では、重要参考人である真田日名子の捜索とマサダの箱を狙っている組織があると仮定して捜査を進めてください」

何とも進展のない内容ではあったが、前川室長の一言で合同捜査会議は終了した。


捜査会議終了後、柚月、光、神田刑事の三人は、派出所の二階の和室で配られた弁当を食べた。弁当を食べ終わる頃、光のＰＣに歴史科学研究所の同僚から、十戒の石板に彫られていた古代ヘブライ文字の解読結果が送られてきた。

柚月と神田刑事は光のＰＣを覗き込んだ。柚月が声に出して読んだ。

「本業が忙しいので、依頼はこれっきりにしてください！　だって」

「ああ、上杉さん怒ってるのかな」

光は同僚からのクレームをそう気にしている風でもない。

「ええっと、古代ヘブライ文字で『アロンの杖の示すところに龍が向かった』と解釈できるか」

「そもそもユダヤの三種の神器って何？」

「ああ、その説明をしていなかったね」

光は、柚月と神田刑事に学生に話すようにわかりやすく説明を始めた。

「まず、マナの壺は特別な食物を保管していた入れ物のこと。ユダヤ民族が古代エジプトを脱出して放浪し飢餓に苦しんでいた時に救ってくれた食物がマナ。材質は金と言われている。小さな壺なので、食物そのものではなく、種を入れていたのかもしれない。

十戒の石板は、ユダヤ教の基本となる十か条の戒律が刻まれた石板のこと。放浪に疲れたユダヤの民が乱れた時に、預言者モーゼが山に登って神に助けを求めた。すると、天然の石板に神が十の戒律を刻んだ。それを持って下山し、人々に説くと秩序が戻ったと旧約聖書に書かれている。

最後にアロンの杖は、モーゼがエジプト王に対し、イスラエルの民を奴隷の身から解放して、国外に去らせるようにとお願いした時に、奇跡を起こして神の力を示すために使ったものだよ」

「ハリーポッターの魔法の杖のようなものね」

「杖から芽と葉が出るのは独特だけどね」

穂高神社奥宮の宮司に許可を得て、レプリカのアロンの杖と十戒の石板は柚月が預ってきた。レプリカとわかっているので、柚月は気軽にアロンの杖をブンブンと振っている。

「あれ？　このレプリカの杖にも小さな突起がある。これが芽を表しているのかな？　巻物と関係があったりして」

柚月は思い付きで言ってみた。

「それだよ！　柚月ちゃん、巻物を開いて」

柚月はデイパックから巻物を取り出した。

光は巻物の数字の一行目と二行目の間に杖を置いたが、突起が数字に合わない。杖を反対にして置き直すとぴったり突起が数字に当てはまった。神田刑事が後ろから覗き込んでいる。

「行間が空き過ぎていると思ったけど、こういうことだったのか」

杖の芽はそれぞれ、数字を指示していた。二行目と三行目の間は行間が空いていない。三行目と四行目の間は同じように開いているので、杖を置いた。同じように芽と数字が一致した。五行目は杖の右側を当てると芽と数字が一致した。光はそれに従い、絵馬のカナ文字を抽出してスマホに入力した。

「これなら意味が通る」

光はふうっと、ため息をつくと、ゆっくりとスマホの画面を柚月と神田刑事に見せた。

柚月が声に出して読んだ。

11 20 1 1 12
10 2 27 8 39
5 8 9 1 3
9 10 20 7 40
1 5 5 5 9
8 44 76 3 62
9 7 7 8 2
10 8 57 7 52
2 10 3 5 6
5 4 65 5 48
7 87 11 4 11
12 12 12 11 4

ナニャドヤラー
エッサエッサー
テウラテウラー
ハラブミササガ
ヤサカヤサカー

「全っ然、意味がわからない！」

柚月が首を振った。神田刑事も同じように首を振っている。

「これは日本に伝わる不思議な歌の歌詞で、ユダヤ教やキリスト教がもとになっているといわれているものさ」

「ええ、そうなの？『エーッサ　エーッサ　エッサ　ホイサッサ』は、お猿のかご屋だよね。確か、童謡作者の山上武夫が作詞したはず」

「山上も自分のオリジナルではなく、言い伝えを取り込んだのさ」

「で、どういう意味なの」

「最初のナニャドは、統治者という意味でそれに神を意味するヤがついている。有名なヘンデルのハレルヤのヤと同じ意味だよ」

「ハレルはどういう意味？」

「ハレルは『讃えよ』だから、ハレルヤで『神を讃えよ』になる」

「なるほど、その後のラーは？」

「ラーは、見よという意味だから、最初の行は、『主なる神を見よ』となり、出だしの常套句だね。これ自体に具体的な意味はない。次のエッサーが重要だ。これは、担ぎ上げるという意味がある」

「担ぎ上げる、何を？　ああ、そうか。マサダの箱を担ぎ上げたのね。でも、どこに？」

「そうか、穂高神社の三段階構造が関係してるんだ！　最初にマサダの箱を隠したのが穂高神社で、次が奥宮のある上高地の明神池だから、担ぎ上げたのはきっと嶺宮のある奥穂高岳だよ」

「次のテウラーはどういう意味？」

「これは、現代の日本語にも通じてるけど、灯籠という意味」

「穂高連峰の灯籠に隠したということかな。奥穂高岳の頂上の嶺宮に灯籠なんかないわよ」

「灯籠の形に似た場所だろうね。そんな感じのところはないの？」

「うーん、しいて言えばジャンダルムかな」

「ジャンダルム、なにそれ？」

今度は光が柚月に聞いた。

「もともとはフランス語で憲兵という意味。縦走登山の尾根道にあって通行の邪魔になる岩に皮肉を込めて付けられた名前よ。スイス・アルプス山脈のアイガーにある垂直の絶壁が先で、それにちなんで北アルプスの西穂高岳と奥穂高岳の縦走路途上にあるドーム型の岩稜《がんりょう》に付けられた名前なの。大きく天を突く特異な形から登山者の間ではとても有名ね」

「そうなんだ、知らなかった」

「確かに、灯籠に似てなくもないけど。次のハラブミササガはどういう意味なの」

「うーん、これはわからない。どういう意味だろう」

「光くんにも、わからないことがあるんだ」

「…………」

「最後のヤサカは京都の八坂神社のことかしら？」

「古事記に出てくる『天照大御神《あまてらすおおみかみ》』が『瓊瓊杵尊《ににぎのみこと》』に皇位継承として与えた三種の神器の一つ『ヤサカの勾玉』のことかもしれない」

「つまり、『アロンの杖の示すところに龍が向かった』の意味は、『マサダの箱は、穂高連峰のジャンダルムに隠した』という暗号ですね」

神田刑事がまとめるように言った。

「そうだと思うけど、ジャンダルムのどこかはわからないわね」

三人は日名子の潜伏場所について話し合った。日名子が自分で身を隠しているのか、ユタの組織に拘束されているのかは不明だが、マサダの箱の近くにいることは間違いないだろう。

「マサダの箱がジャンダルムに隠されているとすれば、長期間隠れ住むことができる場所で、人目に付かないのは上高地周辺の山小屋か別荘だと思うわ」

登山が趣味でワンダーフォーゲル部だった柚月が言った。上高地の山小屋か別荘と言っても数が多い。探し出すのは一苦労だ。柚月は長野県警の長谷川警部に連絡して、上高地とその周辺の山小屋及び別荘の所有者をデータベースで検索してもらった。長谷川警部はすぐに対応してくれて、怪しいものは二件に絞られた。

柚月たちは長谷川警部から情報をもらった怪しい山小屋のうち、派出所から近い一軒を訪ねたが、長年使われている形跡はなかった。すでに日が暮れて、もう一軒は明朝確認することにした。

神田刑事は上司への報告やレポートを仕上げるからと、早々に柚月たちと別れ、指定された宿に向かった。

柚月と光も明日は夜明けとともに、もう一つの山小屋に向けて出発する予定だ。その山小屋は焼岳の裏手にあった。

ふたりは派出所の二階にある別々の和室で就寝した。夜型人間の光も今朝の早起きが効いたのか、すぐに熟睡した。柚月は言うまでもなく一分で深い眠りに落ちた。どこでも快食・快眠できるのが、エリート警察官の条件である。

第十二章　ウェストン

ウォルター・ウェストンが神戸に上陸したのは、一八八八年（明治二十一年）の夏の頃だった。日本の夏は暑いと聞いていたが、さほど苦にならなかった。故郷の英国ダービーの町も内陸にあったので夏は暑かったからである。むしろ神戸は海に面していて、六甲の山から吹き下ろす風が心地よかった。

ウェストンは赴任にあたってマサダの箱を捜せという密命を帯びたのではない。純粋に英国国教会の宣教師として伝道のために日本にやってきた。だから、趣味の登山でもマサダの箱と関係のない日光白根山、富士山、霧島連山などに登っていた。これらの山は、信仰の山として古くから日本人が登っており、登山道や宿泊施設が整備されていたからである。

日本に来てから三年が経過した頃、日本の教区長に呼ばれて東京に行った。二年前の一八八九年七月に、東京と神戸を結ぶ東海道線が開通していた。その東京行の汽車の中で、山ばかり登っていないで布教に専念するように注意されるのかと、ウェストンは悶々としていた。

　しかし、教区長の話はまったく予想外の内容だった。

「ウェストン君、君は実によく働いている。ここで長期の休暇を与えるから、山に好きなだけ登ってきたまえ」

「山に、ですか。それは皮肉ですか。何かの罰が待っているのでしょうか」

「素直に受け取って大丈夫だよ。ただし、布教活動の方は休暇だが、特命の仕事をしてもらいたい」

「特命の仕事？　それはいったいどのような仕事ですか」

　ウェストンは期待を込めた視線を教区長に注いだ。

「君にふさわしい仕事だよ。この仕事によって君の名声は一気に高まるかもしれない」

「密かに日本の地理を探る仕事ですか」

「いや、私も具体的な内容は聞いていないが、飛騨山脈の未踏の地を探る仕事らしい」

「飛騨山脈？　長野県の？」

「そうだ、まずは長野県の軽井沢に行ってくれたまえ。そこに具体的な任務の説明をする人が待っている」

『軽井沢』は、一八八六年にカナダ生まれの宣教師アレキサンダー・クロフト・ショーが故郷に似た自然と気候に感動し、家族や友人たちを誘って夏の避暑に訪れたのが始まりだと言われている。ウェストンが来日した年にショーは大塚山に簡素な別荘を建て、内外の知名人に軽井沢を健康を増進し、修養するのに適した土地として紹介した。

ウェストンは、開通して間もない碓氷峠《うすいとうげ》を越える鉄道に乗って軽井沢にやってきた。町の雰囲気は神の国のようで、今まで見てきた日本とは随分と違った。外国人宣教師とその家族が多かったので、自然にキリスト教的な風潮が浸透したのだろう。

教区長にもらった地図を頼りに三十分ほど歩いただろうか、周りに家はなく、道も細くなってきた。さらに道は細くなり山間の小さな谷に入った。山道を歩き慣れているウェストンだったが、さすがに心細くなりどこかで間違えたのかと心配になってきた。

と、その時、目の前に大きな塔を持つ建物が現れた。それは、すべて木で作られていた。ウェストンは絵で見たノルウェーのウルネス木造教会のようだと思った。

正面の扉に付いている鉄の輪でノックすると、音もなく扉が開けられた。暗闇の中から鼠色のロングローブを着た小柄な男が現れた。日本人のようだ。

「ようこそお越しくださいました、ウェストン様。主《あるじ》がお待ちです」

男は燭台を片手に暗闇の中を進んでゆく。階段を上り、突き当たりの部屋の前で止まると扉を軽くノックした。

「どうぞお入りください」

中からバリトンのよく響く声が答えた。

「ウェストン宣教師をお連れしました」

「ようこそお出でくださいました。長旅でお疲れでしょう。まずはお食事を召し上がってください」

この大柄な男は何者なのだろう。日本人でないことは確かだが、実に流暢な日本語を話す。自ら名乗ることはせず、ウェストンが名を問うことも憚られる雰囲気を持っていた。窓際のテーブル席にウェストンを案内してくれた。大きな窓の外は樹々が間近に迫り夕日を浴びている。

窓に向かって右側の席にウェストンが、左側の席に大柄な男が座り向かい合った。大きなテーブルでふたりの距離は二メートルほど離れている。男の白いロングローブのカンバスに窓の外の樹々が黄昏《たそがれ》色に揺れていた。ウェストンは朝から何も食べていないことに気がついた。テーブルにつくと無性に空腹を覚えた。鼠色のロングローブの男が料理を運んできた。テーブルにサラダ、スープ、パンが並んだ。食前の祈りが終わると、ウェストンはスープから味わった。

「美味しい、キャベツのサワースープは日本に来て初めて食べました。こんなところにキャベツがあるとは、いや失礼しました」

「よいのですよ。今までヒエやアワなどの雑穀を作っていた近隣の農家にキャベツやレタスなどの高原野菜の栽培方法を教えて、高く買い上げているのです。それらの野菜はこの土地の清涼な気候、風土に適していたのかとても美味しいのです」

温和な顔で男は言った。その言葉は英語に変わっていた。

食事が終わると、窓の外は漆黒の闇になっていた。完食の皿が片付けられて、紅茶とビスケットが運ばれてきた。紅茶にはミルクが添えられている。

「さて、本題に入りますか」

男は紅茶にミルクを入れて一口飲むと、カップを瑠璃色のソーサーに置きながら言った。

「教区長は私に特別なミッションが与えられると言われましたが」

ウェストンは紅茶にビスケットを浸しながら聞いた。

「そう、特別ですが、伝道とは関係のないことなので無理ならお断りいただいて結構です。あなたの命に係わる危険もありますので」

「日本に来た時から命の危険は覚悟しています。さすがに今は攘夷浪人から刀で切りつけられることはないでしょうが」

ウェストンは笑いながら言ったが、男は笑わなかった。むしろ一段と顔を引き締めて、ウェストンが想像もしなかったことを話し始めた。

「私はユダヤ人です。英国ユダヤ人協会から派遣されて日本にいます。我らの祖先はローマ帝国の迫害にあってイスラエルの地を追われ世界に離散しました。ある支族が、最後に陥落したマサダ砦から聖なる箱を持って、はるばるこの日本まで来ました。そして日本のどこかにその箱を隠したのです」

「その箱を私に捜せというミッションですか。心当たりはあるのですか」

「その昔、日本に辿り着いたユダヤ支族は二つに分裂しました。マタ派とユタ派です。マタ派が『マサダの箱』を、そう、聖なる箱はマサダの箱と呼ばれているのですが、それを持ち去り隠したのです。ユタ派はそれを捜し求めています」

「あなたは、ユタ派の人間ですか」

「正確にはマタ派でもユタ派でもありません。英国に住み着いたユダヤ人です。日本が開国して英国の影響下に入ると、ユタ派が我々英国ユダヤ人協会に接触してきました。ユタ派はこの国の権力者との結びつきが強く、お互いにメリットがあるからです」

「マサダの箱の中に何が入っているのですか」

「正確にはわかりませんが、種が入っているようです」

「種、何の？」

「成長が早く栄養価が高く荒れ野でも育つ作物の種、どんな病気でも治せる薬草の種」

「まさか、そんなにすごい種ならすでに広く利用されていませんか」

「誇張があるかもしれませんが、ユタ派の話によると天保の大飢饉の際にその種で人々を救ったそうです。それから江戸時代の終わりにコレラが流行りましたが、その時にも箱を開けて人々を救ったとも言われています」

「マタ派が使ったのですか」

「そうです、マタ派は代々マサダの箱を守り、飢饉や疫病が流行った時に開けて人々を救ってきたのです」

「それなら、マタ派からそれを奪うことは罪になります」

「マサダの箱の中にはもう一つ、毒性の強い植物の種が入っていて、マタ派は善行をしながら、その陰でユタ派の人間の暗殺も行うそうです。その毒の解毒剤はまだありません。ユタ派としてはマサダの箱を見つけて、毒の種を抹消したいと言っています」

ウェストンはすべてを信じたわけではなく、頭の中にしこりが残っていたが、質問を続けた。

「で、私はどのように捜せばいいのですか。まったく手掛かりなく日本全国を歩き回るのですか」

男はジョークを完全に無視して、地図を取り出した。

「マサダの箱は最初、安曇野の穂高神社の池に隠されていました。もっとも隠した当時は神社ではなく砦だったようですが。その後、上高地の明神池に移されました。江戸時代の終わりに立て続けに開けて使ったことから、ユタ派に見つからないよう明神池からどこか別の場所に移したようです。どこに移したのか、それをあなたに探ってもらいたい」

「上高地の近くということですか」

「山の上、つまり飛驒山脈のどこかという可能性が高いのです」

「三千メートル級の急峻な山々が立ち並ぶ飛驒山脈は、登るだけでも厄介ですよ」

「だからあなたに頼むのですよ。あなたしかいません。明日の朝、ここを出発して松本に向かってください。そこで山に詳しいユタ派の人間が待っています。ふたりでマサダの箱を見つけてください」

ウェストンは、結局この依頼を引き受けることにした。男の話を全部信じたわけではないが、毒の種が本当に存在するなら、それは人々に害を与えるかもしれない。神に仕える身として放っておけないと思った。何よりも飛驒山脈に登れることがうれしい。それを顔に出さないように気を付けた。

昨夜はなかなか寝付けなかったが、翌朝は時間通りに起きて朝食を済ませた。ユダヤ人だと名乗ったあの大柄な男は、すでにいなかったが、鼠色のロングローブの男が世話をしてくれた。登山の服装、道具は揃っていた。着替えてリュックを背負って朝靄の中を出発した。軽井沢の夏の朝のさわやかな風に送られて松本へ向かった。

松本で待っていたのは、日本人にしては背丈も横幅もある若い男だった。名前を下条と言った。下の名前は難しいので忘れた。ウェストンは、『シモンジョー』と呼んだ。シモンジョーは山に詳しいだけでなく、英語が話せた。格闘技にも優れているようだ。

長期戦になりそうなので、野宿はやめて上高地の梓川沿いにある宿をベースに捜索することにした。この宿には温泉があり、山で疲れた体を癒してくれる。

ふたりは最初に槍ヶ岳に登った。上高地から槍ヶ岳は見えない。梓川沿いの道を延々と五時間ほど歩くとようやく槍ヶ岳が見える。

ウェストンは驚いた。アルプスのマッターホルンが彼方に見えたのだ。ここは日本だ、スイスではない。思わず立ち止まった。シモンジョーとの距離が開いた。目を凝らすと、マッターホルンよりも尖っている。まさに槍のようだ。

「そうだ、飛驒山脈を世界に紹介しよう。こんなに素晴らしい山々が世界の果てにあるとは思わなかった。きっと世界中が驚くぞ」

思わず発見した喜びを言葉にした。

「どうかしたのですか？」

シモンジョーが振り返った。

「驚いたのです。すごい山を発見したので」

「発見？　昔からここにありますよ。もっとも、我々日本人でも登った人は数えるほどですが」

「最初に登った日本人はどなたですか？」

「播隆上人《ばんりゅうしょうにん》という僧侶です。今から約六十年前に登っています。上人は各地の山で念仏修行をされました。伊吹山、笠ヶ岳、穂高岳、そしてこの槍ヶ岳です」

「日本の登山の開拓者ですね」

「上人は自らの修行のためだけに槍ヶ岳に登られたのではなく、里で念仏の布教につとめ、念仏講の人々を槍ヶ岳山頂へと導かれてもいます」

「登山ガイドの開拓者ですね。山小屋どころか、テントもなかったでしょうから、どうやって寝泊まりしていたのですか」

シモンジョーは、答える代わりに右上を指さした。

「何ですか、穴が開いていますね。ムロ？　そうか、あの岩室で寝泊まりしていたのですね。位置関係もちょうどよい」

シモンジョーは、黙って振り向くと頂上に向かって歩き出した。ウェストンは、その岩室を見るため中に入ったが、天井を見上げて佇《たたず》んだ。（ほとんど吹き曝しじゃないか。こんなところで何日も寝泊まりしていたのか。東の果てに不屈のアルピニストがいた——）

ウェストンは、飛騨山脈の奥深い魅力を世界に紹介しようと思った。でも、このことはシモンジョーには言わなかった。シモンジョーの方がより高邁《こうまい》な山への思いがあるようで言えなかったのだ。

槍ヶ岳に登頂するとふたりは肩の平らなスペースに天幕を張り周辺を隈なく調べた。

「どこにもないな。ここは終わりにしよう」

「いったん戻りますか。それとも山伝いに穂高連峰に行きますか」

シモンジョーは元気な声で言った。

「報告書を書くから宿に戻ろう」

ウェストンは内心早く風呂に入りたかった。それにしてもこのシモンジョーという男は疲れを知らないのか。いつの日か、この男とヨーロッパの山々にも登ってみたいものだ。

上高地の宿で数日を過ごした後、ふたりは常念岳、蝶ガ岳《ちょうがたけ》、霞沢岳《かすみざわだけ》を調べたが何も見つからなかった。

「一番可能性があるのは穂高の山々ですよ。なぜそこを調べないのですか」

しびれを切らしたようにシモンジョーが訊いた。

「なぜ君はそこに隠されていると思うのかね」

「穂髙神社奥宮の明神池に隠されていたマサダの箱は、明神池の前は安曇野の穂髙神社本殿横の池に隠されていました。その繋がりでいけば、奥穂高岳の嶺宮《みねみや》が一番怪しいと思うのです」

「なるほど、私はそんな単純なことではないと思うが、そろそろ穂高を調べてみるか」

翌日、ウェストンとシモンジョーは岳沢《だけさわ》から登り、前穂高の周辺を調べた。明神池の上にある山は明神岳だが、そこにマサダの箱を隠すのは難しい。登山道がないのだ。明神岳に繋がっている山は前穂高岳で、岳沢から登ってきたら最初の嶺だ。ふたりは小さな平場に天幕を張り調べ始めたが、水の補給に窮した。岳沢まで降りないと水がない。早々に前穂高岳調査は切り上げて、奥穂高岳に向かった。

「おや、頂上に何かありますね」

「まさか、マサダの箱が頂上に置かれているわけではないだろう」

ふたりが近づいて見ると山頂には木の祠が祀られていたが、風雪で朽ち果てている。つぶさに周辺を探ったが何もなかった。

「長期戦になりそうだからベースキャンプを設置しよう」

ウェストンは、頂上から眼下を見渡した。遠くに最初に登った槍ヶ岳の鋭鋒が霞んで見える。左手にはナイフの刃先のような尾根が伸びている。龍の背中のようだ。その背中の真ん中に奇妙な形の岩がある。円筒形で天に向かって突き出ている。周りの角張った光景の中でひときわ目立つ岩だ。ウェストンは、どこかで見たような懐かしさを覚えた。視線を右に移すと、右下に広くて平らな場所がある。少し降りると沢に水がありそうだ。

「よし、あそこにしよう」

ウェストンは先導して降りた。

その後も奥穂高岳の頂上付近を隈なく調べたがマサダの箱はなかった。明日からはあの奇妙な円筒形の岩の周辺を調べようと地図を見ながら天幕の外で打ち合わせをしていると、俄かに黒い雲が湧き上がり風も強くなった。

大粒の雨がやがて雹《ひょう》になり音を立てて地面に落ちた。ふたりは急いで天幕に入ったが、中は耳をつんざくばかりの騒音だ。手で耳を覆い、身を小さくしていると雹はやがて雨になり、天幕をたたく音もやや小さくなったが、風は乱れているようで、四方八方から天幕を打ち付けている。天幕の中は真っ暗だ。ようやくシモンジョーが本来の自分を取り戻し、ランプに灯をともした。

「夕餉はどうしますか？」

「今夜はいらないよ。こんな嵐の中では煮炊きもできないし」

「そうですね。早いけど寝ますか」

そう言うとシモンジョーは、ウェストンの返事も待たずに寝袋の支度にとりかかった。と、その時、

「もし、お頼み申します」

天幕の外から女の声がした。

ふたりはびくっとした。こんな三千メートルの山の上に、しかも嵐の中に女がいるはずがない。

「怪談話の中に出てくる雪女だ」

ウェストンは、唇を不規則に震わせながら、しどろもどろになった。

「今は夏ですよ。雪は降っていませんし、人間の声ですよ」

シモンジョーは、落ち着いていた。むしろ警戒心で声がいつもより力強い。

「どうぞお入りなさい」

長い黒髪を後ろで束ねた、白い装束の若い女が入ってきた。髪も装束もこの嵐でびしょ濡れだ。

「お助けください、お助けください」

「もう大丈夫ですよ。さあこれで拭いてください」

ウェストンが乾いた手拭いを差し出した。

「私ではありません。宮司様と禰宜様が谷に落ちました。どうか助けてください」

「え、どこですか」

「涸沢《からさわ》の方へ少し下ったところです」

「あなたはここにいてください、シモンジョー、ロープをとってください」

ふたりはロープを体に巻き付けると勢いよく外に飛び出し、涸沢への尾根道を下った。

一時間ほどして、ふたりは天幕に戻った。

「何回も呼んでみましたが応答がありません。嵐の中で灯りはともせませんし、今夜はこれ以上無理です」

シモンジョーは女に説明した。

「すみません。おふたりまで遭難しては申し訳なく、私がお助けすることもできません。明日の朝まで待ちましょう」

「そうしましょう。明日の朝には嵐もやむでしょうから」

「ところであなたはどうして、こんな山の上に来たのですか」

シモンジョーが、ここは女の来るところではないとでも言いたそうな口調で聞いた。

「私は安曇野の穂高神社の巫女で佐那《さな》と申します。穂高神社の御祭神である穂高見命《ほたかみのみこと》より嶺宮を祀れとのお告げがあり、宮司様と禰宜様と私の三人で登ってきたのです」

「いくら穂高見命のお告げとはいえ、女のあなたがこんな険しい山に登るのは変だ」

シモンジョーが、疑惑の目を向けて言った。

「穂高見命のお告げは私しか聞けないのです。宮司様がどうしても一緒に山に登るよう私にお言いつけになったのです」

シモンジョーは納得していない顔をしていたが、こんな嵐の夜、山の上で女を追い出すわけにはいかない。佐那に寝袋を渡して天幕で夜を明かした。

翌日は昨夜の嵐が嘘のように快晴だった。

夜明けを待って、宮司と禰宜が落ちた辺りを捜索した。しかし、ふたりの痕跡は発見できなかった。佐那も昨日の嵐では自分の身を守るのが精一杯で、ふたりが落ちた正確な地点がわからないと言う。佐那は責任を感じているのか、涙が止まらない。

「昨日の嵐の中では無理もない。あなただけでも無事でよかった」

ウェストンは佐那を慰めて言った。宮司と禰宜を発見できないまま日暮れがきた。明日はいったん下山し捜索の応援を頼もうということになった。

夕餉の支度はシモンジョーと佐那が行った。シモンジョーが火を起こし、鍋に清水を入れて沸かした。そして佐那が持っていた味噌で味をつけたスープを作った。

シモンジョーの腕から血が出ているのを佐那が見つけ「きっと宮司様と禰宜様を捜している時に怪我をなさったのですね」と、申し訳なさそうに軟膏を傷口に塗り清潔な布で保護した。

「変わった匂いのする軟膏ですね」

佐那の白い顔を見上げながらシモンジョーは聞いた。

「私の家の秘伝です。とても傷の治りが早いのですよ」と、佐那が答えた。

シモンジョーは佐那のことを訝しんでいたようだが、すっかり疑いも消えたようだなとウェストンは若いふたりの様子を見て微笑んだ。

三人は味噌スープを啜った。ウェストンもすっかり味噌味に馴染んでいる。

珍しくシモンジョーの具合が悪そうで、寒気がすると言う。元気な男だが、今日も朝から人一倍、宮司と禰宜を捜し回っていた。いくら若く体力があっても疲れが出たのだろう、風邪をひいたのかもしれない。シモンジョーに先に寝るよう促した。

すぐにシモンジョーの寝息が聞こえてきた。

そして佐那は、「巫女のお勤めです」と、赤々とした炭火に香木をパラパラとくべながら呪文を唱え始めた。

それは不思議なイントネーションで、ウェストンは恍惚としてきた自分に疑問を持たなかった。

「この香りはなんですか。とても気分がいい。聖書に出てくる乳香はこんな香りだろうか」

ウェストンはうっとりとした顔で佐那に聞いたが、その返事はなかった。

そして、瞬く間に狭い天幕の中に香の煙が充満した。

「こ、この匂いは変だ！　これは、マタのシャーマンが使うものだ」

シモンジョーはカッと目を見開いて叫んだ。しかし体が思うように動かないのか、鈍い動作で山刀を取り出すと、力を振り絞って佐那に振り下ろした。

それはスローモーションのようにゆっくりした動きだった。

佐那はすばやくシモンジョーの後ろに回ると、その首の真中に髪に挿していた小さな簪《かんざし》を突き刺した。

そして佐那は、最後に薄笑いを浮かべてウェストンを見つめ、天幕から出ていった。

ウェストンはその様子を朦朧とした意識の中で見ていたが、記憶があるのはそこまでだった。

ウェストンが目覚めた時には、太陽はすでに中天にあった。頭を振りながら上半身だけ起こしたが、天と地がぐるぐる回るほどの酷いめまいで目も開けていられない。平衡感覚が麻痺している。その姿勢のまま三十分ほど動けなかった。微かに香の匂いが残っている。重い頭を左に回すと黒い塊があった。シモンジョーがうつ伏せに倒れていた。

「ジョーどうした、大丈夫か」

返事がない。シモンジョーの大きな体を何とか仰向けにすると、目を見開き絶命していた。その皮膚はどす黒く変色し、腕の傷口を中心に、マムシのようなまだら模様が浮き出ている。

「死んでいる……あれは夢だったのか。いや、現にシモンジョーが死んでいる。あの女に殺されたのか」

昨夜のことは夢ではなく、佐那がシモンジョーを殺害して逃げたのだ。ウェストンのことは殺さなくても死ぬと思ったのか、見逃してくれたのかはわからない。

ウェストンは重い体を引きずって天幕の外に出た。太陽の光が眩しい。新鮮な空気を肺いっぱいに吸い込み、周りを見回したが誰もいない。ウェストンは激しく頭を振った。まだ頭痛が酷い。微風の中に茫然としばらく佇んでいたが、気を取り直して天幕に戻ると下山の準備をした。

「とにかく応援を呼ばないと。ひとりではシモンジョーの遺体は運べない。マサダの箱どころではない」

まだ意識が十分に戻っていないので、慎重に岳沢から上高地に降りた。途中の円筒形の岩にはまったく目をくれなかった。ウェストンは意識が鮮明になるにつれて異常に喉が渇いていることに気づいた。斜面を流れ落ちる清冽な水が谷底で一つになって流れてゆく。その清水でのどを潤しながら昨夜のことを思い返した。

「佐那の呪文を聞いてあの煙を吸うととても気分がよくなったが、その後の記憶がはっきりしない。シモンジョーは、マタのシャーマンとか言っていたが、何のことだろう……」

ウェストンは下山し、シモンジョーの身内に連絡を取ってもらった。身内の数人の男たちが天幕を目指して山に登り、シモンジョーの遺体を担ぎ下ろしてきた。

シモンジョーの父だという人物は、弓田という名前の小柄な男で、ユダヤ人の男が語っていたユタ派の末裔だという。

弓田は、シモンジョーの変わりはてた亡骸に覆い被さって、人目もはばからず泣いていた。

シモンジョーは、弓田の息子たちの中でも特に可愛がっていた末子だった。次代の家長と定めた優秀な息子で、マタ派の暗殺から逃れるため、下条家に養子に出していたのだという。弓田の家訓として、代々家長を継ぐ者はいったん養子に出して、マタ派の目を晦《くら》ますしきたりがあるのだと弓田は語った。

ウェストンは山の上での出来事を憶えている限り話した。

「その女がマタのシャーマンなのです。我々にマサダの箱を奪われると思って、私の息子を殺害したのです。マタの末裔は、大昔から善人を装ってマサダの箱の力で、この土地の人々を助けています。しかしマサダの箱を独占するために、支族の女の殺人鬼を使って、我らユタの人間を何人も殺しているのです。あなたはユタの者ではないから殺さなかったのでしょう」

弓田がシモンジョーの腕の傷口に巻いてある布を剥ぎ取り、かまどの火に投げ入れると青白い炎が立った。弓田はその炎をじっと見つめている。軟膏の独特の匂いがウェストンの鼻をついた。

穂高神社の宮司と禰宜は神社にいた。佐那という巫女はもともといないという。あの女は何だったのか。雪女ではないが人間とも思えない。弓田は、マタのシャーマンは一度姿を隠したら誰にも捜し出せないと言っていた。

ウェストンは、シモンジョーのたくましい横顔を思い出しながら、十字を切って神に冥福を祈った。

その後、ウェストンは、『日本アルプスの登山と探検』を執筆し、穂高連峰などの山々や、日本の風習を世界中に紹介した。

しかし、マサダの箱については一言も触れていない。

第十三章　土蜘蛛

岸田敦と久本隆一が再会したのは、昭和五十九年七月の暑い夏だった。蝉の鳴き声が太陽の熱を増幅させるような日盛りで、出雲の荒神谷遺跡の発掘現場は沸き立っていた。一年前に農道建設のために調査した地から須恵器片が採集されてから、岸田の仕事もこの発掘調査一色に染まっている。

岸田は高卒で教育委員会に就職し四年目になっていた。小太りで標準よりも背が低く、覇気のない老け顔である。二十二歳という年齢だが、鼠色の作業服が妙に似合って、若々しさとは縁遠い風貌だ。仕事は事務職で、もっぱら上司から指示された雑用をこなす日々が続いていた。

今日は発掘調査にボランティアで集まった人々を、それぞれの持ち場に振り分け、トイレの場所や昼の弁当のことなど細々したことを、首にかけたタオルで汗を拭きながら世話していた。

ひとりポツンと木陰で休んでいるボランティアの男が、じっと岸田のことを見ているのに気づいた。洗いざらしのジーパンにTシャツを着て、背は岸田よりだいぶ高いが、体重は同じくらいではないか。ひ弱な感じではなく、肉体労働者のように真っ黒に日焼けして若々しい男だった。

岸田は、まだあの男に弁当を渡してなかったなと思い、弁当とお茶を掴んで、小走りに近づいていった。

「すみません。弁当、まだでしたね」

「あの、もしかして……岸田の敦兄ちゃんかい？」

「え？　えーと、どちらさんでしたっけ？」

「小学校で一緒だった、久本隆一だよ」

「あー、久本の隆ちゃん、大きくなって、わかんなかったよ」

小学校の時、家が近くで時々遊んでいた。確か遠い親戚で、二歳年下の体も小さくておとなしい子どもだった。中学に上がる前に引っ越していき、それ以来の再会だ。

「遺跡に興味があるの？　今回の発見はすごいもんな」

「うん。俺の叔父さんが古代史とか好きでその影響。でもこういうボランティアって弁当とか貰えるだろ、それも目当てなんだ。俺、まともに働いてないからさ。敦兄ちゃんは役場に勤めてるのかい？」

「教育委員会さ。去年からこの仕事ばっかだよ」

思わぬ再会に、どちらからともなく夜飲みに行く約束をしてその場を離れた。

岸田が仕事を終えて約束の大衆酒場へ行くと、隆一はちびちびと瓶ビールを飲みながら待っていた。ぱっと見には、いい男に見えなくもないが、貧乏くさい仕草といつも口を半開きにしているところがだらしなく見えて、女にはモテないだろうと岸田は思った。逆にそこが、親しみが持てるところだ。

それからふたりは乾杯して、安い酒の肴をつまみながら、改めてお互いの近況を話した。隆一は高校を卒業してから進学も就職もせず、日雇いの仕事などをして、気ままに暮らしているという。勉強が嫌いで人付き合いも苦手だから、こういう暮らしが合っていると笑っている。まだ隆一は二十歳で将来の不安など感じていないようだ。

「敦兄ちゃんは、まじめだもんな。教育委員会なんて入るの大変だったろ？」

「そんなことないさ。高卒の事務員だよ。出世なんかしないし毎日雑用ばかりでさ。でも俺には合っていると思うよ。営業とか客商売とか無理だしな」

ふたりとも人付き合いが苦手という点で同じ匂いを感じたのか、だいぶ酒がまわってきた頃に、隆一が声をひそめて荒神谷遺跡の発掘について話し出した。

「俺、見つけたんだよ。今回発掘された銅矛、銅鐸、銅剣の中に叔父さんから話を聞いたことがある古代ヘブライ文字が彫ってあったんだ。実はそれを見つけるために発掘ボランティアとして入ったんだけどね」

「え、古代ヘブライ文字。何のことだい？」

「俺んちと敦兄ちゃんの家は遠い親戚になるだろ。土蜘蛛って聞いたことないかい？」

「ああ、じいちゃんが昔、ご先祖様はそう呼ばれていたって言ってたな。何のことかよくわからなかったけど」

「古代史が好きな叔父さんが変わり者でさ。俺は親父よりその叔父さんに似てるって言われるんだけど、土蜘蛛の子孫としてやらなきゃいけないことがあるって、全国を旅してまわってるのさ」

「やらなきゃいけないことって？」

「マサダの箱ってのを、捜してるんだ」

それからの隆一の話は、途方もない内容だった。

俺たちの祖先、土蜘蛛はユダヤ人がルーツで『マサダの箱』なるものを大昔から守っていたらしい。しかし、ご先祖様がその箱をどこかに隠して行方不明になってしまった。それを同じくユダヤ人をルーツに持つ、もう一派も捜しているという。まったくそんな大事な宝物を、どこに隠したかわからなくなるなんて、間抜けなご先祖様だと岸田は思いながら隆一に聞いた。

「その敵っていうか、もう一派っていうのは何者なんだい？」

「ユタっていうらしい。ちなみに土蜘蛛はあだ名みたいなもので、もともとはマタっていうんだ」

「ああ、じいちゃんも土蜘蛛はマタだって言ってたな。ユダヤ支族の名前ってことかな。で、そのマサダの箱には何が入っているんだい？」

「それがわからないんだよ。誰も見たことないからさ。でも言い伝えでは、人々を救ってきた支族の宝だってことだから、値打ちもんには違いないさ」

「それとさっきの古代ヘブライ文字が、関係あるのかい？」

「直接関係あるかはわからないけど、マタもユタも、古代ヘブライ文字を使っていたらしいよ。だから荒神谷のあの遺跡は、俺たちの祖先が残したものじゃないかと思うんだよ」

「まさか……俺のじいちゃんも、隆ちゃんの叔父さんも変わり者だろ。きっと子どもだと思って、面白おかしく話を盛っているのさ」

「敦兄ちゃん、ちょっと確かめてみようよ。だってさ、ここで兄ちゃんと偶然会ったのも、なんかご先祖様のお導きって気がするしさ」

安酒のせいで気が大きくなっていたのかもしれない。

ふたりは大衆酒場を出てから、教育委員会で保管している倉庫のスペアキーを使って、発掘されたものを保管してある倉庫に真夜中、忍び込んだ。

何百とある出土品の中で古代ヘブライ文字が彫ってあるのは、銅矛と銅鐸と銅剣の一つずつだった。隆一も古代ヘブライ文字が読めるわけではないが、叔父から教えてもらって文字の形が何となくわかるらしい。もちろん岸田も読めないが、言われてみれば文字に見える。その他には『×』なのか、十字架なのかわからない印のようなものがあったが、文字に見えるのはその三つだけだった。

発掘したものの数は、当然数えて帳面に付けているので、岸田はその数字を書き直し、倉庫から古代ヘブライ文字の彫ってある銅矛と銅鐸と銅剣を盗み出した。

倉庫の外は漆黒の闇だ。ふたりは無言で足音を忍ばせながら川の方へ歩いた。川の土手に座って仮眠をとっているふたりの間には、古代ヘブライ文字らしきものが彫られた銅鐸、銅剣、銅矛が置かれている。不思議と罪の意識はなく、自分たちのものを取り戻したという気持ちだった。

「敦兄ちゃん、これどうする」

隆一は間に置かれた三つの出土品を一つ一つ手にとって撫でた。その様子を無言で見ていた岸田が、白み始めた東の空に視線を転じて笑った。

「そうだな、この発掘騒ぎが収まったらふたりで宝捜しでもしようか」

「やろう、やろうよ。生きる目標ができたみたいだ。何だか楽しくなってきたよ」

若いふたりの顔をセピア色の朝日が照らした。その日まで銅鐸と銅矛を岸田が、銅剣を隆一が持つことにした。


それから岸田は、荒神谷遺跡の窃盗がばれることもなく、教育委員会での仕事を続けた。あの夏の日の約束は果たされることなく月日は過ぎ、六十歳の定年まで後数か月という時に、あの男と二度目の再会をした。

出雲の十一月は神在月でいろんな行事が目白押しだ。教育委員会の事務もそれなりに多忙だが、毎年のことで駆け足に過ぎていった。

師走の風が吹き始めた或る日の夕暮れ、教育委員会の古びたビルの受付に呼ばれて行ってみると、流行遅れのくたびれたジャンパーを着た男が待っていた。

「敦兄ちゃん、俺だよ。わかるかい」

歳はとっていたが、不器用なその笑顔はすぐにわかった。

「隆ちゃん、久しぶりだな。どうしてた？」

懐かしさと荒神谷の時の記憶が、岸田の中で交錯した。

「うん、兄ちゃんに相談したいことがあってさ」

隆一の身なりからして金の無心かとすぐに思った。どうやら不遇の人生を歩いてきたらしい。

「わかったよ。もうじき終業だからちょっと待っててくれ」

昔、あの夏に飲んだ安い大衆酒場は、とっくになくなっていたので、ふたりは岸田の自宅で飲むことにした。

岸田の家は両親が建てた一戸建てで築五十年は経っている。特に手入れもしていないので、あちこちガタがきて老朽化が激しい。両親は早くに他界しひとり暮らしだ。

そう広くもない庭に、ひとり分の洗濯物が凍えていた。

飾り気のない居間の炬燵《こたつ》に向かい合って、近所のコンビニで買ってきたさきイカをつまみに、隆一は缶ビールを美味そうに飲むと、これまでの人生を語り始めた。

荒神谷遺跡の発掘現場から去ってからも、各地を転々としたという。相変わらず人付き合いが苦手で、どこの職場でも長続きしなかったそうだ。

「別に何が嫌ってわけでもないんだけどさ、付き合いが長くなってくると息苦しくなるんだよ。いろんな人間がいるのはわかってるんだけどさ。なんかここは俺の居場所じゃないって。結婚しようと思ったこともあるんだけどね。結局、居心地が悪くなって俺の方から逃げ出しちまった。理屈じゃないんだよ」

理屈じゃない、隆一のその言葉がすっと岸田の中に入ってきた。岸田も同じような気持ちで生きてきた。誰とも心の底で繋がっていない。居場所はどこにもない。隆一のように職を転々としなかったのは、この家があったからかもしれない。いや、ただそれすらも面倒なだけだったのかもなと岸田は思った。

「俺たち、やっぱり土蜘蛛かもな」

ぽつんと岸田が言った。

「日の当たる場所に出てみても居心地が悪くて、結局土の中に戻っちまう。ひとり土の中でじっとしているのが、性に合ってるのさ」

「敦兄ちゃんもかい？」

隆一がじっと岸田の目を見て聞いた。

「ああ、仕事は続けてきたけど誰とも親しくなれない。万年ヒラでさ。来年は定年だよ。結婚もしなかった。両親も死んで俺はひとりっ子だから、この家でひとり死んでいくんだと思ってるよ」

殺風景な部屋を見回しながらふたりの初老の男は、ちびちびと缶ビールを飲み、自分たちの人生を振り返った。

しまい忘れた風鈴が、ちりんちりんと初冬の風に鳴っている。

唐突に隆一が話題を変えて話し出した。

「俺の変わり者の叔父さんだけど、先月死んだんだよ。まだ六十八歳だったんだけど酒が好きでさ。俺、あの叔父さんとは同類って気がするんだよね。で、病院に見舞いに行った時にマサダの箱の手掛かりを掴んだって言ってたんだ」

隆一は誰にも聞かれるはずはないのに声をひそめている。

「実は、敦兄ちゃんにその話がしたくて来たんだよ。叔父さんが言うには、遠い昔にユダヤ人がマサダの箱の隠し場所を古代ヘブライ文字で彫って、出雲のどこかに隠したって言うんだ」

「古代ヘブライ文字って、あの荒神谷の？」

「何に文字を彫ったのか、出雲のどこに隠したのかはわからないけど、俺たちが盗んだ、あれのことじゃないかと思うんだ。叔父さんが言うには、ユタの子孫は組織がでかくなって、やばいことをして金を稼いでいるらしい。敦兄ちゃん、あれまだ持ってるよね？」

岸田はガサゴソと押し入れの一番奥から、銅鐸と銅矛を取り出した。

「捨てるわけないよ。だからって何に使うわけでもないけどさ」

「俺も銅剣は、ずっと大事に持ってる」

隆一はもう一口ビールを飲んで、一層真剣な顔になった。

「なあ、これをユタの組織に売らないか。敦兄ちゃんが家族持ちで幸せなら、何にも言わずに帰るつもりだった。でも俺と同じような気持ちで生きてきたんだろ。この先ひとりで死ぬだけなら何か最後にデカイことをして、金貰ってふたりで楽しく暮らさないか」

二十二歳のあの夏を、岸田は思い出していた。あの時も隆一の話から出土品を盗み出すという大それたことをしたのだ。そしてそれは、誰にもバレずに今日に至っている。

そうだな、どうせ後は死ぬだけの人生だ。何にもなかった人生の最後に、土蜘蛛ふたりで何かデカイことをやってみてもいい。

岸田はそんな気持ちになっていた。


それから隆一は、出雲大社に近い古い安アパートに引っ越した。岸田に出雲大社の社務所の仕事を紹介してもらいパートで働きながら、ユタ組織との接触を具体的にどうするか、お互いの自宅を行き来しながらふたりで話し合った。

半分は冗談で、ふたりにだけわかる暗号を作ろうという話になり、岸田の唯一の趣味であるピアノの楽譜を使った暗号にした。それは音符をアルファベットに変換するやり方だ。

隆一も岸田の影響で電子ピアノを月賦で買った。いい年をした男がピアノかよと思っていたが、岸田に教えてもらい簡単な曲を弾けるようになると楽しくなった。小学校で習った唱歌の『朧月夜』や『椰子の実』を一本指で引きながらふたりで歌う、そんなことが心の底から楽しい。休みの日にふたりでピアノを弾いたり、暗号を考えたり、人生でこんなに充実しているのは初めてかもしれない。

金なんか本当はどうでもよかった。貧乏には慣れている。岸田敦という同類と同じ目的に向かって一緒に生きている。孤独だった土蜘蛛ふたりが暗い地下で出会い、地上に這い上がろうとしている。這い上がった先がどこでも構わない。土蜘蛛のルーツがユダヤ人なら、その神に感謝したいと隆一は思った。

出雲大社の作業員の仕事にも慣れてきた頃、隆一は巫女の真田日名子から声をかけられた。三十歳くらいだろうか、長い黒髪を後ろで束ねた、ほっそりとした美人で巫女の装束がよく似合う。どこか近寄りがたい雰囲気をもっていた。

「久本さんも歴史が好きだって聞いたんですけど、私も歴女なんですよ。特に出雲の古代史とかが好きで、今度お茶でもしませんか」

こんな若い美人が恋愛対象で話しかけてくるわけはないから、本当に歴史の話がしたいんだろう。

「それなら、俺の友達で教育委員会に勤めてるのがいるから一緒にどうですか」

「ええ、知っています。教育委員会の岸田さんの紹介で、社務所に勤めるようになったんですってね。岸田さんとは出雲大社の行事の時にお会いしたことがあります。話したことはないけど、歴史好きに悪い人はいませんものね」

少し寂しそうに見える顔で、日名子は笑った。

次の日曜日の午後、三人は出雲大社に近い喫茶店で会った。昭和の匂いのする昔ながらの店で観光客はいない。昔、学校にあったような石油ストーブの上にやかんを置き、その湯気が加湿器の代わりになっていた。マスターが丁寧にネルドリップでコーヒーを入れてくれる。三人はだいぶくたびれたソファー席に座って、コーヒーを飲みながら出雲の神話や荒神谷遺跡の話をした。

「土蜘蛛って知っていますか？」

日名子が歴史の話の続きのように聞いた。隆一と岸田は、はっとして顔を見合わせた。

「私の苗字、本当は『マタ』って読むんです」

「え、じゃあ真田さんも土蜘蛛の末裔？」

「ええ、私の故郷は長野の安曇野にある旧家で、真田家がマタの直系だって母から聞いています。そして霊力のある女子が生まれると『ウタ姫』と呼ばれるって。私は生まれつき霊感が強くて、母からあなたはウタ姫よって言われて育ちました。おふたりのことも初めて会った時から土蜘蛛だってわかったんです。でも話しかける機会がなくて、久本さんが出雲大社で働き始めたから、これもご縁かなと、思い切ってお声をかけました」

日名子の話は予想もしない内容だった。マサダ砦からの脱出とか、古代出雲から安曇野へ移住した話とか、本当かよと思うような話ばかりだった。

「私も母からこの話を聞いた時、理性では信じられないと思ったけど理屈じゃないところで信じていたんです。デジャヴっていうのかな、ふっとした瞬間に、自分が砂漠を歩いている情景が見えたりします。私、昔から人と違うというか、人に馴染めなくて……」

「今、ご家族は？」岸田が聞いた。

「私が高校生の時に母が死んで、父はもともといないんです。ひとりっ子だし、親戚付き合いもしてないから、天涯孤独っていうことですよね」

ここにもひとり土蜘蛛がいた。出雲の地が、自分たちを呼び寄せているのか。

隆一は、不思議な運命に震えた。

岸田と隆一は、その日も岸田の家で会っていた。ユタの組織に荒神谷から盗んだ三種の祭器を売る企みを具体的にどうするか、ふたりは頭を捻って考えた。今はソーシャルメディアの時代だ。インターネットでキーワードとなる言葉を配信すれば、ユタの組織の方から、自分たちに接触してくるのではないかと考えた。

「中国とかはさ、反体制みたいなキーワードを発信した人間を特定して、公安みたいなのが捕まえるっていうじゃないか」

「それはずっとインターネットを監視している体制があるからだろう。ユタの組織ってそんなにデカいのかな」

「叔父さんの話では、『マゴルの塔』という宗教団体がユタと関係があるかもしれないらしいよ。まあ実際のところは俺もわからないんだけど、試してみてもいいんじゃないか」

ユタからの反応がなければ、また次の手を考えようというくらいの軽い気持ちで、岸田の家のＰＣからマゴルの塔のホームページを開き、問い合わせのメニューから『マサダの箱・マタからユタへ』という、関係ない人間が読んでも何のことかわからない言葉をメールした。

驚いたことに何日かたった日の朝、岸田がＰＣを立ち上げるとユタの組織から反応があった。メールボックスに『マサダの箱・ユタからマタへ』という件名のメールが届いていた。

それから話はトントン拍子に進んだ。ユタの組織はふたりの希望通り『マサダの箱』の隠し場所を示しているものを買い取るという。

岸田も隆一も、それが何かはまだ教えていない。ふたりにもそれくらいの知恵はある。しかしユタ側も、現物を見てから金額を決めたいと至極もっともなことを言ってきた。

ふたりはこの駆け引きを楽しんでいた。急ぐ必要はまったくない。ゲームを楽しむような気持ちでいた。ユタ側の対応も『ヤバイ組織』とは思えないほど丁寧で常識的だった。

岸田と隆一は、この件を日名子に打ち明けることにした。ユタの組織が暴力団のような危険なものだったら、日名子を危ない目に合わせるわけにはいかないと考えていたが、そんな気配はない。金が手に入ったら日名子にも分けてやりたいとふたりは思った。日名子も身寄りがなく心細い人生なのだ。

出雲大社での勤務中に隆一が日名子に声をかけ、仕事帰りに例の昭和の匂いがする喫茶店で三人は待ち合わせた。人に聞かれてはまずい話だが、若い女性を家に連れていくわけにもいかない。

平日の夜、観光客の来ないこの喫茶店には、他の客はいなかった。マスターが厨房の奥に引っ込んだのを見て、ふたりは荒神谷遺跡の発掘現場での出来事から日名子に話した。

日名子は荒神谷遺跡の出土品を盗んだことを聞いても、特に驚いた表情には見えなかったが、ユタの組織に接触したことを告げた時、漆黒の瞳を見開いてふたりを見つめていた。

「日名子さんは、ユタのことをお母さんから聞いていなかった？」

「ええ、大昔に私たちの祖先のユダヤ人が、マタとユタという二つの支族に分かれたとは聞いていました。でも、そのユタの人たちが、今どうしているのかは知りません」

「俺たちも半信半疑だったけど、マタの子孫よりもずっと大きな組織になっているのは確かだと思う。俺たちの力ではマサダの箱は見つけ出せないけど、ユタならできるのかもな」

「もとは同じユダヤ人の末裔なんだから、敵ってわけでもないと思うんだよ」

岸田と隆一が、交互に言った。

日名子はコーヒーカップを両手で包むように持って、俯いたまま黙ってふたりの話を聞いていた。長い黒髪が白い顔のまわりを覆っている。そして顔を上げてふたりに言った。

「お金が欲しいわけではないけどマタの末裔として、ユタの人たちに会ってみたいです」

それを聞いた岸田は、いったん家に戻って祭器のうちの一つ、古代ヘブライ文字の彫ってある銅矛を、仲間の証として日名子に渡した。

その後、岸田は、教育委員会を定年退職し上京した。東京で暮らしてみたいと若い頃は思ったこともあるが、そんな勇気も気力もなくて夢で終わっていた。定年退職しユタとの交渉という新しいことを始めるためにも、東京に出ようと思った。

若者が都会を目指すような、そこに行けば何もかも上手くいくような、そんな気持ちが岸田を満たしていた。生まれ育った出雲は、日本海側気候で冬は曇りや雪の日が多い。家族や友人のいないひとりぼっちのクリスマスや年末年始を、どんよりとした厚い雲の下の寒い街で過ごすのが、岸田はずっとつらかった。

いつの日か南の国に行って、一年中、太陽の光があふれるところで暮らしたい。ユタから金をもらったら、隆ちゃんとふたりでフィリピンかタイか、とにかく南の国でのんびり暮らそう。

安いビジネスホテルにいったん落ち着き、東京の街を散策していると、西郷山公園の近くの私立こども園で、住み込みの管理人を募集している掲示板が目に入った。これも縁かと思い面接を受けたらすぐに採用が決まった。教育委員会に長年勤めていた経歴が信用されたらしい。

岸田は、これから新しい人生が始まるような予感がして、口笛でも吹きたい気分になっていた。

一方、隆一は、出雲での暮らしを続けていた。岸田が上京してからは、日名子が隆一の相談相手だった。ユタの組織との交渉方法や三種の祭器をどのタイミングで渡すかなど、話し合うことは山ほどあった。日名子から喫茶店だと話せないことも多いからと言われ、自然と隆一のアパートで話し合うようになった。もちろん男女の関係ではない。マタの末裔という同じ先祖をルーツに持つ安心感や、家族のような絆を感じた。自分にもし娘がいたらこんな感じかなと、家族を持ったことのない隆一は、戸惑いながらも日名子がアパートにやってくるのを待ちわびていた。

しかし、隆一の幸せな生活は長続きしなかった。

いつも頭に靄がかかっているような感じがして、大事なことを考えようとすると頭痛が酷い。日名子からもらった香を焚き、その煙を吸うとその頭痛は治まるのだが、今度は逆に頭がぼーっとしてしまう。それでも頭痛に耐えられず香を焚きその煙を吸い続けた。出雲大社のパートの仕事も休みがちになっていった。

岸田に連絡を取ろうとしたが、そのたびに日名子に止められた。そして日名子が言うことには、どうやっても逆らえないのだ。体ではなく心が、監視され支配されているような状態だった。

お香の甘い匂いが始終、隆一を取り巻いていた。

隆一は、以前にも同じようなことがあったのを、朦朧とする頭で必死に思い出していた。あれは長野の安曇野にいた時のことじゃなかったか。安曇野は、日名子の故郷だと聞いたことがある。

若い頃、隆一は変わり者の叔父とふたりで全国各地を旅して、工事現場などの日雇いの仕事を転々としながら、気ままな暮らしを送っていた。叔父はマサダの箱を捜して、各地の伝承を聞き集めたりしていたようだ。

ある夏、安曇野の安宿に腰を落ち着けていた時だ。その叔父が、ちょうど今の隆一と同じような状態で、だんだん半病人のようになっていった。毎日どこかに出かけていく叔父が心配で、工事現場の仕事を休んで後をつけたことがある。酒に酔ったようにふらふらと歩きながら、有明山の麓の大きな家に叔父は入っていった。

その家は、一見立派な日本家屋で庭も広かったが、土壁は所々剥がれ、屋根瓦も割れたままになっている。庭は通り道以外雑草がはびこっていた。庭の片隅に洗濯物が干してあったので、無人ではないのだろうと隆一は思ったが、このまま帰るわけにはいかない。叔父の後から庭に忍び込み、叔父が入っていった部屋の前で様子をうかがった。

その部屋は、庭に面した縁側のある六畳ほどの和室で、中は薄暗くてよく見えなかったが、お香の煙が部屋の外まで漂っていた。

隆一はその煙を吸い込んで、意識が朦朧となったのを憶えている。遠のく意識を懸命に戻しながら、縁側の障子を薄く開けて中を覗き見た。

すると、もうもうとした煙の中で、白い着物の若い女が、長い髪を振り乱して呪文のような言葉を唱えていた。その声は若い女のそれではなく、老婆のようにしわがれていた。その女の前で、胡坐《あぐら》を組んで座った叔父が、よだれを垂らしてゆらゆらと前後左右に体を揺らしている。その顔は、苦しいのか笑っているのか不気味な表情で正気を失っていた。

(このままでは叔父さんが殺されてしまう)と、危険を感じた隆一は、手拭いで口と鼻を覆って部屋に飛び込み、嫌がる叔父を半ば強引に引っ担いでその部屋から逃げた。

女はなぜか、引き留めもせず言葉すら発しなかった。叔父は隆一の背中で気を失っている。隆一は庭から出る直前、怖いもの見たさで振り向き、その女を見た。

縁側に立って般若のような形相で隆一をにらんでいるその女の腹は、臨月のように膨らんでいた。

あの時の女の顔が、今、鮮明に隆一の脳裏に甦った。

それは、日名子の顔だった。

その時はまだ、日名子は生まれてもいない昔のことだ。もしかして日名子の母親だったのだろうか。日名子の母親と叔父との間に何があったのだろう。あの後、叔父は実家に帰りしばらく入院していた。体調が回復してからも、安曇野での出来事を語ろうとはしなかった。

叔父はもうこの世にいない。確かめることはできないが、本当に危険なのは日名子たち、ウタ姫の一族ではないのか。

隆一は、頭痛と戦いながら以前、岸田と考えた音符の暗号を書き始めた。頭が働かないので何日もかかる。日名子は最近、突然訪ねてくるようになった。もしこの楽譜を見られても、音楽に詳しくない日名子に気づかれることはないだろう。

隆一は、何とかウタ姫が危険人物だという意味の音符の暗号を書いたが、それをどうやって岸田に届けるのかが思い浮かばない。封筒に入れて郵送するか、レターパックで送ればよいだろうが、常に日名子に見張られているような感覚に囚われて体が動かない。

とりあえず鞄に入れて出雲大社へ出勤した。不思議と職場に着くと体調がややよくなった。俵屋菓舗《たわらやかほ》の店員が配達を終えて帰るところにすれ違った。顔なじみだが名前が思い出せない。

「あ、あの、俵まんじゅうの……」

「あれ、久本さん、顔色よくないね。風邪でも引いたの？」

「ちょっとね……それより、東京の……岸田さんに、それ送って……」

隆一は何とか五千円札と岸田から来ていた葉書きを店員に渡した。

「岸田さん？　ああ教育委員会にいた。俵まんじゅうを送ればいいんですね。毎度ありがとうございます。懐かしい味を喜んでくれるでしょう。ああ、久本さんの住所は？」

「ああ……ここで、いいよ。それから、この楽譜も……」

隆一は、朦朧とした中で書いた楽譜の暗号の『ウタヒメ』が『ウンタヒメ』と間違った音符になっていることには気づかなかった。

その間違いが柚月と光を出雲へと導くことになるのだが、そんな未来を隆一は知る由もない。

(敦兄ちゃん、ユタの組織に助けを求めてウタ姫から逃げてくれ、もう俺はウタ姫の魔力から逃れられない)

隆一は自分の死が近いことを感じ取っていた。もう二通目のピアノの暗号を書き上げる力は残っていない。

岸田に教えてもらってふたりで弾いた、島崎藤村の『椰子の実』が、いつまでも隆一の頭の中で鳴っている。

(敦兄ちゃんとふたりで、あの遠き島に行ってみたかったな……)

アパートの部屋で仰向けに寝転び、窓に沈む夕日を見ながら隆一の目尻を、涙が伝って流れた。

第十四章　焼岳

真田日名子は焼岳の中腹にある無人の山小屋にいた。出雲大社を辞めて、郷里の安曇野に戻ってきたが、生まれ育った家は誰も手入れをしておらず廃屋のようだった。いや、日名子が母親とふたりで住んでいる時からそうなっていた。

日名子はもうあの家に戻る気はない。

この山小屋は真田家に残った数少ない財産で、大昔には土蜘蛛たちの秘密の集会に使っていたらしい。電気や水道はないが、近くに湧水があり食料の備蓄もある。時々、山を下りて買い出しに行けば十分暮らしていける。

六月も下旬になっていたが山の夜は冷える。薪ストーブにやかんをかけて湯を沸かしながら、日名子は白檀の香を焚いた。

日名子には、父親ははじめからいない。父親がどこの誰なのか、母親も祖父母も教えてはくれなかった。

日名子も知りたいとは思わなかった。

真田家には、ほとんど財産は残っておらず僅かな貯えを切り崩して暮らしていた。日名子が幼い頃、母親は小学校の代用教員で出稼ぎをして家計を支えていた。その間、日名子は祖父母に育てられた。時々母親が迎えにきて、母親の下宿先に遊びに行ったのを憶えている。

あれは、海辺の小さな村の小学校に母親が勤めていた時だ。日名子は幼かったので、詳しいことはわからなかったが、母親は逃げるようにその村から去り、それから二度と働きに出ることはなかった。

あの村を去る日、日名子は母親とふたりでバスを待っていた。その時、バス停を目指して走ってきた少年がいた。その名前も知らない少年の顔を、日名子は忘れることができなかった。

やかんがシュルシュルと音を立てている。大きめのマグカップに安いインスタントコーヒーの粉末を入れお湯を注いだ。コーヒーは安物でも湧水で入れるととても美味しい。

（ああ、母さんもこのコーヒーが好きだったな）と、夕日の沈みかけた薄暗い山小屋で日名子は思い出していた。

日名子が高校三年のもうすぐ卒業という時に、母親は死んだ。日名子は卒業後、安曇野を出て出雲大社に巫女として就職することが決まっていたので、日名子と離れてひとりで生きていくことはできなかったのかもしれない。祖父母はその前に死んでいる。（でも、出雲大社の巫女になることを勧めたのは母さんなのに）母親の死んだ歳に近くなった今も、日名子にはその気持ちがわからなかった。マタというユダヤの末裔であること、日名子というウタ姫を生んだこと、そして、マサダの箱を守ること、それが母親の心を支配して離さなかった。母親もその母や祖母から聞いたという伝説を、繰り返し日名子に語った。

日名子も母親の正気を疑ったことはある。しかし日名子自身の体験がその話を信じさせた。運動会の日は台風がくるとか、友達が学校帰りに事故に遭うとか、そんな先のことがわかるというより、ふとした瞬間に見えるのだ。子どもの頃は無邪気に口に出していたが、友達や先生からも気味悪がられ、嫌われた。相手が自分のことをどう思っているか、人の心の中が、日名子にはよく見えた。見え過ぎるということは生きづらい、日名子も母親と同じように、人と距離をとって生きていくしかなかった。

出雲大社に勤めるようになって、岸田敦とは何回も会っている。初めて見た時に土蜘蛛の匂いを感じたが、日名子から接触しようとは思わなかった。誰とも接点を持たない生き方が気楽でいい、このまま私が死んでしまえば、マサダの箱も永久に失われたままだ。ユタに奪われなければそれでいいのだからと、日名子は思っていた。

日名子にとって死は、いつも隣にいるそっけない同級生のような存在だった。

そんなある日、久本隆一が出雲大社に勤めるようになった。岸田の時と同じように日名子には、この男も土蜘蛛であることがすぐにわかった。それ以上に『久本』という苗字に運命を感じた。

あれは、母親が死んで遺品を整理している時だった。鏡台の一番下の引き出しに隠すように日記があった。随分古い日記で日名子が生まれる前の日付だった。母親にも青春時代があったのかと思い、日名子はその日記を読んだ。母さんごめんねという気持ちもあったが、それ以上に母親の過去を知りたい気持ちが強かった。

日記には『久本』という土蜘蛛の男が、マサダの箱を捜して真田家を訪れ、母親と恋に落ちたような話が書いてあった。日記は途中から支離滅裂な文章になって『久本』なる男が、日名子の父親かどうかは、はっきり書いていなかった。

母さんもその『久本』も、人並みに結婚して、家庭を持ってという人間ではなかったのだろう。父親が誰かなんて、どうでもいいと日名子は思っていたから、久本隆一にそのことを確かめる気にもならなかった。

岸田の上京後も、久本と相談したことを岸田に報告するという体で、連絡を取り合っていた。岸田もユタの組織と連絡を取り合い、ユタ側の人間が三種の祭器を見にくるので、日名子と久本が持っている銅剣と銅矛を持ってきてほしい、そして日名子にも立ち会ってほしいと頼んできた。

あの日、中目黒のこども園の岸田が建てた小屋に、日名子が訪ねていくと「隆ちゃん、元気にしてるかい。何度電話しても出ないんだよ」と、岸田は心配そうな顔で日名子に聞いた。

「最近、久本さんちょっとおかしくて、ノイローゼ気味っていうか。ユタの組織から狙われているって、思い込んでいるみたいでした」

「そうか、だからあんな楽譜の暗号を送ってきたんだな」

「楽譜の暗号？」

「ああ、半分遊びでピアノの楽譜を使った暗号を考えたんだよ。この前、隆ちゃんから送られてきた俵まんじゅうと一緒にそれが入ってたんだ」

「どういう暗号だったんですか」

「『ウンタヒメキケンシカクユタ』って。ウタヒメがウンタヒメに間違ってたけど、日名子さんのことを心配してるんじゃないかな」

「そうですか、私のことを心配して……」

「ユタの組織はそんなにヤバくないよ。すごく礼儀正しくてさ。この取引も上手くいきそうなんだよ。今夜、三種の祭器を見てもらって本物だとわかったら、ユタの組織のえらい人に会うことになるんだよ。だから明日から休暇をもらっているんだ。こんど隆ちゃんに会ったら、そう伝えといてよ」

「ええ、わかりました。そのユタのえらい人とは、どこで会うんですか？」

「はっきりした場所はまだ聞いてないけど、長野のどこからしいよ」

「そうですか、長野で……。ところで私も、そんな久本さんを見ているとつらくて、気持ちが落ち込みがちなんです。リラックスできるお香を焚いてもいいですか？」

「もちろんだよ。日名子さんは優しいなあ」

岸田は人のよい顔で、笑っている。

日名子はゆっくりとした動作で、持参した香木を焚いた。甘い匂いが狭い部屋を満たしていく。

「ところで例のものは、どこにあるの？」

「この近くの公園に隠してきました。一緒に取りにいってくれますか」

岸田は、だんだんと思考力のない虚ろな目になって、日名子の言う通りに行動した。日名子は救急隊員がするようなピッタリしたマスクを着けた。

出雲では、久本のアパートに頻繁に出入りし、そして例の香木で久本が岸田と連絡を取らないよう暗示をかけ、久本の行動をコントロールした。

だが、最後のところで久本は日名子の企みに気づき、日名子にはわからない方法で、岸田に危険を知らせていた。それが楽譜の暗号だった。日名子には楽譜が読めないことを久本は知っていたからだ。暗号の楽譜の意味を岸田が勘違いしていたことは幸運だった。

日名子はウタ姫という自分の運命を呪ったこともある。このまま誰とも関わらず年老いてひとりで死んでいこう、マサダの箱なんか自分とは関係ないと思っていた。しかし、土蜘蛛の裏切りを知った時、自分の中のウタ姫が目を覚まし理屈ではない何かが、沸々と湧き上がってきた。

「裏切者を許すな」

歴代のウタ姫たちが日名子にその使命を悟らせるように、何人ものその声が日名子の頭の中で鳴り止まない。いつしか自らもその言葉を声に出していた。マサダの箱を奪われてはならない。ウタ姫の血脈に呪いのようにすり込まれている宿命を日名子は、はっきりと自覚した。

日名子は自分の勘を信じている。母親の日記の『久本』と、久本隆一が同一人物だとは思えなかったが、赤の他人でもない、何かしらの繋がりは感じていた。しかし、そんなことはどうでもいい。土蜘蛛がマサダの箱をユタに渡そうとすることが重罪なのだから。

岸田を西郷山公園で殺害した後、出雲に戻り、充分に香木の効き目が現れた久本とふたり、夜釣りの船に乗った。そして、笹子島の沖合で海に飛び込むよう暗示をかけた。

久本は一切、抵抗しなかった。

最後、海に飛び込む時、久本が日名子を振り向いて笑ったような気がした。

その、泣き笑いのような不器用な顔が、今も忘れられない。

日名子は、無意識に真田家に伝わる勾玉のペンダントを握りしめていた。


ヤマザキは、広尾のアラビアンナイトのアルバイトを買収し、柚月と光の話を盗聴して安曇野へ向かった。犯罪めいた闇バイトでも金次第で何でもやる若者はいくらでもいる。ヤマザキたちのように訓練を受けたプロではなく、どうしようもない連中だが使い捨てにできる便利な駒だ。安曇野へ向かう途中で組織の同胞に柚月と光が明日早朝、穂高神社へ向かうことを伝えた。

そして、その同胞から情報を得て焼岳の裏の山小屋へ辿り着いた。夏のシーズンは多くの登山客、ハイキング客が訪れる上高地だが、登山道から外れたこの山小屋周辺には、まったく人がいない。

夕日が山の端に完全に隠れた頃、ヤマザキは山小屋の戸を開け、日名子と言葉もなく対面した。

美知子先生に似ている。

いや、あの村を去る日に美知子先生と一緒にバスに乗っていった、あの長い髪の少女に。

不思議と日名子は声を上げるでもなく、約束していた者が訪ねてきたかのように、静かにヤマザキを見つめている。

「俺が誰かわかっているのかい？」

後ろ手に山小屋の戸を閉めながらヤマザキは聞いた。

「あなたの名前は知らない。でも何をしに来たのかはわかってる。マサダの箱を奪って、ウタ姫を殺しに来たんでしょう」

日名子は真っすぐに、ヤマザキの目を見て聞いた。

「あなたの名前は？」

「アタウ」

なぜか生みの親がつけた、本当の名を答えてしまった。

「アタウ？　どういう字を書くの」

「与えるという漢字の難しいやつ」

ヤマザキは粗末なテーブルの上のメモ用紙に『與』という漢字を書いた。日名子は「そう」と言ったきり、苗字は聞いてこなかった。

「なぜこの山小屋に私が隠れているとわかったの？」

「俺の組織の情報網で突き止められないことはないのさ。マサダの箱はどこにある？」

「マタの支族には、『円筒の奥の宮、夏至の夕日が示すところ』という伝承があるわ。でも今まで必要なかったから、誰も捜していない」

「それはどこなんだ？」

「私も正確な場所は知らない。穂高連峰のどこかだと思う」

「なぜ俺に話すんだ？」

日名子は俺を騙そうとしているのか。

「運命だから」

日名子は、当たり前のことのように言った。

ヤマザキは昔、美知子先生にも同じように言われたことを思い出した。今もその意味はわからない。この女は頭がおかしいのかもしれない。ほっそりとした小柄な肢体に、ストレートの黒髪を腰まで伸ばして、漆黒の闇のような瞳でヤマザキを見つめている。化粧気のない白い顔の唇は、椿の花のように赤い。

すっかり暮れきった山小屋のストーブの中で、薪の爆《は》ぜる音だけがふたりを包んでいる。小さなテーブルを挟んで粗末な木の椅子が二つ。テーブルの上にはアルコールランプの炎が揺れている。

日名子とヤマザキは、その椅子に座って見つめ合った。

「あんたが、あのふたりを殺したんだろ」

「どうしてそう思うの」

「あの日、岸田と接触する予定だったが、あんたが訪ねてきたので中止した。まさか殺すとは思わなかったからな。あんたも俺に気づいていただろう？」

岸田が殺害された夜、ヤマザキは岸田が住み込みで働いていたこども園を訪れた。そこで桜色のワンピースを着た女が、園に入っていくのを見た。すぐに物陰に隠れて様子を見ようと思ったが、急にその女が振り向き視線が合ってしまった。

ヤマザキはなぜか、その視線を外すことができなかった。

そう、あの海辺の村のバス停で、黒髪の少女が振り向いた時のように。女の顔は、美知子先生に似ていた。

ヤマザキはその夜の決行を中止し引き上げた。

「ええ、すぐにあなたの視線に気づいた。そして、あなたが何者なのかがわかった」

それから日名子は、ぽつりぽつりと語った。

日名子は私生児だった。父親が誰なのか今もわからないという。母親もそれを言わずに日名子が高校生の時に死んだ。母親の家系はマタ支族の直系で、遠い昔には親族も多く、マサダの箱を人々のために使いながら、安曇野の名士として勢力を誇っていたらしい。

しかし明治以降、食料も豊富になり医学も進んで、マサダの箱を必要とする機会はなくなり、マタの支族は散り散りになっていった。それでもマサダの箱を守るマタの末裔は、自分たちを土蜘蛛と呼び、少数ながらも連帯感を持っていた。そして霊力の強い女子が生まれるとウタ姫と呼ぶのが習わしだった。

「私の母は、ウタ姫と呼ばれるほどではなかったけれど、人よりは勘が鋭くて人の心の動きに敏感だった。だから生きにくかったのね。最後は家に閉じこもって食べる気力もなくなって、自分で自分を殺したようなものだったわ」

日名子は冷めたコーヒーを一口飲んで話を続けた。

「私は母よりも霊感が強くて、母は私がお腹にいる時から、この子はウタ姫だってわかったって。だからマサダの箱を守ってと何度も言われた。母の遺言でもあったの」

「そのマサダの箱を岸田と久本が、ユタの組織に売ろうとした」

「そう、あのふたりは土蜘蛛だった。なのに、マタを裏切った。だからウタ姫が罰を与えたのよ」

「荒神谷遺跡の三種の祭器は、マサダの箱の隠し場所とどう関係してるんだ」

「今となっては関係ない。だって、マサダの箱は何回も隠し場所を変えているんだもの。でもあのふたりは本当の伝承を知らないから、銅鐸・銅矛・銅剣に彫ってある古代ヘブライ文字を解読すれば、マサダの箱に辿り着くと信じていたわ」

「銅矛はあんたが持ってるのか」

「岸田が土蜘蛛の仲間の証にと私にくれたのよ。私のこともユタと取引する仲間だと信じていたから。でも必要ないものだから、私を捜して穂高神社に来た警察官に渡したわ」

「男ふたりをどうやって殺したんだ」

「ユダヤの秘宝の香木を使った。お香のように煙を吸わせるの。そうすると催眠状態になって、幻覚を見せたり暗示をかけたりできる。久本には十分に術がかかっていたから、幻覚を見せるだけで海に飛び込ませ溺れさせることができたけど、岸田の時は最後に毒針を使った」

「その香木を使えば、誰でもできるのか」

「それは無理ね。ユダヤの血と、シャーマンに伝わる術を伝承した者でなければ、人は操れない」

ヤマザキは、もしかしてこの部屋にも、その香木を焚いているのかと口と鼻を急いで覆った。

「心配しないで。この匂いは単なる白檀のお香よ。それに急激に術をかける時は大量に煙を吸わせる必要があるから、この煙に慣れている私だって何も防御しないで焚くわけないわ」

日名子はくすっと笑って、真田家に伝わっているユダヤの末裔の伝説を話した。それは首領様の話と同じところもあれば、違うところもあった。どちらも本当なのだろう。マタとユタ、どちらの立場で語り継がれたかだ。所詮は権力争い。ユダヤの末裔ではない俺には、関係ない話だ。

「あなたは、なぜ私を殺すか知っているの？」

「理由は必要ない。命令を果たすだけだ」

「ユタの末裔は、ウタ姫を根絶やしにしたいのね。それだけウタ姫への怨念が強いのでしょう。歴代のウタ姫によって大切な人が何人も殺されたから」

椅子の上で膝を抱えて、ヤマザキは日名子の話を聞いていた。

ユダヤのシャーマンである日名子たち一族は、香木だけではなく、様々な植物や動物の毒を、殺人の道具として代々伝承してきた。殺伐とした話なのに、妙に安らぎを感じているのはなぜだろう。同じ殺人者だからだろうか。

いや、まるで幼な子が母親と一緒にいるような理由のいらない安心感。それは血の繋がった者同士が、先祖の昔話をしているような不思議な感覚だった。

「香木はいつかはなくなるだろう？」

「ええ、だから本当に必要な時にしか使わない。その原木の種が、マサダの箱に入っていると伝わっているわ」

「母親からマサダの箱の隠し場所は聞いてないのか」

「伝承以上のことは聞いてない。母さんも知らなかったのか、もう捜さなくてもいいと思っていたのかもしれない」

日名子からかすかに白檀の香りが漂ってくる。それは、美知子先生の匂いと同じだった。

「子どもの頃、俺と会ったことがあるだろう」

「ええ、母さんと海辺の村で、バスを待っている時に」

やっぱり日名子はあの時の美知子先生の娘だった。ずっと疑問に思っていたあのこと、俺を守るために養父母を殺したのは美知子先生なのか……、ヤマザキはその問いを飲み込んだ。

「あんたの言っている運命ってのは、そのことかい？」

日名子は、そんなことではないと、ゆっくり首を振った。長い黒髪が、それに合わせて揺れている。

「あなたはユダヤの末裔よ。私には前世が見える。あなたと私は、遥か昔、一緒にマサダ砦を脱出して死の砂漠を渡った」

ヤマザキは、日名子の闇のような目に吸い込まれそうになるのを、必死にこらえた。これが、首領様が気をつけろと言っていた、ウタ姫の魔力なのか。

「それは、命乞いか？」

「命なんて……また生まれ変わるわ。そして、また巡り会う」

日名子の目が、妖しく輝いた。

日名子は、そっとヤマザキの手を握った。

驚くほど冷たいその手に触れられた瞬間、遠い昔にこの手を引いて、必死に砂漠を渡っている光景が、ヤマザキにもはっきりと見えた。

ユダヤの血が呼び合っている。

第十五章　ジャンダルム

朝の冷気がまだ残っている山道を、柚月と光は目的の山小屋を目指して歩いていた。長野県警の長谷川警部に調べてもらった怪しい二軒の山小屋のうち一軒は、昨日のうちに調査したが何の問題もなかった。すでに日が暮れていたので昨日の調査はその一軒で終了し、今日は夜明け前から焼岳のもう一軒の山小屋へと急いでいる。昨日まで同行していた神田刑事は、長野県警の刑事たちと行動を共にすると言っていた。

上高地派出所の巡査が「妻の手作りです」という大きなおにぎりを差し入れしてくれた。野沢菜の漬物が添えてあり大満足の朝食だ。柚月は「信州のお米も美味しいわね」と、おにぎり三個を平らげた。光はいつも紅茶とスコーンの軽めの朝食で、まだ胃が起きていないせいか、やっとおにぎり一個を冷めたお茶で何とか流し込んだ。

この道は本来の登山道から外れているため人がほとんど通らないので歩きにくい。体力満点の柚月はともかく、夜型人間の光は息が上がっている。柚月は途中から光のリュックも背負って先を急いだ。（ああ、もう一個おにぎり食べとけばよかった）と、早くも柚月は後悔した。

やっとその山小屋に到着すると無人だったが、薪ストーブが赤々と燃えている。白檀のお香の匂いがした。

柚月は急いで小屋の中を捜索した。小さな流しの奥の部屋に小瓶がたくさん並んでいる。中身が何なのかは見た目ではわからないが、料理に使う調味料ではなさそうだ。光は柚月から自分のリュックを受け取り、スポーツ飲料をがぶ飲みしてから言った。

「真田さんがここに隠れていた可能性があるね。行先はきっとマサダの箱が隠されているジャンダルムだよ」

柚月は前川室長に報告の電話を入れた。後発隊を待たずにジャンダルムを目指しマサダの箱を発見するよう指示があった。目標が定まり、俄然パワーアップした柚月は残りのおにぎりを頬張りながら力強い足取りで向かった。

柚月の趣味は登山だ。東大ではワンダーフォーゲル部に所属していた。越後の山々、とりわけ谷川連峰が好きで、ひとり大きなリュックを担いで毎年縦走している。一級分水嶺の頂《いただき》近くにある無人の避難小屋に泊まり、瞑想して心身を鍛錬する。二千メートル級の山なみでも谷川岳から平標山《たいらっぴょうやま》に抜けるルートは趣がある。尾根道を歩くと、左の太平洋側が大雨でも、右の日本海側が晴天のような不思議な光景に出会う。

尾根道を歩く柚月の前に降る雨は、ほんの少しの差で日本海に流れる水滴と、太平洋に流れる水滴に分かれる。一緒に空から降ってきて、この天空の尾根道で永遠の別れの旅に出る。人生もいつ死という永遠の別れの旅に出るかもしれない。それでも、今この瞬間は美しい。尾根道にかかる霧の彼方に別世界があり、そこで二つの水滴は、再び相まみえるかもしれない。そんな淡い期待感も湧いてくる。

柚月は好きな山に何回も行く。日本百名山と言っても、興味の薄い山も多い。そんな山に行く時間があれば大好きな山にまた行く。穂高連峰の縦走もその一つだ。

醍醐味は険しい岩場の連続。ただし、特別な装備はいらない。ヘルメットくらいだ。自分の手と足で慎重に昇降すればクリアできる。槍ヶ岳から、北穂高岳、奥穂高岳、西穂高岳への縦走は、大キレット、涸沢岳、馬の背、ジャンダルムなどの危険な岩場の連続だ。

そう、ジャンダルムはその形が映画『未知との遭遇』に出てきたような円筒形の岩山で、穂高連峰のシンボルになっている。難所を越えなくては行けないため一般の登山者の憧れなのだ。

柚月と光は一気に岳沢小屋まで辿り着いた。

「岳沢小屋の人に聞いたら、真田さんらしい女性と同い年くらいの男性のふたり連れが、足早に重太郎新道を駆け上がったそうだ。今からではとても追いつけないよ」

夜型人間の光もやっと体が登山に慣れてきたようだ。

「大丈夫よ。この重太郎新道は、途中から岩場の連続で結構ハードよ。ペースも落ちるはず。プロの登山家のすごさを思い知らせてやるわ」

柚月は重太郎新道に戻らずに反対側に歩き出した。ペースが上がっている。

「柚月ちゃん、どこへ行くつもり？　前穂高岳への道はあっちだよ」

「ジャンダルムに行く近道があるのよ。天狗沢を一気に登るルート。一般の初級レベルの人には無理だけど、中級者以上なら大丈夫」

「僕は中級者じゃないよ……」

光は泣きそうな顔になった。

「私がいるから大丈夫。とにかくついてきて」

天狗沢は上級者ルートで、しかも最近の地震でガレ場が崩れ、落石の危険性が増している。岩場と聞くと滑落が一番のリスクと思われがちだが、三点支持を徹底すればそのリスクは低い。三点支持では、両手両足で自身の体をしっかり支え、移動する時は一つの手か足だけで次の支点を掴む。常に手足で三点を支えているので体は落下しない。

「やみくもに登ってはだめ。岩に付いている丸印に沿ってゆっくり登って。浮石に気を付けて。三点支持を守って」

柚月の指示がとぶ。

目の前に見事なお花畑が現れた。それも束の間、天国から地獄へ真っ逆さま、急斜面の岩場が迫っている。畳岩と名づけられた岩場を、白いペンキで『○』印がマーキングされた岩に沿って慎重に登る。どこからでも登れそうな気がするが、よく見るとマーキングされたルート以外は浮石が多い。三点支持で体全体を押し上げるとすぐに息が切れる。息を整えまた登る。岩場の終着点の『コブの頭』がすぐそこに見えているのに、なかなか辿り着かない。

ようやくジャンダルムが西日の中にはっきりと見えた。ここから見ると優雅なドームではなく、間が抜けた肥満体のシルエットだ。遠くから見ると岩登りの装備がないと登れそうにないジャンダルムだが、実際は南側に登山ルートがあり、装備がなくても登れる。

ふたりはようやくジャンダルムに辿り着いたが、この岩山のどこにマサダの箱が隠されているのか。周囲を探ってみたが兆候すら見当たらない。

「あの絵馬の意味不明な言葉にヒントがないかしら」

「ハラブミササガのことだね。あれからさらに調べたんだけど『ハラブ』は滅ぶという意味で、ミササガは『ミササギ』のことかもしれない」

「『ミササギ』って、御陵のこと?」

「そう。天皇、皇后のお墓のこと。つまり『滅んだ墓』になるけど、そんなのジャンダルムにはないよね」

「うーん、お墓はないけど廃墟ならあるわ。この近くに祠《ほこら》の跡のようなところがあるの。いつからそんな状態になっているのかも不明だけど、岩で押しつぶされてまさに廃墟ね」

他に手掛かりはない。ふたりは砂礫の多い斜面を走り降りた。光の運動神経も捨てたものではない。

「ここよ」

「確かに廃墟だ。入れるかな。毒蛇とかいないだろうな」

光が柚月の後ろから恐る恐る覗いている。

「インディ・ジョーンズじゃあるまいし、こんなところに蛇はいないわよ。餌となる蛙も鼠もいないんだから」

なるほど、言われてみればその通りだ。

「蛇はいないけど石でふさがってるな。どけないと」

もともと自然の岩室《いわむろ》の入り口に石を積んで祠にしたような作りだ。ふたりで石を五つほど移動させると人が這って通れるくらいの穴が現れた。柚月、光の順に中に入ると、岩室は意外に広かった。ふたりはヘッドライトを点けて内部を探索した。奥に行くにつれて狭くなっている。

「何もないわね」

目視だけでなく手も使って探ってみたが何もない。柚月はオットマンのような石に腰を下ろした。

「この石の奥に何かあるみたい。柚月ちゃん手伝って」

光は奥で捜索を続けている。柚月もヨッコラショと声を出して立ち上がると石を丁寧に取り除いていった。

すると、岩室の最奥に真四角の鉄板が現れた。


柚月と光よりも一足早く、焼岳の山小屋を夜明け前に出発した日名子とヤマザキもジャンダルムを目指していた。昨夜遅くにヤマザキの同胞からマサダの箱が隠されているのは、穂高連峰のジャンダルムだという情報がもたらされたのだ。

運動神経も体力も抜群のヤマザキだが、本格的な登山の経験はない。日名子は子どもの頃から長野の山々を登っている。雪山にもひとりで行く上級者だ。日名子がヤマザキをリードしながら重太郎新道を駆け上がった。

ふたりはペットボトルに汲んできた湧水で、水分補給をしながら小休止した。

「後ろから厄介な奴らが追って来てるな」

「ええ、警察庁の小坂柚月と歴史学者の南雲光ね」

「会ったことがあるのか」

「一度、穂高神社の社務所に私を訪ねてきたわ。岸田と久本の次に命を狙われているのが私だと思って保護したいと言ってきた。でも、あの南雲光という学者は、私のことを疑っている目をしていた。だからその後、私は焼岳の山小屋に逃げて姿をくらませたのよ。ユタの組織に拉致されたと思わせるためにね」

「なるほど、じゃあ奴らは今も俺が日名子を脅して、マサダの箱の隠し場所へ案内させていると思っているわけか」

「どうかしらね。警察も馬鹿じゃないわ。私たちが敵同士か、味方同士か半々だと思っているでしょう」

「じゃあ、先を急ごう」

ヤマザキがリュックを背負い直して言った。

柚月と光よりも先にジャンダルムへ辿り着いたふたりは、夏至の夕日が指す場所を特定するために日名子が頂に登り、ヤマザキは下から観察することにした。夏至の夕日がジャンダルムのどこに当たるのか。ふたりは注意して夕日を見守った。夕日は赤々とジャンダルム全体を照らしている。どこか一点を指すような現象は現れない。

「奥穂高岳のその奥にある円筒」は、ジャンダルムを指しているのは間違いない。ジャンダルムのどこかに光を反射するものがあり、それが夏至の夕日で輝くものと思っていたが、どうも違うようだ。考えてみれば夏至の日にならないとわからないなんて現実的ではない。

あの箱は、大飢饉などの危機の時に開けて問題を解決し人々を救ってきたのだ。危機で必要となる時が夏至と重なるとは限らない。とすると、夏至の夕日の導きという伝承はカムフラージュか。では、いったいどこにあるのか。この近くに隠したのは確かだろう。

「私たちでは、ここまでね」

日名子がため息を吐いたその時、岩稜を登ってくる柚月と光が見えた。日名子とヤマザキはすばやく岩場の陰に隠れた。

「ここで始末するか」

ヤマザキは装着している銃をたたいて言った。

「だめよ、あの歴史学者なら謎を解いてマサダの箱を見つけ出すはず。あのふたりに捜してもらいましょう。箱を見つけた時にその銃を使って」

「わかった」

ふたりは簡単に打ち合わせをして二手に分かれた。

ヤマザキは、日名子の言いなりに動いていることにもう迷いはなかった。首領様に拾われ、マサダ訓練所でユタの刺客となったが、あんなまやかしの集団催眠でヤマザキは騙される人間ではなかった。自分の居場所は、ユタの組織なのだと自分自身に言い聞かせて今まで生きてきた。

しかし、心の奥底の空洞が埋まることはついになかった。それでも組織を抜けようと思ったことはない。ユタの制裁を恐れたからではなく、どこに行っても同じだとわかっていたからだ。

日名子の声や仕草、冷たい肌の感触、日名子のすべてが瞬く間にその空洞を埋め尽くし、もう引き剝がすことは不可能だった。

首領様の顔がヤマザキの頭をよぎった。しかし、それは一瞬で日名子の顔にとって代わった。ウタ姫の魔術にかかっているのかもしれない。それならそれでいい。前世から俺の運命は日名子と共にあるのだから。もうユタの組織に戻る気はなかった。

岩室の奥の鉄板の前で柚月と光は格闘していた。その鉄板は五十センチ四方の正方形で岩にしっかりと食い込んでいる。

「この鉄板の奥にマサダの箱が隠されてるのかな」

柚月は錆びて赤茶けた鉄板を押してみたがビクともしない。光も一緒になって押したがまったく動かない。

「待てよ、真ん中に真っすぐな線が入っている。もしかして、真ん中から開く仕組みなのかも」

その線は、爪がかろうじて引っかかるくらいの浅いもので、素手で開けることはできない作りのようだ。

「これも何か鍵があるはず」

光は鉄板の周辺を探った。

「仏壇にあったような引き出しはないわね。あ、ここにも何かある」

柚月は大きな鉄板から少し離れた岩陰にダビデの星に似た小さなハンドルがあるのを見つけた。こちらは岩にぴったりはまっているのではなく、手で掴めるような作りになっている。試しに回してみたが動かない。そのハンドルの真ん中に歪んだ楕円形の窪みがあり、さらに楕円の上の方にイボのような突起がついている。

「押してみよう。うーだめだ、まったく反応がない」

柚月も押したり引いたりしてみたが、小さいハンドルもまったく動かない。

「どう見ても人工物だから、この大きい方の鉄板が扉になっていて、中に何かが隠されているのは間違いないよ」

しかし、扉の開け方がわからない。ふたりは適当な岩に腰を下ろして考え込んだ。

その時、ふたりの背後でゴトっと音がした。何事かと思って身構えていたら突然、真田日名子がふたりの目の前に現れた。

日名子の突然の出現に柚月と光はふたり一緒に固まった。先に口を開いたのは日名子だった。

「助けてください」

日名子はその場に崩れるように座り込んで、ふたりを見上げた。

「真田さん、今までどうしていたのですか。ずっと探していたんですよ」

柚月が日名子の隣に座って、日名子の体に外傷はないか確認しながら聞いた。

「おふたりが穂高神社の社務所に私を保護しに来てくれた後、ユタの刺客に突然襲われて、焼岳の山小屋に監禁されていました。マサダの箱の隠し場所を言えと何度も責められましたが、私も詳しい場所は知らないのです。さすがに拷問まではされなかったけど……怖かった」

日名子は細い肩を震わせて泣いている。

「真田さん、私たちと合流できてよかった。でも、どうやって、そのユタの刺客から逃げてきたのですか」

「マサダの箱が穂高連峰のどこかに隠されていることは、死んだ母から聞いていたので、それを教えたんです。その刺客は私がもっと正確な隠し場所を知っているはずだと、無理やり連れて行こうとして……私はこう見えても登山は上級者で、その刺客は登山の経験はなかったので、わざと難しいルートを選んで、隙を見て逃げ出して来たんです」

「僕たちが後を追って来ているのは、気づいていましたか」

「ええ、途中で見えましたから。おふたりのところまで逃げ切れば助けてもらえると思って、必死でした」

日名子はまだ体の震えが止まらないようだ。

「警察があなたを保護しますから安心してください」

「ありがとうございます。あの……それがマサダの箱と関係があるんですか」

日名子は大きな鉄板を指差して聞いた。

「真田さんの実家にあった絵馬に書かれていた文字を解読して、ここに辿り着いたんです。あ、ごめんなさい。勝手に家に入ってしまって。マサダの箱の隠し場所のヒントがないかと思って」

柚月が日名子に詫びた。

「いいんですよ。もう廃屋同然で……住めるような状態じゃなかったから。でもあの意味不明のカタカナの書かれた絵馬のことですよね。何が書かれているのかわかったんですか」

光は絵馬に書かれていた文字の解読の経緯を掻いつまんで、日名子に説明した。

「この場所が関係あるかどうか不確かですが、あの鉄の扉を開けてみれば何かわかるかもしれない。でも開け方がわからないんです」

「マタの直系支族である真田家には、『円筒の奥の宮、夏至の夕日が示すところ』と、伝わっていますけど」

「夏至は今日か。でもこの場所には夕日は射さないし、夏至の日だけマサダの箱を開けるというのもおかしいな」

光は岩室の天井を仰いだ。

「私もそう思います。きっとこの伝承は、ユタを欺くためのカムフラージュなんじゃないかしら」

柚月は小さなハンドルの窪みを探りながらずっと考え込んでいたが、光のヘッドライトに照らされた日名子の首元を見てハッと思いついた。

「ねえ、謎の歌の最後はヤサカヤサカーで、ヤサカの勾玉のことよね。もしかして、それのことじゃない？」

柚月が人差し指でその輝いているものを指した。それは、日名子の首にかかっているペンダントだった。

「え、これのこと？」

日名子がペンダントをつまんだ。それは翡翠の勾玉のペンダントだった。

「これは代々、真田家に伝わっているもので、母から大切なお守りだから肌身離さず持っているようにと言われました」

日名子はペンダントを首から外して柚月に渡した。勾玉の穴の部分にゴールドのチェーンを通している。柚月はそのチェーンを取って、小さいハンドルの窪みの部分にはめ込んだ。イボのような突起が勾玉の穴にピタリと合う。しかし、何の反応もない。

「たぶん仏壇と同じ要領だよ、強く、押し込んでみる」

光が言いながら自分で手を伸ばし

た。柚月とふたりで翡翠の勾玉が壊れるほど強く押すとカチャリと何かが外れる音がして、小さなハンドルにゆるみが出た。

「なるほど、これが鍵だったんだ」

光はハンドルを左に回してみたが動かない。逆の右に回すと微かに動く。

「私が代わるわ」

力仕事は任せてと言わんばかりに今度は柚月が腰を入れて右に回す。錆びついているのでけっこうきつい。さすがの柚月も両手で唸りながら回している。半分くらい回すと大きな鉄板の真ん中の線に指が入るくらいのゆるみが出た。こちらも錆びているので力が必要だ。今度は柚月と光の共同作業で大きな鉄板の扉を観音開きにこじ開けた。その鉄の扉の中は岩をくり抜いた空洞になっていた。

柚月はゆっくり手を伸ばし重箱よりも一回りも二回りも大きい箱を、恐る恐る取り出した。

「それが、マサダの箱……」

日名子が呟いた。

「意外に軽いわね」

柚月がいきなり開けようとしたので、光があわてて手で制した。

「ここで開けない方がいい。空気に触れて中の収納物が壊れるかもしれない。研究所で調べてから開けよう」

「そうね、しかも鍵がかかってるわ」

大昔に作られたものだから木か鉄のような素材でできた箱だと思っていたが、それも非現実的だ。博物館で保管されていたわけではない。熱砂の砂漠や水の中、寒冷な岩山と過酷な環境でもビクともしない素材でなければ、二千年近い年月を越えて存在できない。

三人は岩室を出た。柚月がマサダの箱をいったん光に渡し、前川室長に報告の電話をかけようとしたその時、銃声が穂高連峰にこだました。

最大の難所ロバの耳と馬の背の方角からだ。

柚月は光を突き飛ばして、「光くん、ヘッドライトを消して」と、叫んだ。

自分のヘッドライトも消しながら小さな岩陰に身を潜めると、M三六〇J〝SAKURA〟を抜いて空に向かって威嚇射撃した。

柚月の射撃力は同期のキャリア組の中ではトップだが、銃撃戦の実戦経験はない。ましてや、人を撃ったことはない。この黄昏時の陰りゆく空間で、遠方にいる敵を狙うことは不可能だ。敵は暗視スコープを持っているのか、そこまで準備していなかったことを柚月は後悔した。

やっぱりこの敵は殺しのプロなのだ。柚月は緊張とともに光と日名子を守らなければという使命感に燃えた。

二発目は柚月が盾にしている岩に当たった。光は大丈夫かと見ると、岩の後ろに隠れている。マサダの箱は光に渡したままだ。日名子はどこに行ったのか見当たらない。光より日名子の方が登山上級者だ。きっと上手く隠れることができるだろう。

それよりもこの敵をどう倒すかだ。

二発の銃声と瞬時に捉えた発砲光で、敵は馬の背の手前にいるらしいことがわかった。あそこは柚月の秘密の花園があるところだ。薄桃色の花の名前は、『タカネヤハズハハコ』という。

だんだん目が夕闇に慣れてきた。柚月の視力は両方とも2・0だ。今日は晴天で、上弦の月と星が輝き始めている。（頼むから私の秘密の花園は踏まないでよ）と、念じながら敵のいる方角に銃を向けると、視界の右端に光と日名子の姿が見えた。（何で、何で敵の方に行くのよー）柚月は焦った。

ジャンダルムから敵のいる馬の背の手前に行くには、ロバの耳を大きく下る。その間はまったく見えない。光たちの意図がわからないが、しばらくは敵に気づかれることはないだろう。

注意をこちらに引き付けるため、柚月も敵の方角に向けて二発目を発射した。これでお互いに弾は二発使った。残りは何発かなどと計算するのは昔の警察小説の世界。柚月は予備の弾倉を二つ持っているし、敵も銃弾は豊富なはず。お互いに弾切れを待って飛び出すことはない。

一方、光は大急ぎでマサダの箱を自分のリュックに入れると岩陰に隠れたが、敵の銃口に狙われているようで身動きが取れない。

「南雲さん、こっち」

背後の岩陰から日名子の呼ぶ声が聞こえた。光を手招きしている。光はその岩陰まで素早く移動した。

「真田さん、無事でしたか。よかった」

「この山には何度も登っているので、安全に逃げるルートを知っています。付いてきてください」

日名子は、最大の難所である馬の背の方へ歩き出した。

「え、そっちには敵がいますよ」

「ここから下ったら視界が開けて敵から丸見えです。小坂さんの足手まといにならないよう敵の下を迂回して行きましょう」

光は海上で二隻の軍艦が砲撃し合っている海の中をゆく潜水艦の気分だった。鎖がなくて厳しい登りだが、かえって鎖の音がしなくてよいかもしれない。敵艦に見つからないように岩場の海底に身を潜めて登る。

(僕は肉体派じゃないんだけどな)と思いつつ、敵の三発目の銃声と発射の残煙を馬の背の手前で確認した。

ジャンダルムルートの最大の難所である馬の背は、ナイフリッジ状の岩場で、龍の背という方がふさわしい。龍の鱗のような尖った岩の道を行かねばならない。隠れる岩もなく、敵に姿をさらすことになり身動きもとれない。しかも稜線の両側がはるか谷底まで切れ落ちている。光と日名子は崖の途中まで降りて迂回することにした。浮石を踏まないように細心の注意を払って、敵とは反対側の側面を下った。

急斜面に剣のような葉が縦に並んで、その中に可憐な桃色の花が昼と夜の際で輝いている。(これが柚月ちゃんの自慢していた秘密の花園か)光は、今まさに敵と戦っている柚月を思った。

光が見上げると馬の背にいると思っていた敵がなんと、その花園の向こうにいる。岩陰に身を潜めてジャンダルムの方向をにらんでいる。その男の体格は中肉中背で、こちらに気がついていない。

光は手のひらに収まる小石を二つ掴むと、一つを奥穂高岳の方向に投げた。岩に当たった瞬間、反射的に敵はそちらを見た。二つ目の石を、今度は銃を持つ右手めがけて投げた。アクションドラマならここで銃がはじかれて、光が飛びかかるシーンだが現実は甘くない。

石は敵の足に当たって反射的に銃口が光に向けられた。光も反射的に体を回転させて岩陰に逃れようとしたが、投石に使われた手は空中にあってバランスを崩してしまった。落ちると思った瞬間、日名子が光の手を掴んで引っ張り上げた。

「大丈夫ですか」

日名子は小声で光に囁き、岩陰に導いてくれた。

このか細い女性にこんなに力があるなんてと驚きつつ、光は日名子とふたりで息を潜めて岩陰に隠れた。光にも日名子にも武器はない。それこそ石を投げるくらいしかできない。近代軍隊と縄文人の戦いみたいだ。（まあ、素手で戦っても僕が勝てる見込みは低いけどな）と、無謀にも石を投げたことを後悔した。

その時、銃声が響いた。柚月が光たちから敵の注意を逸らすために発砲したに違いない。敵が遠ざかる気配がした。

「真田さん、今のうちにここを出よう」

「ええ、でもその前にマサダの箱はどうしました」

「大丈夫。僕の登山リュックの中にあります」

「よかった。では急ぎましょう。敵に見つからずに行けるルートがあります」

光はどんな上級者ルートか不安になったが、もうここまで来たら行くしかない。いつの間にかアクション映画の登場人物のように、生きるか死ぬかの場面に自分はいるのだ。

(僕は肉体派じゃないのになあ) と、三度呟いて日名子について行った。

しかし、そのルートは光の想像以上だった。トム・クルーズかシルベスター・スタローンでも選ばないような難所だ。そこを日名子は背中に羽が生えているように移動している。絶対敵からは見えないルートということで、ふたりともヘッドライトを点けている。

「南雲さん、私がリュックを背負います。私の行くルートをゆっくりついてきてください」

日名子に対する疑惑が、光を躊躇させた。

「このままだとリュックと一緒に落ちてしまいます。さあ、早く！」

日名子は、光の返事を待たず半ば強引にリュックを奪い取ると移動を再開した。しかも、ものすごいスピードだ。アドベンチャーレースのトップクラスというよりも、(猿みたい）と、光は一瞬見とれてしまった。とても光の登山テクニックで追いつけるはずもなく、ふたりの距離はいっきに広がった。

柚月は光たちを逃がすために発砲した後、馬の背の手前まで来ていた。すると、馬の背を歩く敵の足音が聞こえた。

この敵は自分の運動能力を過信している。山を知らない。山は聖域だ。心の正しい人でないと険しい山に登ろうとは思わない。（悪人は都会の片隅が似合っているわよ）柚月は呟いた。

案の定、敵は龍の鱗のような岩で足を滑らせてバランスを崩している。

次の瞬間、敵は無理に射撃の姿勢をとった。

しかも狙いを定めている。柚月の存在に気づいたようだ。引き金を引こうとして右足が少しふらついた。水平な石に足を乗せ換えた時、体が大きく崩れた。浮石を踏んだのだ。

一見、頑丈な岩が幾層にも重なっているようだが、長年の風化で浮石がところどころにできている。

柚月はこの機会を逃さず敵の銃を持つ手に焦点を定め、銃の引き金に力を込めた。

その時、岩陰から日名子が飛び出し、柚月の銃口の前に立ちはだかった。

柚月は咄嗟の反射神経で銃口を下に向けたが、外しきれず日名子の腕を銃弾がかすめた。

「真田さん！」

「日名子！」

柚月と敵は、同時に叫んでいた。

柚月は、敵の刺客が日名子を抱きかかえ傷口を止血しているのを見て、このふたりは味方同士なのだと確信した。そして、日名子の背に光のリュックがあるのを見た。

「光くんをどうしたの！」

柚月は叫んだ。

「殺してはいない。超上級者ルートで置き去りにしたから、滑落したかもしれないけどね」

日名子はゆらりと立ち上がり、柚月をまっすぐに見て平然と言った。

「光くんのリュックにある、マサダの箱が狙いだったのね」

「マサダの箱はもともと私たちのものよ。警察もユタも関係ない」

「あなたたちはどういう関係なの」

「あなたに話してもわからない。あなたに恨みはないけど、ここで死んでもらうしかないわね」

ヤマザキの銃口が柚月を捉えている。

「岸田と久本を殺したのは、その男なのね」

「それは違う。あのふたりを殺したのは私よ。土蜘蛛がマタを裏切ったのだから、ウタ姫が罰を与えたの」

「その男はユタの組織の人間でしょう。マタの敵のはずよ。なぜ手を組むの」

「アタウは、特別な人よ」

ヤマザキが引き金に力を込めたその瞬間、銃声が響いた。

それは、日名子の体の真ん中に命中した。

日名子はバランスを崩しマサダの箱を背負ったまま、断崖から転落した。

ヤマザキは日名子の手を掴もうと断崖へ飛び込んだ。そして一緒に落ちていった。

日名子の眼は、また次の世で待っていると語りかけているようだった。

ヤマザキの眼には、天に昇ってゆくジャンダルムが要塞のように見えた。

「神田刑事、どうしてここに？」

島根県警の神田刑事が、茫然とそこに立っている。

「小坂警部補たちの後からジャンダルムに向かいました。でもなかなか追いつけなくて、やっと追いついたらこの状況で、小坂警部補が撃たれると思ったんで、自分はもう夢中でした。銃を持った男の手を狙ったのに、真田さんに弾が当たってしまって……」

神田刑事は、ブルブル震えて岩場にガクッと膝を落とした。

柚月は動揺が収まらない神田刑事の肩をたたいて、「ありがとう」と言った。

前川室長の手配で後発隊が到着した。ふたりの落下位置を知らせると長野県警の警察官がザイルを結びあって、落下地点に向かって斜めに降りてゆく。神田刑事も同行しふたりを捜すという。

ところで、光はどうしたのかと辺りを見回すと、影の底から声がした。

「光くん、よかった。怪我はない？」

「ああ、見ての通りさ。エベレストにでも登れそうだ」

ヘッドライトの明かりの中を、柚月と光はゆっくり下山した。

夏至の日の長い一日は、ようやく夜を迎えていた。

終章

真田日名子の遺体は、崖下の沢の辺りで発見された。

しかし、マサダの箱を入れた光の登山リュックと、あの刺客の男はどれだけ捜索しても見つからなかった。常識で考えれば、あの断崖絶壁から落ちて助かる見込みはない。

日名子はあの男を『アタウ』と呼んでいた。そして日名子が隠れていた焼岳の山小屋に『與』と書いたメモ用紙が残っていた。比較的珍しい名前なので、警察庁のデータベースで照会すると、同年代の人間がひとりいた。

しかしそれは、生きていればの話である。

その『與』という名前の人間は、重要参考人となっているが、十二歳の時に失踪し行方不明のままだ。両親とは幼少時に死別し、養子縁組をした養父母は、與が失踪した日に死亡していた。漁師をしていた養父母は河豚《ふぐ》毒で中毒死したと記録されていた。

また『ユタの組織』は、どう捜査しても影も形もない。精神を病んでいた日名子が妄想に侵され、岸田と久本を殺害したという見方が、捜査本部の大方の見解だった。日名子が隠れていた焼岳の山小屋には、たくさんの小瓶に植物や動物の毒が保管してあった。

アタウという男は何者だったのか、どこの組織の人間なのか、それともどこの組織にも属していなかったのか、日名子との関係は何だったのか、謎だらけのまま広域連続殺人事件は、被疑者死亡で幕を閉じた。

東京に戻った柚月と光は、広尾のアラビアンナイトのテラス席で会っていた。久しぶりの休日だ。

「島根県警の神田刑事だけど、あの後誤発砲の責任を感じて辞職したそうよ。前川室長に島根県警から連絡があったみたい」

「ええ、どうして。業務上やむをえなかったんだろ」

「そうよ、監察でも問題にならなかった。辞める必要ないのよ」

「まじめな警察官だったね。正義感の強い青年だった」

「ええ、私の命の恩人よ。神田刑事には何も落ち度はないのに、捜査一課に配属されて初めての任務だったから、ショックが大きかったんだと思う」

柚月は、神田刑事の子どもっぽさの残る顔を思い浮かべ肩を落としてため息を吐いた。

「日名子が言ってたことは、全部妄想だったのかな？」

「僕にはそうは思えないよ。実際、マサダの箱は存在していたし、絵馬や神社に伝わる伝説は本当のことだと思う。でもユタの末裔が、現代まで実在しているのかはわからない。マタの末裔も今では散り散りになっていたからね」

マタの末裔だという真田日名子、岸田敦、久本隆一が死に、アタウと呼ばれていた男は遺体すら発見されていない。真相を聞こうにも手掛かりがなかった。

柚月は、いつものパンツスーツではなく、ブルーのロングスカートに、白いサンダルを履いている。スカートを履いたのは、高校の制服以来かもしれない。足首がスースーして気恥ずかしい。

「マサダの箱には、何が入っていたのかしら」

「絵馬や伝説から推測すると種子だと思う。僕は箱の中身も興味あるけど、箱自体もすごいものだと思うよ。軽くて丈夫で、持った感じだとアルミの箱かと思ったよ」

「二千年前にアルミはないと思うけど、古代の人々は、私たちが知らないテクノロジーを持っていたのかもね。そういえば、あの三つの祭器はどうなるの？」

「他の出土品と同じように、博物館で保管することになると思う。この新たな発見で荒神谷遺跡の謎は深まるばかりだね。古代史ファンがまた増えそうだよ」

歴史学者としては喜ばしいことだと光は笑った。

「ところで柚月ちゃんは、お香が趣味なの？」

「え、なんで？」

「白檀の香りとか、すぐわかったみたいだから」

「ああ〜実家の仏壇のお線香と同じだったのよ。近所のスーパーで売ってるやつ」

「ああ〜なるほどね……」

柚月が冷たいミントティーをかき混ぜながら俯いた。

「日名子は不思議な人だったね。ミステリアスで、ユダヤの末裔の宿命を背負って生きていた。あのアタウという男も同類だったのかもしれない」

グラスの氷が、カランと鳴った。

「光くんはミステリアスな人がタイプ？」

「僕はよく食べて飲んで、大地にどっしりと踏ん張っている、縄文のビーナスのような人が好きだよ」

柚月は『縄文のビーナス』がよくわからなかったが、自分のことを言われたようで、光の後ろの真夏の太陽に目を細めて笑った。


夏至を過ぎたとはいえ、日はまだ長い。

軽井沢は行楽シーズンを迎え、日に日に人が増えてきたが、ここ山間の小さな谷は、私有地なので誰も入ってこない。

谷間の奥にノルウェーのウルネス教会を思わせる木造の建物がある。

その館の高い塔だけに、長い夏の日の残照が射している。二階の部屋の大きな窓の外には、エルムの樹々が間近に迫り闇を招いていた。

その部屋は天井が高く、広い空間にアンティークの大きなテーブルと椅子だけが置かれている。照明は蝋燭の灯だけだ。

真夏だというのに部屋の空気は冷たく乾いていた。

「よくやってくれた、猛男。積年の恨みを我ら兄弟の代でようやく晴らすことができた。しかし、ヤマザキがウタ姫の魔術にかかってユタを裏切るとは……マタのシャーマンとは恐ろしい女だ」

黒いロングローブを纏った仮面の男が、オールドバカラのワイングラスをかかげた。

「今回の事件でウタ姫の存在がわかり、使命を果たすことができました。兄さん、これもユダヤの神のご加護です」

神田猛男は、いつものリクルートスーツにネクタイをきっちり締めてワインを飲んでいた。

「だが、マサダの箱を我らの手に入れるまでは使命を果たしたとは言えない」

「あの女が隠れ住んでいた焼岳の山小屋も捜索しましたが、香木はありませんでした。マサダの箱と一緒にヤマザキが持っているのか、それとも我らユタ支族と同じく、香木を使い果たしてしまったのか……」

警察より先にあの山小屋を隈なく捜索したが、ヤマザキが隠れている痕跡はなかった。

「あの崖から転落したのだ。あのヤマザキでも無傷ではないだろう。誰かが匿っているのかもしれない」

猛男は、真正面に座っている兄を上目遣いにそろりと見た。

「ところで兄さん、マサダの箱には何が入っているのですか」

「それは……箱を開けてみればわかることだ」

兄が答えを一瞬、躊躇したように見えたが、猛男はそれ以上聞くことはしなかった。

「ええ、兄さん。マサダの箱は必ず見つけ出します」

部屋の隅に控えていた鼠色のロングローブを着た小男が、ふたりの主のグラスに新たなワインを注いだ。

漆黒の闇に、ユタの館は静かに沈んでいった。

この作品はフィクションです。
登場する人物、団体名など実在するものとはまったく関係ありません。

装幀・イラスト：ヤマナカチカ

JASRAC 出 2501791-501

マサダの箱《はこ》

2025 年 4 月 24 日　初版第 1 刷発行
著　者　越ナオム
発行者　友村太郎
発行所　知道出版
〒 101-0051 東京都千代田区神田神保町 1-11-2
天下一第二ビル 3F
TEL 03-5282-3185　FAX 03-5282-3186
https://chido.co.jp/
印　刷　モリモト印刷

ISBN978-4-88664-381-0